古典文獻研究輯刊

二一編

曾永義 主編

第 10 冊

譚瑩譚宗浚生平交遊考辨與年譜(下)

徐世中 著

國家圖書館出版品預行編目資料

譚瑩譚宗浚生平交遊考辨與年譜（下）／徐世中 著 — 初版 —
新北市：花木蘭文化事業有限公司，2020〔民 109〕
目 2+194 面；19×26 公分
（古典文學研究輯刊 二一編；第 10 冊）
ISBN 978-986-518-057-7（精裝）
1.（清）譚瑩 2.（清）譚宗浚 3. 文學 4. 學術思想 5. 年譜
820.8   109000517

ISBN-978-986-518-057-7

古典文學研究輯刊
二一編 第 十 冊   ISBN：978-986-518-057-7

譚瑩譚宗浚生平交遊考辨與年譜（下）

作　　者　徐世中
主　　編　曾永義
總 編 輯　杜潔祥
副總編輯　楊嘉樂
編　　輯　許郁翎、張雅淋　美術編輯　陳逸婷
出　　版　花木蘭文化事業有限公司
發 行 人　高小娟
聯絡地址　235 新北市中和區中安街七二號十三樓
　　　　　電話：02-2923-1455／傳眞：02-2923-1452
網　　址　http://www.huamulan.tw 信箱 hml810518@gmail.com
印　　刷　普羅文化出版廣告事業
初　　版　2020 年 3 月
全書字數　276974 字
定　　價　二一編 16 冊（精裝）新台幣 35,000 元

譚瑩譚宗浚生平交遊考辨與年譜(下)

徐世中　著

目

次

第四章　譚氏父子與嶺南詩派

　　嶺南詩派是在嶺南詩歌發展過程中逐漸形成的具有濃鬱地域色彩的詩歌流派。它是一個整體的名稱，包含了嶺南不同時期的各個詩人集團及其代表人物。

　　儘管最早標舉出「嶺南詩派」一語的是明代詩學家胡應麟，但對嶺南詩派的發展演變作系統評述的人卻是近人汪辟疆。汪辟疆在其著作《近代詩人與地域》一書中說：

　　　　嶺南詩派，肇自曲江；昌黎、東坡，以流人習處是邦，流風餘韻，久播嶺表。宋元而後，沾溉靡窮。迄於明清，鄺露、陳恭尹、屈大均、梁佩蘭、黎遂球諸家，先後繼起，沉雄清麗，蔚爲正聲。迨王士禛告祭南海，推重獨漉；屈大均流轉江左，終老金陵；嶺表詩人，與中原通氣矣。乾嘉之間，黎簡、馮敏昌、張維屏、宋湘、李黼平詩尤有名，李氏稍後，卓然名家。……近代嶺南派詩家，以南海朱次琦、康有爲、嘉應黃遵憲、蕉嶺邱逢甲爲領袖，而譚宗浚、潘飛聲、丁惠康、梁啓超、麥孟華、何藻翔、鄧方羽翼之，若夏曾佑、蔣智由、譚嗣同、狄葆賢、吳士鑒，則以它籍與嶺外師友相習而同其風會者也。〔註1〕

　　作爲嶺南詩派的重要成員，譚瑩、譚宗浚一方面受到以前及同時代嶺南詩派詩人的影響，另一方面通過詩歌創作等方面的活動，爲嶺南詩派的發展作出了突出貢獻。

〔註1〕汪辟疆著：《汪辟疆說近代詩》，上海：上海古籍出版社 2001 年版，第 39～40 頁。

第一節　嶺南詩派對譚氏父子的影響

　　譚瑩一生，除了因去京城應考這段時間離開過嶺南以外，其餘時間基本上都是在嶺南生活，再加上他後來長期從事教育及古籍刊印工作，嶺南詩派對其影響應該說是巨大而深遠的。

　　譚宗浚前期主要在嶺南生活，後期儘管在其他地方任職，但他仍然會抽空回嶺南，與朋友一起酬唱，由此可知，嶺南詩派對他同樣產生重大影響。

一、嶺南前賢的影響

　　由於譚瑩父子均生於嶺南，又長期接受嶺南地域文化的薰陶，所以，嶺南詩派中的前賢對他們影響，自然不可低估。

　　嶺南詩派的前賢大都具有憂國憂民的思想意識與不折不撓的鬥爭精神，這些寶貴的精神財富，無疑對譚瑩父子產生深遠影響。

　　如對於嶺南詩派的開創者張九齡，譚瑩曾作有一首長詩《抵曲江謁張文獻公祠》。在這首詩中，譚瑩一方面對雖被朝廷疏遠，但仍然心懷國家的張九齡，有獨到而精闢的形象刻畫；另一方面，作者特別讚歎張九齡以其「健筆」、「凌摩詰」的「才藻」和「軼子昂」的「詞鋒」，在唐代詩歌中，自成一家面目；又以其「冠吾鄉」的「大雅」，確立了他在嶺南詩派中的開創者地位。

　　再如，《鄺海雪詩箋序》中，譚瑩這樣評價明末著名詩人鄺露：

　　　　溯自明祚既終，皇靈遠播，不乏殺身成仁之輩，致命遂志之倫。

　　蓋以精衛拊心，尚思填海；子規啼血，獨冀還鄉。頑民實先代之蓋臣

　　故鬼亦熙朝之義士。是以零縑斷楮，神物護持。片羽吉光，後人實貴。

　　又況千秋作者，擅赤鸚鵡之才名。一代畸人，豔玉麒麟之誕降，濬清

　　源於漢魏，導先路於屈陳。實太白之繼聲，殆曲江之後勁。〔註2〕

　　除了用詩評價嶺南前賢以外，譚瑩還積極撰文，支持重建三大忠祠、南園前後十先生抗風軒與重修梁佩蘭墓。

　　另外，嶺南詩派中的前賢也對譚瑩的詩歌創作產生重大影響。如針對嶺南三大家中的陳恭尹與梁佩蘭詩集中的懷古詩，譚瑩共作了 53 首和詩。再如，針對《獨漉堂集》中的《江行雜詠》，譚瑩又創作了 10 首和詩。明末著名詩人鄺露同樣對譚瑩也產生重大影響。譚瑩在上京赴考途中，作了《和鄺海雪五律》八首。

〔註 2〕譚瑩：《樂志堂文集》卷四，清咸豐九年刻本。

譚瑩曾作《繳阿芙蓉詩》，詩寫虎門銷煙的前後情況：

戰艦嵯峨，獨檣填波。海風腥黑，阿芙蓉多。狼機守護，錦帆當路。海日空明，阿芙蓉駐。互市督臣之所司，拒關諫臣之所知。大臣奉天子命，懷柔震疊靡不宜。汝英吉利，汝胡不逃？將軍天下，雕旗銀刀。汝英吉利，汝胡不死？幕府地遙，叢矛注矢。汝英吉利，汝胡不歸？蓋舳襀艫，岸合長圍。汝英吉利，汝胡不返？水榭霞廊，廚空未飯。大臣之心，中外所欽；大臣之諭，顓愚可悟。大臣曰兵，霧閣星營；大臣曰屬吏，繡鞍玉轡；大臣曰商，鐵軸牙檣。不繳汝不能飛，不繳汝不能出。殺人者抵，殺億萬人者議遵何律？羈縻勿絕，敢沿其說。纖悉不留，亦復何求。鼓角哀，蠻酋來；高冠分長劍，面色作死灰，釜魚籠鳥籲可咍。燃犀相逼知多少，萬千八箱排日了。羽檄催，關市開，鬱林石壓空船回。驚聞大臣又傳令，罌粟香濃還未清，蠢爾西洋早傾聽：巨浸茫茫獨澳門，市舶先朝泊蠔鏡。

〔註3〕

據《嶺南文學史》編者認為：「這首詩節奏迫促，跌宕歷落，以拙直勝。嶺南前輩宋湘的《李將軍歌》，本已開創了這一格調，譚瑩此作正是追步宋湘的。」〔註4〕

譚宗浚則對嶺南詩派中的陳恭尹、梁佩蘭及宋湘等人更是情有獨衷。如在《讀陳獨漉集》中，譚宗浚對陳恭尹的遺民心態有較細緻的刻畫。

前生晞髮宋遺民，朱鳥吟成涕淚新。彭澤篇章題甲子，遺山著撰紀壬辰。
征車未圩詞科輂，韋布依然野老倫。莫笑應劉輕入幕，當年大隱藉全身。

〔註5〕

受陳恭尹的影響，譚宗浚後來還作了《和陳元孝懷古詩》十首。

再如，在《重修梁藥亭太史墓》中，譚宗浚由梁佩蘭墓地衰敗景象引發了如下感慨：

國初以來論風雅，屈（翁山）程（海日）陳（元孝）王（說作）皆健者。
藥亭獨出尤嶔崎，筆陣詞瀾恣揮灑。公昔生當離亂時，五噫曾賦不勝悲。
淒涼天地餘詩卷，搖落江湖有鬒絲。當時入粵多名彥，握手羊城喜相見。

〔註3〕譚瑩：《樂志堂詩集》卷七，清咸豐九年刻本
〔註4〕陳永正主編：《嶺南文學史》，廣州：中山大學出版社，1993年版，第597頁。
〔註5〕譚宗浚：《荔村草堂詩鈔》卷三，光緒十八年刻本。

盤敦能當北地豪，琴尊屢啓西園宴。卅年回首夢長安，簪紱才屑宦興闌。

才子更誰同晚達，詞人有例作閒官。歸來罷奏凌雲賦，茶灶筆床聊小住。

井水齊歌柳七詞，弓衣慣織堯臣句。暮年詞賦獨蒼涼，掉鞅騷壇孰敢當。

百首共傳新樂府，千秋猶認舊靈光。劇憐身後空蕭瑟，總帳素車能幾日。

舊牘雷琴已散亡，新藏緗褭都殘佚。即今遺墓剩斜陽，麥飯誰澆宿草荒。

丁鶴倘歸應係戀，鮑墳頻唱劇淒涼。流傳翻藉詩名在，石馬遺蹤猶未改。

掛劍高風近已遙（墓曾修於吳荷屋中丞），沈碑故事知誰待。卻想當年

感慨存，簪毫紫禁獨承恩。回軒巷署徵書下，離垢園開野服尊。淒絕年

來墳樹綠，富貴從知如轉轂。椎牛已復少遺孤，下馬何人訪高躅。松柏

蕭疏矗矗崇，欣聞梓里爲鳩工。舊時壇坫無餘子嗎，如此青山好屬公。

撫時卻話烽煙逼，剩水殘山空寂寂。太白樓高已莫尋，耒陽墓遠知誰識。

一盞寒泉獨薦馨，蘭湖社事亦飄零。西風一掬懷人淚，我似吳江計改亭。

〔註6〕

後來，在《重修梁藥亭先生墓碑》中，譚宗浚進一步對梁佩蘭的德行及文學貢獻予以客觀評價。

理政雲南期間，譚宗浚於政事之餘，經常閱讀嶺南著名詩人宋湘詩集，並作《讀宋芷灣詩集》，

六千里外饒吟興，二百年來此異才。大抵勝遊皆我似，獨憐生面讓君開。

波濤奇譎同蘇海，雲雨荒唐軼楚臺。莫等橫流滄海盡，要須筆力萬牛回。

〔註7〕

對於宋湘在詩歌創作方面的創新意識，譚宗浚於詩中予以充分肯定。正是在宋湘的影響之下，譚宗浚晚期詩歌便呈現出「似宋芷灣」〔註8〕的特色。

從上面這些材料，我們可以看出，嶺南詩派中的前賢對譚瑩父子有重要影響。

二、師友之間的影響

譚瑩是嶺南詩派中著名詩人張維屏的弟子，同時又與陳澧、沈世良等朋友之間有密切交往。師友之間相互切磋，這對譚瑩的詩歌創作會產生重大影響。

〔註6〕譚宗浚：《荔村草堂詩鈔》卷三，光緒十八年刻本。

〔註7〕譚宗浚：《荔村草堂詩續鈔》，宣統二年刻本。

〔註8〕陳衍：《石遺室詩話》目次，張寅彭主編：《民國詩話叢編》（一），上海：上海書店出版社，2002年版。

在《張南山師六十雙壽序（代）》中，譚瑩認爲：「南山先生者，殆百年間作者，三代下之完人，不獨寸心可論千古，偶來高會當合群仙。」〔註9〕對張維屛的詩歌，譚瑩也有如下評價：

> 唐詩派合初盛晚以稱工，百粵詞宗繼屈陳梁而崛起。仙風遠希乎大白，家法仍守乎曲紅，直追漢魏以還，並及韓蘇以降。心源實契乎老杜，體格兼仿乎遺山。小雅變聲，離騷遺韻。懷仙諸作，吳梅村且遜其清英也；詠史諸篇，李文正亦輸其藻拔也。求之當代，直新城、秀水之間。限以嶺南，亦湛若、簡民而上。銅琵琶撥，素練輕縑。碧海長鯨，丹山老鳳。黃鍾大呂，龍勺彝樽。劉隨州何憚偏師，虞伯生原稱老吏。率其胸臆，固是一國所推。〔註10〕

除老師的影響之外，朋友之間交遊唱和以及結社活動，同樣對譚瑩思想和詩歌創作有重大影響。

如與陳澧之間的交遊，譚瑩作了《寄陳蘭甫同年》二首：

> 升沉已定說青紅，時局年來總不同。吾輩胸懷宜灑落，老禪文字盡圓通。閒雲野鶴緣先澹，貝錦南箕術未工。請看梅花香傲雪，盛開全未藉東風。
>
> 嶮巇閱歷抵康莊，太直心難入道場。興致已闌琴易碎，光芒忽露劍須藏。偶然獨自開生面，縱學英雄敢熱腸。海闊天空誰不見，癡雲點綴月微茫。

〔註11〕

又如與沈世良的交遊，譚瑩作了《沈伯眉廣文以詩索贈水仙花走筆爲報》：

> 刻意嬉春作答遲，索逋書雜索花詩。悠悠兵馬春如夢，一片冰心獨汝宜。絺衣涼月正思君，世事同花總厭聞。坐對含情擁瑤瑟，歲寒風雨感斯文。

〔註12〕

另外，譚瑩還參加了不少嶺南詩社活動。據《清史列傳》記載：

> 瑩少與侯康交莫逆，以文學相鏃礪。又嘗偕同邑熊景星、徐良深、漢軍徐榮、順德梁梅、鄧泰、番禺鄭荣結西園詩社。〔註13〕

在西園吟社組織的六次集會活動中，譚瑩共創作了詩歌75首。其中，西園吟社第一集的主題是用樂府題作唐體，譚瑩創作了36首詩歌。第二集的主

〔註 9〕譚瑩：《樂志堂文集》卷九，清咸豐九年刻本。
〔註10〕譚瑩：《樂志堂文集》卷九，清咸豐九年刻本。
〔註11〕譚瑩：《樂志堂詩集》卷九，清咸豐九年刻本。
〔註12〕譚瑩：《樂志堂詩集》卷十二，清咸豐九年刻本。
〔註13〕王鍾翰點校：《清史列傳》，北京：中華書局，1987年版，第6065頁。

題是詠扇五絕，譚瑩創作了 15 首詩歌。第三集的主題是珠江秋禊，譚瑩創作
了 4 首詩歌。第四集的主題是秋草，譚瑩創作了 8 首詩歌。第五集的主題是
黃葉，譚瑩創作了 4 首詩歌。第六集的主題是消寒，譚瑩創作了 8 首詩歌。

　　西園吟社以外，譚瑩還參加了西園詩社、東堂吟社、西堂吟社、順德龍
江鄉詩社等詩社的活動。在西堂吟社的兩次集會中，譚瑩共創作了詩歌 20 首。
而在龍江鄉詩社活動中，譚瑩也創作了詩歌 20 首。通過詩社中朋友之間相互
交流切磋，譚瑩詩歌創作水準也有所提高。

　　無論是早期居於嶺南，還是在晚期在外地任職，譚宗浚與嶺南師友的唱和
也是不間斷的。如在早期，譚宗浚先後作《送馮展雲宮詹師譽驥赴都》、《柬庾
生》、《柬張祖薌茂才嘉彝》、《長歌行柬陳孝直宗侃鄧嘯篔維森兩茂才》等詩。
如在《柬張祖薌茂才嘉彝》中，譚宗浚對張嘉彝的獨特氣質有較充分的刻畫：

> 張侯落落多古風，閉門讀書幽趣同。隱囊紗帽坐永日，蒔竹栽花才半弓。
>
> 談禪妙解趙州偈，作畫直逼包山翁。襁褓塵胸吾自愧，羨君吟嘯北窗中。
>
> 〔註 14〕

該詩詩筆清新，令人印象深刻。

　　在晚期，譚宗浚也作有《途中寄庾生孝直》、《晤饒輔星茂才軫奉贈》、《長
歌送葉蘭臺前輩歸里》等詩。如在《途中寄庾生孝直》中，譚宗浚表達了歸
隱的意向。

> 岷江蜀嶺皆奇絕，惜未題襟與爾期。故國釣遊憑入夢，中年哀樂只供詩。
>
> 倦遊尚學梁江總，偕隱應同晉介推。莫羨太倉容糴米，我如朱鳳亦長饑。
>
> 〔註 15〕

　　由上觀之，嶺南詩派前賢與同時代師友均對譚瑩父子的詩歌創作產生重
大影響。

第二節　譚氏父子對嶺南詩派的貢獻

　　作爲嶺南詩派的重要一員，譚瑩父子一方面從嶺南詩派中汲取營養，另
一方面他們也爲嶺南詩派的繼續發展作出了重大貢獻。具體而言，譚瑩父子
對嶺南詩派的貢獻主要體現在以下四個方面：

〔註 14〕譚宗浚：《荔村草堂詩鈔》卷三，光緒十八年刻本。
〔註 15〕譚宗浚：《荔村草堂詩鈔》卷七，光緒十八年刻本。

一、通過詩歌創作，豐富了嶺南詩派的思想內容

由於「幼耽吟詠，夙嗜謳歌」〔註16〕，譚瑩一生創作了 1700 多首詩歌。
這些詩歌大都撫時感世，緣事而發，現實內容十分豐富。

由於親身經歷了兩次鴉片戰爭，譚瑩詩歌頗多憫時傷亂之歎。如《後戰
艦行》：

> 大角沙角兩臺破，蓮花山中張酒坐。雕旗銀甲列華筵，文犀翠羽通蠻貨。
>
> 國家承平二百年，重臣往往工籌邊。失計胡爲至割地，愚忠或者能回天。
>
> 天語煌煌屑主撫，嶺外重開都護府。弩膃矛穴頓成灰，火艦風船急於雨。
>
> 登陣老將獨橫戈，滾滾濤聲鬼哭多。食兵未足遑言信，戰守蒨難第議和。
>
> 犬牙相錯華夷界，樓擄萍飄總催敗。回帆此地已難言，鑄炮伊誰偏自壞。
>
> 軍門一死作鬼雄，長驅直與牂牁通。更無鐵鎖攔江黑，勝有金幡照海紅。
>
> 虎門重鎮原無懼，碎身果足酬恩遇。橫挑邊釁究何人？局外旁觀論召募。
>
> 〔註17〕

在該詩中，譚瑩一方面對以關天培爲代表的愛國將士的英雄壯舉予以熱
情歌頌，另一方面也對那些主張割地求和的投降派則予以辛辣諷刺。

再如《二月廿一日泊花埭》：

> 無數征帆落照斜，倉皇避寇各移家。烽煙早決從三載，壽日誰還醑百花。
>
> 天下隆平驚厝火，人生聚散感摶沙。廣州原極繁華地，忍見哀鴻遍水涯。
>
> 〔註18〕

通過對廣州戰亂景象的描寫，作者表達對侵略戰爭極度厭惡之情，詩心
可謂是一片蒼涼。

同類題材的詩歌還有《繳阿芙蓉詩》、《書事四首》、《戰艦行》、《聞警三
首》、《後戰艦行》、《辛丑二月書感六首》、《舟中示孝兒二首》等。

譚瑩對民生的疾苦同樣給予了強烈的關注。如對農事的關注，有《採桑
詞》和《農具詩》等詩。《採桑詞》共 32 首，該組詩詳盡道出了桑農的艱難
生活。《農具詩》共 24 首，該組詩則形象地展現了詩人對農業生產的重視。
除此之外，譚瑩的《無題》則對嶺南人民的婚姻生活予以關注。

〔註16〕譚瑩：《樂志堂詩集》卷首，清咸豐九年刻本。
〔註17〕譚瑩：《樂志堂詩集》卷七，清咸豐九年刻本。
〔註18〕譚瑩：《樂志堂詩集》卷六，清咸豐九年刻本。

鳩媒從古誤嬋娟，冰簟銀床淚泫然。翦彩爲花開度度，賣珠易米記年年。

屢同鄰女分餘火，忽向黃姑索聘錢。鍵戶永辭諸姊妹，淵帬門草憶從前。

〔註19〕

此詩通過對因誤聽媒妁之言而過上貧窮生活的婦女形象的刻畫，深刻揭露了封建社會中鳩媒的醜惡嘴臉。

譚瑩還寫了不少反映嶺南民俗風情和獨特景觀的詩歌。在這些詩歌當中，最爲人熟知的詩篇，便是《嶺南荔枝詞》。據《南海縣志》記載：

> （阮元）制府開學海堂於粵秀山，以經史課士，兼及詩賦。見瑩所作《蒲澗修禊序》及《嶺南荔枝詞》百首，尤爲激賞。自此文譽日噪，凡海內名流遊粵者，無不慕與締交矣。」〔註20〕

《樂志堂詩集》中只選錄了《嶺南荔枝詞》60首。而在這60首詩歌中，詩人生動展現了嶺南荔枝的種植歷史、種類以及買賣等方面的情況。

如寫增城荔枝的種植情況：

> 十里磯圍築稻田，田邊博種荔枝先，鳳卵龍丸多似穀，村村簫鼓慶豐年。

〔註21〕

再如寫惠州荔枝的種類：

> 惠州丞相祠堂在，一樹亭亭種已分。今日路人說名果，大將軍與小將軍。

〔註22〕

據作者詩後自注知：蘇公食荔枝，引惠州太守東堂祠故相陳文惠公，堂下有公守植荔枝一株，郡人謂之將軍樹。鄭熊《廣中荔枝譜》有大將軍與小將軍二樹。〔註23〕

又如寫人們對荔枝的喜愛：

> 風骨傾城愛乍逢，丹房絳膜一重重。瓊漿未咽心先醉，不羨椰心酒百鍾。

〔註24〕

《嶺南荔枝詞》完全可以當成史料來讀，通過閱讀，人們還可以瞭解與荔枝相關的一些典故傳說和風俗民情。

〔註19〕譚瑩：《樂志堂詩集》卷七，清咸豐九年刻本。

〔註20〕鄭夢玉等修、梁紹獻等纂：《南海縣志》卷十八，清同治十一年刊本。

〔註21〕譚瑩：《樂志堂詩集》卷三，清咸豐九年刻本。

〔註22〕譚瑩：《樂志堂詩集》卷一，清咸豐九年刻本。

〔註23〕譚瑩：《樂志堂詩集》卷一，清咸豐九年刻本。

〔註24〕譚瑩：《樂志堂詩集》卷一，清咸豐九年刻本。

如在《春日出北門偶憩田家漫賦》二詩，譚瑩則刻畫了嶺南獨特景觀：

白雲蜿蜒來，群山鬱蒼蒼。霸氣黯然收，人傳歌舞岡。

巍峨鎮海樓，一角明斜陽。北門分大小，是處酌春光。

樹影環炮臺，草色緣女牆。款步流花橋，酒旗官道旁。

籬落種山花，襑褆彌覺香。

木棉漫山紅，嶺海得大觀。嶺北無此花，效顰良獨難。

嫩晴天氣佳，釀煖不復寒。萬山合一碧，碎剪流霞丹。

十丈珊瑚枝，欲拂無釣竿。氣格真英雄，佇望停驢鞍。

自慚凡草木，興感非無端。〔註25〕

再如《元夜觀燈》，則寫出廣州元夜燈市盛況：

兒童竟說鯉魚燈，獅象鸞龍各象生，元日才過人日近，四牌樓畔已難行。

〔註26〕

在譚瑩詩集中，寫離情別緒和人生感悟的詩歌，亦復不少。

如《送朱幹臣中丞引疾歸里》：

蕩析離居迭報荒，忽聞公竟辦歸裝。君恩或冀酬他日，民命何堪付彼蒼。

再世韋皋原葛相，君家朱邑祀桐鄉。臨歧難挈如鉛淚，更為哀鴻灑數行。

〔註27〕

《閒吟四首》：

一春冷雨復淒風，歲歲春愁迥不同。補屋牽蘿傷窈窕，閉門種菜誤英雄。

百年夢覺晨鐘裏，萬慮消融卯酒中。不到小園知幾日，露桃花放淺深紅。

風濤巇嶮似曾經，人海虛舟許暫停。狂未敢希聊學狷，醉酒難獨況當醒。

謀生易使英豪困，榮世端須筆硯靈。鍵戶著書何日事，素交能者亦晨星。

休論成佛與生天，夢作邯鄲也夙緣。象板銀箏疑隔世，紈環團扇又中年。

短衣射虎偏閒甚，長鋏思魚亦枉然。奢望草堂貲早辦，款門漸富駕文錢。

舊遊消息半京華，柴几蘆簾處士家。婦未解吟煩先研，兒才學語報呼茶。

危機乍履銛如戟，世味原知薄似紗。九十韶華拋擲易，羨人奔走閱風沙。

〔註28〕

〔註25〕譚瑩：《樂志堂詩集》卷一，清咸豐九年刻本。
〔註26〕譚瑩：《樂志堂詩集》卷八，清咸豐九年刻本。
〔註27〕譚瑩：《樂志堂詩集》卷三，清咸豐九年刻本。
〔註28〕譚瑩：《樂志堂詩集》卷二，清咸豐九年刻本。

譚瑩的 176 首論詞絕句，也是廣爲人所關注。鍾賢培先生認爲：「《論詞絕句又三十首》（專論嶺南人），論及嶺南詞人 30 餘人，保留了不少嶺南詞壇的史料，對研究嶺南詞的變化，很有學術價值。」〔註29〕

譚瑩還有不少詠物、詠史及樂府詩，限於篇幅，茲不再贅述。

對嶺南人民的生活、民俗風情和山川風物，譚宗浚同樣有諸多描述。如在《亂定還廣州作》中，譚宗浚一方面對當時廣州亂後景象有細緻刻畫，另一方面對當時官府的無能也予以辛辣諷刺。其詩云：

　　亂定愁難破，還家甚別家。日長惟見鳥，路僻罕逢花。

　　大帥空戎幕，連營尚虜笳。請纓慚乏術，孤負好年華。〔註30〕

除此之外，譚宗浚在《珠江竹枝詞》中對珠江上以打漁爲生的疍家兒女的感情生活有逼眞描寫。如：

　　生小珠湄繫釣鉤，風風雨雨不知愁。阿儂慣住瓜皮艇，肯羨人閒萬斛舟。

　　（其一）

　　貞女峽邊潮欲來，送郎此日征帆開。願郎但學春潮水，才到脣江便卻回

　　（俗云潮不過脣江）。（其二）

　　江頭萍水笑相逢，指點行程話別蹤。船背置花船尾草，年年婚嫁可愁儂

　　（蜑家男未婚者則置草船上，女未婚者則置花船上）。（其七）〔註31〕

而在《羊城新正樂府》中，譚宗浚則對廣州的送蠶姑、猜燈謎、奪花炮等民俗風情作了生動展示。如《奪花炮》云：

　　十步五步圍場開，沿街看炮聲如雷。人聲未完炮聲作，齊向炮前看炮落。

　　共傳炮彈眞有神，從來中富不中貧。刀光煌煌白於雪，遮道俄聞將炮奪。

　　未見臨門瑞氣迎，先教比屋仇儷結。可憐爭競眞癡兒，偶然勝負神豈知。

　　有屋有田猶未贖，來歲典衣作神福（近歲有因爭炮而奪殺者，此陋俗不可不禁。凡得炮之家，明年必演炮酬神，名曰「還炮」，豪侈必倍於舊時）〔註32〕

〔註29〕鍾賢培、汪松濤主編：　《廣東近代文學史》，廣州：廣東人民出版社，1996年版，第 150 頁。

〔註30〕譚宗浚：《荔村草堂詩鈔》卷一，光緒十八年刻本。

〔註31〕譚宗浚：《荔村草堂詩鈔》卷四，光緒十八年刻本。

〔註32〕譚宗浚：《荔村草堂詩鈔》卷一，光緒十八年刻本。

除此之外，譚宗浚先後作了《遊靈洲山》、《登六榕塔》、《西樵七勝詩》、《後西樵七勝詩》、《酥醪洞》、《沖虛觀》等詩歌，歌頌嶺南山水和名勝古蹟。如《登六榕塔》云：

> 塔勢如湧出，上與霄漢爭。遠同慈恩勝，突過者闍名。
> 雷電伏柱隱，煙雨交檻輕。化臺此傑構，紺雨非世情。
> 山形雨戒盡，地軸重溟傾。奇觀忽薈萃，顧盼殊崢嶸。
> 高秋昨憑覽，瘦日寒無晶。寶輪已崩墜，殘礎猶縱橫。
> 野曠倏變色，風號多慘聲。人家罕炊火，虜帳紛連營。
> 寶藏昔珍玉，荒原今棘荊。秋磷壞井出，野蔓枯骨縈。
> 借問舊臺苑，廢跡人得耕。竟同歎桑海，何堪賦蕪城。
> 寄言備邊者，覆轍良可徵。

正是因爲「幼耽吟詠」，而又「結習難除」，譚瑩父子創作了大量有關嶺南的詩歌。這些獨具特色的詩歌，無疑豐富了嶺南詩派的詩歌內容。

二、通過書籍刊印，保存了嶺南詩派的珍貴史料

譚瑩一生「淡於榮名，於進取不甚在意。」除「安居教職」以外，他還「借官閒無事，以爲旁搜博羅之資。」最爲著名者是他幫助好友伍崇曜整理鄉邦文獻，刊刻孤本秘笈。《南海縣志》對此有較詳細記載：

> （瑩）有功藝林，尤在刊刻秘笈巨編洎粵中先正遺書一事。初，粵省雖號富饒，而藏書家絕少，坊間所售止學館所誦習洎科場應用之書，此外無從購買。自阮元以樸學課士，經史子集漸見流通，而本省板刻無多，其他處販運來者價值倍昂，寒士艱於儲蓄。瑩與方伯伍崇曜世交，知其家富於資而性耽風雅，每得秘本巨帙，勸之校勘開雕。其關於本省文獻者有《嶺南遺書》六十二種，《粵東十三家集》各種，《楚庭耆舊遺詩》七十二卷，此外，有《粵雅堂叢書》一百八十種，王象之《輿地紀勝》二百卷，瑩皆爲編訂而助成之。俾遺寶碎金，不至淹沒，而後起有好學深思之士，亦得窺見先進典型，其宏益非淺鮮也。〔註33〕

在譚瑩編纂的這些廣東文獻中，與嶺南詩派明顯有關的有《楚庭耆舊遺詩》與《粵十三家集》，另外，在《嶺南遺書》中也涉及到一些嶺南詩派詩人的詩歌。

〔註33〕鄭夢玉等修、梁紹獻等纂：《南海縣志》卷十八，清同治十一年刊本。

　　《楚庭耆舊遺詩》分前集、後集與續集三部分，其中前集包括二十一卷、後集二十一卷、續集三十二卷，共七十四卷。前集、後集於道光二十三年六月開雕印刷，續集則於道光三十年二月開雕印刷。《楚庭耆舊遺詩》共涉及到清代七十位嶺南詩人。這些詩人均生活在乾嘉道時期，其中有部分詩人還是譚瑩的好友。

　　在《楚庭耆舊遺詩》中，除譚敬昭、宋湘、李黼平等少數詩人在全國有影響以外，大部分詩人均默默無聞，影響僅侷限於嶺南。為了能很好地保存這些詩人的資料，譚瑩在編纂的過程中主要做了以下幾方面的工作：

　　第一、撰寫序言，說明編寫動機及編纂體例。

　　譚瑩先後為《楚庭耆舊遺詩》與《楚庭耆舊遺詩續集》撰寫了序文。在《楚庭耆舊遺詩序（代）》中，譚瑩首先寫交代了他們編纂動機是為了「愴懷逝者，慨念斯文。……俾益流聞者也。」接著又談到了他們與詩集中詩人的關係：「或稱昆弟之交，或屬丈人之行，或執業所曾事，或聞聲輒相思，或望重紀群，或姻聯秦晉。」然後又提及編寫體例：「亦元遺山《中州集》、小長蘆叟《明詩綜》例也。」

　　在《楚庭耆舊遺詩續編序（代）》中，譚瑩主要交代了編纂《續編》的緣由並感慨世事滄桑。

　　第二、詩前附有詩人簡介以及時人對他們詩歌的評論。

　　如對詩人潘定桂的介紹：

　　　　潘定桂，字子駿，一字駿坡，番禺人，諸生，鈞石子，著有《三十六村草堂詩鈔》。

　　　　陳仲卿云：駿坡詩源出李蘇，而泛濫於誠齋，風發颷舉，凌萬一世。

　　　　譚玉生云：駿坡尊人鈞石，以豔體詩得名，駿坡有句云「無恨安能作，明月有情終。」恐隔銀河亦可味。

　　　　《茶村詩話》：駿坡家世饒益，幼負異才。年三十竟卒，藝林多惋惜之。然句如「文能絕代關時命，交到中年半死生。懸知諸葛為名士，爭說林宗是黨人。才華太露終為累，憂患無端祇自傷。杜陵漫作吞聲哭，彭澤能為委運吟。重陽已廢茱萸酒，寒露須裁吉貝衫。」所謂憂能傷人，此子不得復永年者也。固知少年人作衰颯語，終非吉兆。〔註34〕

──────────

〔註34〕伍崇曜、譚瑩輯校：《楚庭耆舊遺詩後集》卷十九，清道光二十三年刻本。

通過這些珍貴的材料，我們可以對清朝乾隆以後，道光以前的嶺南詩歌，有一個大致的瞭解。

《粵十三家集》刊刻於道光二十年，共一百八十二卷。其中涉及到的嶺南詩人有宋代的李昴英、區仕衡、趙必豫，明代的李時行、區大相、黎民表、陳子壯、黎遂球、陳子升，清代的梁佩蘭、王隼、易宏、方殿元，這十三家詩文集都是有影響的作品。在《重刻粵十三家集序》中，譚瑩首先對嶺南文學包括嶺南詩歌的發展作了較爲系統的介紹，然後交代了《粵十三家集》是自己用心搜錄，或借、或鈔、或買而得。最後則點出此書的編纂刊印花費了很多心血。

在書後，譚瑩還撰寫了十一篇跋語，介紹作者生平、書籍來源、版本和校勘概況，十分詳細。每道一物，說一事，莫不循流溯源，推究始終，給讀者帶來很大便利。

《嶺南遺書》刊於清道光同治年間，是編所收大部分爲嶺南先賢的學術著作，全書共分六集，總五十九種三百四十八卷。計唐代一種，宋代三種，明代十八種，其餘均爲清代著述。《嶺南遺書》涉及到的嶺南詩歌，主要包括宋代崔與之的詩歌，清代黃子高撰的《粵詩蒐逸》四卷、清代羅元煥撰的《粵臺徵雅錄》一卷。除此之外，《嶺南遺書》還涉及到一些嶺南人撰寫的詩歌評論著作，如清勞孝輿的《春秋詩話》等。

譚宗浚曾與伍崇曜之子伍紹棠一起合作刊刻了《楚庭耆舊遺詩再續集》若干卷。在《楚庭耆舊遺詩再續集序》中，譚宗浚除交代刊刻原因與編選標準之外，還特別提到：「今茲甄錄，悉遵前訓。」〔註35〕

由上觀之，由於譚瑩父子的廣泛搜集與精心校勘，《楚庭耆舊遺詩》、《粵十三家集》與《嶺南遺書》的出版，爲整理和保存嶺南詩派詩人的詩歌資料作出了傑出貢獻。

三、通過詩歌評論，充實了嶺南詩派的詩歌理論

譚瑩除了大量創作詩歌以外，他還撰寫的一些詩歌評論。這些詩歌評論，除在《楚庭耆舊遺詩》和他的部分詩序中有較爲集中的呈現外，其餘主要散見於他的部分詩歌。

〔註35〕譚宗浚：《希古堂乙集》卷三，清光緒十六年刻本。

綜合《楚庭耆舊遺詩》以及部分詩序中的言論，譚瑩的詩歌評論，主要涉及以下幾方面的內容：

詩人的人生經歷以及與詩歌有關的掌故。如評價詩人吳應逵時，譚瑩說：

> 吳雁山孝廉，著《嶺南荔枝譜》，余曾為序之。鄭夢生舍人為刻其文集、筆記二種，擬並刻焉，而迄今未見。又《嶺南荔枝詞》自注與集中《東坡亭記》謂蘇公徙昌化軍時，取道鶴山，古勞都石螺岡，而於集無考。然公之能感人與鄉人之不忘公者，則重可思矣。亦紀東坡遺事者，所當知也。又云：歲丙戌，順德龍山鄉詩社以宋子京《紅燭修史圖》命題，延孝廉與潘小裴比部、徐鐵孫大令，糊名評定甲乙。余落句云：不知霧鬢煙鬟隊，誰是親呼小宋名。孝廉擊節，自謂忍俊不禁，逢人輒道之，亦見老成人風趣。詩今不存，附識於此。〔註36〕

再如，在評價趙均詩歌時，譚瑩說：

> 平坦廣文，幹濟之才，處脂膏而不潤。粵東貢院號舍、學使署考棚暨廣州郡學、孝悌祠、仰高祠、粵秀山學海堂、文瀾閣皆其所營建。迄今廿餘年，鞏固猶昔，縉紳章逢交頌焉。學海堂碑鑴曰：「趙博士監造」者，即其人。千百世後，倘有如張瓊之於漢，楊議郎南雪者耶。詩興到筆隨，盈帙滿笥，惜未經研煉耳。然如「風度樓雲每逢除，宰相猶復憶先生」，卻有漸近自然之致。〔註37〕

此段評語，一方面補充了趙均營建部分文化建築的史料，另一方面點出了趙均詩歌的不足與值得肯定的地方

第二、指出詩人的詩歌淵源，又肯定其創新。

如在《楚庭耆舊遺詩》中，譚瑩在評價顏時普的詩歌時說：

> 常博詩雅近香山、東坡，俯拾即是。〔註38〕

再如，在評價伍有庸詩歌時，譚瑩說：

> 古近體宗法大蘇，而於范石湖、楊誠齋尤近。五言如「相看形跡外，彌羨性情真」。七言如「壯心九已隨流水，老眼猶能看遠山。」「呈書亦可成燕說，晉用何妨是楚材。」「興來得句誠余事，飲者留

〔註36〕伍崇曜、譚瑩輯校：《楚庭耆舊遺詩前集》卷六，清道光二十三年刻本。
〔註37〕伍崇曜、譚瑩輯校：《楚庭耆舊遺詩前集》卷十一，清道光二十三年刻本。
〔註38〕伍崇曜、譚瑩輯校：《楚庭耆舊遺詩前集》卷五，清道光二十三年刻本。

名又幾人。」「古書有味隨心悟，舊稿須存信手刪。」「握手同傾一
樽酒，迴腸怕聽五更鐘。」「露下花枝寒帶濕，風微樹杪寂無聲。」
亦自斐然，正不必恪守碧玉老人風範。〔註39〕

第二，選取詩歌中的佳句進行評析。如評謝蘭生詩歌時，譚瑩說：

里甫先生，少時曾刻師事大蘇小印，淵源有自，故所作古近體
詩，大氣磅礡，老筆紛披，不屑緗章飾句，然五言如《即事感懷》
云：「風床鳴敗葉，雨檻墮空花。」《集浮石山房飲酒》云：「佛亦稱
無量，臣今偶一中。」七言如《遊羅浮不果》云：「風流最喜看花到，
辛苦何辭賣藥行。示雲岩僧人悝無，雲重裝金碧岩前。刹不定陰晴
海外，天東方朔雲四十。萬言成學問三千，餘歲作春秋虞仲。翔祠
慶成雲佛門，未闢生天早華表。歸來閱世多冶春，再和南山雲一區。
得號藏春塢出世，何妨大布衣鯨碧。樓看牡丹云醒酒，最宜文字飲
豔裝。何與老年人和南，山韻雲且了連朝。書畫債何妨閏月，米薪
添則又探喉。」以出天然湊泊，不可思議。置之《陳簡齋集》中，
殆未易優劣。〔註40〕

第三，指出詩人的詩歌特色與他在詩歌史上的地位。如譚瑩在《鄭棉舟
詩序》中，對詩人鄭葇詩歌特色有如此評價：

始得，盡讀其《海天樓詩鈔》四卷，鯨鏗鰲吼，淵瀉嶽峙。導
源於漢魏六朝之遠，和聲於開天一代之隆。不作砌間之吟，不爲籬
下之寄。淝水之役，草木皆兵。昆陽一戰，雷雨互作。烏獲舉鼎，
無以儷其勇也；宜僚弄丸，無以齊其巧也。下至薔薇芍藥之句，蝴
蝶鴛鴦之制，類皆銀躍金鳴，言泉文律，方詫獨成於心，誰謂借書
於手。〔註41〕

再如在《偶檢閱架上明人詩漫賦》組詩中，譚瑩除提及南園十先生外，
還特別提到嶺南詩人有三位。如組詩中的第九首：

十先生後各稱尊，七子詩壇有定論。海目篤生瑤石在，兩雄端足振南園。
〔註42〕

〔註39〕伍崇曜、譚瑩輯校：《楚庭耆舊遺詩前集》卷四，清道光二十三年刻本。
〔註40〕伍崇曜、譚瑩輯校：《楚庭耆舊遺詩前集》卷十二，清道光二十三年刻本。
〔註41〕譚瑩：《樂志堂文集》卷四，清咸豐九年刻本。
〔註42〕譚瑩：《樂志堂詩集》卷七，清咸豐九年刻本。

據譚瑩詩中自注，此詩主提及的兩位嶺南詩人分別爲區大相和黎民表。在本詩中，譚瑩對區大相和黎民表的詩歌成就給以極高的評價，並認爲他們兩人足以能承擔起振興南園詩社的重任。

在該組詩中的第十四首中，譚瑩提到明末清初著名嶺南詩派詩人屈大均。

> 離騷哀怨閱千春，香祖園中得替人。三百年來誰抗手，嶺南復有屈靈均。

譚瑩於本詩中認爲，屈大均詩歌承繼了屈原「哀怨」傳統，在整個明代幾乎無人能及。

與譚瑩相比，譚宗浚的詩歌理論更爲系統。他的詩學見解，比較集中地反映在《與友人論詩書》、《與諸子論詩》、《齋中讀書二十三首》、《眉州謁三蘇祠八首》、《馮越生同年詩序》、《石麟士大令詩序》等詩文中。如鍾賢培、汪松濤主編的《廣東近代文學史》中評價說：「求眞、求神、求新，構成譚宗浚詩學的三大要素。」〔註43〕

由此可見，譚瑩父子的詩歌評論有自己的特色。他們的這些詩歌評論，無疑對嶺南詩派的詩歌理論起了充實作用。

四、通過人才培養，壯大了嶺南詩派的創作隊伍

譚瑩儘管卓有文譽，並多次入考場，但直至甲辰科才如願中舉；自此淡於榮名，對於進取也不甚在意，惟安居教職。

阮元開學海堂課士，譚瑩和侯康、儀克中、熊景星、黃子高等被聘爲學長。學海堂倡導經詁樸學的教學和研究，同時它的文學教學活動也非常活躍，同樣卓有成就。學海堂詩的教學，多用古體，且涉獵經史。

爲了交流學習心得，學海堂每年還定期舉辦各種聚會活動。如每年正月二十日是阮元的生日，書院要舉行團拜。每年七月五日是漢代經學家鄭玄的生日，書院要舉行祭禮儀式。其他如中秋月圓、重陽菊開、冬梅報春之時，也都是書院雅集的時間。

爲了培養詩歌人才，譚瑩積在學海堂積極參預師生的各項唱和活動。從《學海堂集》、《學海堂二集》、《學海堂三集》及《學海堂四集》收錄的詩歌情況看，譚瑩許多詩歌就是作於這一時期。

譚瑩共擔任學海堂學長達三十年，一時許多俊彥多出其門。

〔註43〕鍾賢培、汪松濤主編：《廣東近代文學史》，廣州：廣東人民出版社，1996年版，第157頁。

　　除擔任學海堂學長以外，譚瑩還先後擔任廣東粵秀、越華、端溪書院監院。

　　在擔任曲江、肇慶府教授時候，譚瑩先後撰寫了《論曲江人士牒》與《論端溪書院人士牒》，教育當地人士要多作詩歌。如《論端溪書院人士牒》云：

> 　　昔宣尼設教，首曰文。顏氏約禮，先言博學、問思、辨藉，以篤行與觀群怨，要於多識。我阮文達師督粵時，特設學海堂季課。其群材之淵藪，多士之津梁矣。僕忝同校藝，愧未通經。顧昔曾攝肇府教官，今復監端溪講院，仍濫師儒之職，殆深香火之緣。敢僭論文，共期嗜學爾。端州人士，或文章司命，或風雅總持，或書讀等身，或業勤焠掌，自宣卿擢第巍然，弁冕於群英。況大府掄才直遍，綱羅於五管。復有盟心至契，早已刮目相看。矧經山長之琢磨，奚俟衙官之激勸。獨是前因未昧，結習難忘。敢言老馬之知途，快睹巨鱗之縱壑。竊願發出山堂題紙，自院內生童，以至閭屬、舉貢、生童等暨僑寓諸賢，務期多作，交到院內，匯寄省垣，公同評閱。其有名言奧義、巨製鴻篇，固各蒙相長之資，實轉獲多師之益。即有錦猶學，製弦待更張。既往牒之頻繁，即纂編之漸熟。酌蠡原難以測海，覆簣殆可以成山。敢希韓愈之抗顏，莫怪豐干之饒舌。
>
> 　　嗟嗟！十年重到，故我依然一事不知，儒者深恥。王思遠有言：「人多工於謀人，而拙於自謀」。僕之謂矣。第饜廣文之飯，獨氣司業之錢，仍稍竭其涓埃，俾共欽乎山斗。我言如贅，爾學彌增，無違特諭。〔註44〕

　　為了促進詩歌創作，譚瑩先後撰寫了《約同人重結浮邱社啓》、《碧紗籠徵詩啓》等文，積極組織徵詩活動。如在《約同人重結浮邱社啓》中，他說：

> 　　維粵人夙喜稱詩，迄明代群思結社。孫典籍則南園啓秀，陳宗伯則東皋繼聲。訶子林中巾瓶，並參淨契；芝蘭湖畔簪裾，彌豔香名。以迄沈奇玉之越嶠吐華，汪白岸則汾江摘藻，殆難更僕，時有替人。浮邱寺者，山海滄桑，仙靈窟宅。撒金巷古，倘烏跡之猶存。拾翠洲連，尚篿痕之宛在。〔註45〕

〔註44〕譚瑩：《樂志堂文集》卷三，清咸豐九年刻本。
〔註45〕譚瑩：《樂志堂文集》卷十五，清咸豐九年刻本。

通過多方面的途徑，譚瑩爲嶺南詩派的發展培養了大量後備人才。

據容肇祖《學海堂考》載：「光緒六年（1880）十月，譚宗浚被補爲學海堂學長。」〔註46〕由此可見，譚宗浚在培養嶺南詩派後繼人才方面也作出了自己獨特貢獻。

綜上所述，譚瑩父子與嶺南詩派的關係非常密切。他們一方面受其影響，另一方面又對其作出了重大貢獻。通過對譚瑩父子與嶺南詩派的關係的研究，我們既可以清晰地瞭解到晚清嶺南詩歌的發展狀況，又可以正確認識到譚瑩父子在嶺南詩壇中地位。

〔註46〕容肇祖《學海堂考》，《嶺南學報》第三卷第三期，1934年，第51頁。

下編　譚瑩譚宗浚年譜

凡　例

一、本譜之編，主要取之於二位譜主傳世詩文之稿本、刻本。至於題跋、書札、書法等材料的取捨，力求真實，以期客觀反映二位譜主行實。

二、本譜年月排次均採舊曆，不作西曆換算。凡本年行事日月無考者，悉稱「是年」，列於該年譜文之末。

三、本譜為求簡潔明瞭，一般直稱二位譜主其名，臨文不諱。

四、本譜注引文字，在摘錄或全錄時，悉本原貌，未作任何改動，節錄文字皆於節省處加省略號。

五、本譜所引資料出處，均標誌於引文之前。該資料的詳細出處可參閱文末參考文獻。

六、凡有考證、評述、補充等項內容，本譜皆以按語形式標示，以利檢索。

七、本譜述二位譜主生平交遊，多採同時期人著述為之補充。

八、譜主之撰述及詩文，年月可考者，均予編年，繫於譜文之內。

世　系

始遷祖爲譚卓昂，始遷祖妣胡氏。

高祖譚文士，高祖妣陳氏。

曾祖譚學賢，曾祖妣梁氏。

祖譚見龍，祖妣劉氏，生祖妣冼氏，庶祖妣羅氏、梁氏。

胞伯祖譚元龍、譚會龍。

父譚瑩，妣黃氏，生母妣梁氏，庶母妣王氏。

嫡堂伯譚應譽、譚心翼、譚國、譚應科。

胞伯譚應達、譚恒、譚應爵、譚應祿、譚福康。

胞叔譚應位、譚應庚、譚毓林（原名譚璈）

譚宗浚，妻許氏（廣東補用府文深長女，四品銜花翎工部都水司郎中府衍樹、廣東鹽大使府衍枚、福建候補同知府衍棟、候選縣丞府衍槑、府衍森胞姊）。

從堂兄譚麟徵、譚麟紹、譚麟書、譚麟彬、譚宗榮、譚義廉、譚麟符、譚麟潛、譚麟趾。

嫡堂兄弟譚榮光、譚紹光、譚鳳儀、譚大年、譚永年、譚鶴清、譚瑞年、譚桓、譚忠、譚傑、譚濂、譚佩儀、譚植、譚迪光、譚勳、譚義和、譚同和。

胞兄譚鴻安、譚崇安。

胞弟譚凱安、譚熙安。

子祖綸、祖楷、祖任、祖澍。

從堂侄譚子珣、譚子琛、譚子珍、譚子瓛、譚祖望、譚松濤、譚法、譚杓、譚錕、譚鈺。

　　從堂侄孫譚金、譚延齡、譚熙齡、譚以來。

　　嫡堂侄譚彥雲、譚彥昭、譚德輝、譚德晉、譚祖桂、譚祖津、譚玖、譚奎甲、譚奎宏、譚奎三、譚照、譚貢、譚瑤、譚長齡、譚三多、譚蘇

　　胞侄譚祖貽、祖源。

　　孫譚長序、譚長庚、譚長耀、譚長薐等。

　　從堂侄孫譚金、譚延齡、譚熙齡、譚以來等。

　　嫡堂侄孫譚基等。

（本世系以譚宗浚作爲考察基點）

年　譜

仁宗嘉慶五年　庚申（1800）譚瑩一歲

二月二十二日，譚瑩生於廣州城西叢桂坊。

譚瑩《二月廿一日泊花埭》中自注：明日余生朝。

《道光甲辰恩科直省同年錄》：譚瑩，字兆仁，一字玉生。行六。嘉慶壬戌二月二十二日辰時生。南海縣優貢生，民籍，化州學正。

朱彭壽編著《清代人物大事紀年》：譚瑩，二月二十二日生，字兆仁，號玉生。廣東南海人。享年七十二。

譚宗浚《旅寓京邸雜憶粵中舊遊得詩二十首》自注：南海石灣鄉，居人多以陶爲業，即倫迂岡、霍渭厓故里也。余始遷祖卓昂公由新會移居佛山鎮大基尾，死後，即葬石灣之大帽岡。余家每歲必來省墓，先教授公詩所云「省墓彌年至，汾江本故鄉」，即指此也。

譚祖綸《清癯生漫錄》中《叢桂坊宅》載：吾先曾祖在田公由佛山遷居廣州城西十二甫叢桂坊，旁有尙賢里，均以南宋劉隨如先生得名。隨如，名鎭，隱居不仕，教三子，皆登科第。邑宰贈以聯云：「三子盡黃甲，一門無白丁。」著有《隨如百詠》（見竹垞《詞綜》）。屋頗宏壯，後有一河，每日潮水漲時，漁舟極多。劉三山孝廉華東隸額題曰「帆影樓」。

按：據顧廷龍主編《清代硃卷集成》中同治甲戌（十三年）科會試《譚宗浚履歷》載：譚瑩爲譚見龍第五子。譚瑩自己亦在《豫庵筆談》云：先君子奉政公好飲酒、愛客、重然諾，親串中有負其數萬金者，不問也。中年後始得子，撫余兄弟共九人。另據〔同治〕《南海縣志》載：譚瑩，字兆仁，號玉生，捕屬人。而〔同治〕《南海縣

志》卷一《捕屬圖》標明，捕屬即指當時省城廣州城西地區而言。
加之譚宗浚擔任〔同治〕《南海縣志》的編校，該志中《譚瑩列傳》
應該經過他寓目。綜合以上材料，故將譚瑩的出生地繫於廣州城西
叢桂坊，而非佛山鎮大基尾。

蘇廷魁生。

何若瑤生。

梁同新生。

是年，侯康三歲，儀克中五歲，黃子高七歲，徐榮九歲，羅文俊十一歲，
樊封十二歲，梁梅十三歲，張維屏二十一歲，黃培芳二十三歲。

嘉慶六年 辛酉（1801）譚瑩二歲

鄭菜生。

許祥光生。

鄭獻甫生。

全慶生。

戴熙生。

嘉慶七年 壬戌（1802）譚瑩三歲

勞崇光生。

嘉慶八年 癸亥（1803）譚瑩四歲

嘉慶九年 甲子（1804）譚瑩五歲

嘉慶十年 乙丑（1805）譚瑩六歲

潘仕成生。

嘉慶十一年 丙寅（1806）譚瑩七歲

梁紹獻生。

嘉慶十二年　丁卯（1807）譚瑩八歲

朱次琦生。

桂文燿生。

葉名琛生。

嘉慶十三年　戊辰（1808）譚瑩九歲

嘉慶十四年　己巳（1809）譚瑩十歲

楊榮緒生。

嘉慶十五年　庚午（1810）譚瑩十一歲

伍崇曜生。

陳澧生。

徐灝生。

梁國琮生。

翁同書生。

顏培湖生。

嘉慶十六年　辛未（1811）譚瑩十二歲

是年，譚瑩參加詩社，所作《紅葉》為莫元伯所激賞。

　　譚瑩於《楚庭耆舊遺詩續集》中莫元伯條下云：余年十二，詩社有以「紅葉」命題者，余句云：「也知難入東皇眼，不使秋光太寂寥。」先生擊賞之，謂其寄託甚深，慨當以慷。時猶竹馬兒童，何知許事，衝口而出，卻似為余終身坎壈之讖，亦一奇也。

居巢生。

曾國藩生。

嘉慶十七年 壬申（1812）譚瑩十三歲

是年，譚瑩作《採蓮》、《雞冠花》諸賦，《茶煙》、《紅葉》、《看桃花》諸詩。
縣中耆宿見之，譽其為「後來之秀」。

譚瑩於《楚庭耆舊遺詩前集》中鍾啓韶條下云：風石孝廉與余居同里閈。
余年十三，作《採蓮》、《雞冠花》諸賦，《茶煙》、《紅葉》諸詩。孝廉聞之，
即踵門索觀，以小友相呼，邅勖以千秋之業，所謂蒙之、李邕、王翰者歟。

〔同治〕《南海縣志》中《譚瑩傳》載：年十二，戲作《雞冠花賦》、《看
桃花詩》，郡內老宿鍾啓韶、劉廣禮見而驚曰：「此子，後來之秀也。」

按：〔同治〕《南海縣志》中關於譚瑩《雞冠花賦》的創作繫年
有誤，另外，《茶煙》、《紅葉》、《看桃花》諸詩已散佚。

李光廷生。

龍元僖生。

左宗棠生。

嘉慶十八年 癸酉（1813）譚瑩十四歲

是年前，譚瑩與梁國珍訂交。

譚瑩《壬辰十一月送梁玉臣孝廉計偕之京》：八千里外初言別，二十年前
早訂交。

李長榮生。

嘉慶十九年 甲戌（1814）譚瑩十五歲

是年，譚瑩以詩請劉廣智點定，進而向其問業。

譚瑩於《楚庭耆舊遺詩後集》中劉廣智條下云：余幼喜為詩。年十五，
以所作介梁君漢三，求先生點定，有「櫓聲搖夢後，燈影照愁先。白露滴幽
砌，涼風生晚亭」之語，為先生稱許，因往問業焉。

羅惇衍生。

柯有榛生。

龍啟瑞生。

嘉慶二十年 乙亥（1815）譚瑩十六歲

是年，譚瑩謁譚敬昭於西園紫雲閣。

譚瑩於《楚庭耆舊遺詩前集》中譚敬昭條下云：歲乙亥，余年十六，先生於西園紫雲閣手書以贈，久藏篋衍，竟付羽陵之蠹。

是年，譚瑩從劉廣智讀書二牌樓、應元宮等處。

譚瑩於《楚庭耆舊遺詩後集》中劉廣智條下云：歲乙亥，館於余家後，又隨往讀書二牌樓、應元宮、明月橋舊居等處。先生家多藏書，玉昆、金友校文之暇，各以詩酒自娛，致足樂也。洎寅甫先生死，而意興寖不逮昔。

陳良玉生。

林彭年生。

王拯生。

魁齡生。

姚鼐卒。

伊秉綬卒。

嘉慶二十一年 丙子（1816）譚瑩十七歲

是年，譚瑩讀書簾青書屋，拜劉廣禮為師，從其習詩文創作。

譚瑩於《楚庭耆舊遺詩後集》中劉廣禮條下云：歲丙子，余讀書簾青書屋，喜作儷體文。愚谷先生云：「吾八兄寅甫先生夙以此擅場，盍往就正之。」因執業稱弟子。先生時過存問，並以詩枉贈。余答詩所以有「拾遺舊雨三春感，吏部高軒幾度來」之語。先生嘗示余文一卷云：「少作多學晚唐，且間沿宋人格調，故結響未高。近始欲宗法六朝，而多病不耐精思，且名心未了，舉業仍未敢拋棄，故所詣止此，其勉之。」

是年，譚瑩為徐良瑛《畫蝶圖》作序。

譚瑩於《楚庭耆舊遺詩後集》中徐良瑛條下云：余年十七時，曾序其《畫蝶圖》，有云：「阿兄憶弟，披圖深棣萼之情。將侄作兒，讀畫祝萱花之壽。」又嘗序其遺詩，有云：「清而不佻，麗而不靡。」見者或疑其阿好之言，然今循覽再三，如「談多稼穡知君意，語及蒼生愧我閒」，殆不類少年人語。

按：《畫蝶圖序》及《徐良瑛遺詩序》已散佚。

鄧大林生。

何桂清生。

嘉慶二十二年 丁丑（1817）譚瑩十八歲

是年，譚瑩作《荔枝賦》、《佛手賦》。

　　費行簡《近代名人小傳》：年方十八，阮元時督兩廣，試《荔支》、《佛手》
兩賦，曰：「工細妥帖，而能不囿近體。從此向學，何有齊梁。」

　　　按：據張鑒等撰的《阮元年譜》知，阮元於十月二十二日，至廣州
　　接任兩廣總督。另據〔同治〕《南海縣志》載，阮元第一次知道譚瑩名
　　字的時間是在嘉慶二十三年。此處記載阮元考試譚瑩的時間明顯有誤。
　　《荔枝賦》與《佛手賦》二文目前已散佚。

是年，倪濟遠舉進士，譚瑩未獲與其謀面。

　　譚瑩於《楚庭耆舊遺詩後集》中倪濟遠條下云：秋槎大令，文名藉甚。
舉進士時，余年未弱冠，故未獲謀面。作宦粵西數年，刻其初稿歸，貽羊城
諸同好，余始得讀其詩。嘗與君猷孝廉夜話，歎其哀感頑豔，簇簇生新，洵
足拔戟，自成一隊，而古體上不無遺憾。君猷極首肯余言。

呂洪生。

閻敬銘生。

惲敬卒。

嘉慶二十三年 戊寅（1818）譚瑩十九歲

一月，譚瑩出應童試，後以第一人入泮。其所作山寺題壁詩文，為時任兩
粵總督阮元所稱賞。

　　〔同治〕《南海縣志》卷十八《譚瑩列傳》：年弱冠，出應童試。時儀徵
相國阮元節制兩粵，以生辰日避客，屏騶從，來往山寺，見瑩題壁詩文，大
奇之。詢寺僧，始知南海文童，現赴縣考者也。翌日，見南海令謁見，制府
問曰：「汝治下有譚姓文童，詩文甚佳，能高列否？」令愕然，以為制府欲薦
士也，即請文童名字。制府曰：「我以名告汝，是奪令長權，為人關說也。汝
自行捫索可耳。」令乃盡取譚姓試卷遍閱之，拔其詩文並工者，果得瑩，遂
以縣考第一人入泮。

按：《禮記·曲禮上》：「二十曰弱，冠。」孔穎達疏：「二十成人，初加冠，體猶未壯，故曰弱也。」後遂稱男子二十歲爲弱冠。據此知，譚瑩出應童子試的時間應在嘉慶二十四年（1819）。然據清代張鑒等撰《阮元年譜》知，阮元於嘉慶二十二年（1817）十月二十二日抵廣州，出任兩廣總督。嘉慶二十四年（1819），駐於桂林。由此可斷定，譚瑩出應童試時間不可能是在二十歲。另外，譚瑩曾於《楚庭耆舊遺詩前集》中潘正亨條下云：「余年未弱冠，應童子試。」

綜合從以上材料可知：譚瑩出應童試時間應在嘉慶二十三年，即十九歲時。

是年，譚瑩之父譚見龍、師劉廣禮均辭世。

譚瑩於《楚庭耆舊遺詩後集》中劉廣禮條下云：歲丙子，余讀書簾青書屋，喜作儷體文。……越二歲，而先生死矣。余哭先生詩有：「一事未堪如屬望，九原何處更追隨」語。又祭文云：「視余猶子，瞻含殮而無由。知我何人，憶生平而更愴。」則以先君子之喪旬日，始往哭也。

按：該祭文已散佚。

孔廣鏞生。

沈桂芬生。

孫星衍卒。

翁方綱卒。

嘉慶二十四年　己卯（1819）譚瑩二十歲

是年，譚瑩偕徐良琛等詣是岸寺看桃花。

譚瑩《李子黼學博歲末懷人詩序》自注：在小港，舊多桃花。嘉慶己卯，偕夢秋茂才等。

是年，顧元熙出任廣東學政。

梁廷楠《粵秀書院志》卷八《長官表》：顧西元熙，江蘇人，進士。（嘉慶）二十四年任（廣東學政）。

鄒伯奇生。

陳璞生。

徐桐生。

嘉慶二十五年 庚辰（1820）譚瑩二十一歲

十一月，程含章就任山東兖沂曹濟道，譚瑩作《送廣州太守程月川師擢任山東備兵兖沂曹濟序》。

　　秦國經主編《清代官員履歷檔案全編》：程含章，雲南人。年六十歲，由舉人分發廣東，以知縣用。歷署封川縣知縣。嘉慶十三年五月，內署雷州府同知。因拏獲盜船盜犯，出力保奏，以應升之缺陞用。二十三年十月內，簡放惠州府知府。二十五年十一月內，補授山東兖沂曹濟道。道光元年六月內，內用山東按察使。

　　譚瑩《送廣州太守程月川師擢任山東備兵兖沂曹濟序》略云：師之初來吾粵也，鳴弦下縣，制錦明廷。操墨綬而試能，縮銅章而展效。固已功同卓茂，績比劉寬。玉白冰清，雲垂風抗矣。既而寇氛不靖，兵氣莫揚。師以降雨劉昆，學乘風宗愨。以栽花潘岳，作投筆班超。獻方略於軍門，下樓船於海島。金波澎湃，錦帆分劍戟之光。鐵颿嶙峋，銅炮壯旌旗之色。橫翦蛟鱷，直斬黿鼉。卒致鯤壑煙消，鯤溟霧洗。先帝重和洪之武略，特授龍州。大臣思柳儉之能名，復除廣漢。隨車沛澤，露冕宣風。布田仁會之精誠，廣陳伯元之威惠。謂養農之事，首重陂塘。謂訓俗之方，必由學校。近同馬亮，濬築堤溝。上繼秦彭，敦崇庠序。高允葺召公之廟，孔融貽根矩之書。孟嘗革弊而珠還，謝傑祝民而虎斃。初臨僻郡，迭刺雄州。莫不政簡刑清，目張綱舉。迨至分符清海，弭節珠江。兒童爭竹馬之迎，傳舍喜驂騑之至。或謂扶胥舊壤，殷繁自軼於他州。甌越名區，豪侈實踰於別部。加以戎麾悉駐，奔走實勞。眾但逐於趨鳧，孰果稱其展驥。而師顧持之以清淨，鎮之以廉平。正本澄源，聽聲察實。下庾征西之教，首重彝倫。移虞內史之書，廣延道素。特牛草馬，悉定章程。畦韭籬榆，不嫌煩碎。明獎善防淫之意，約束彌嚴。揭抑強扶弱之心，規條倍切。而且敝車羸馬，皮褥布衣。雷厲風行，芒寒色正。鄭文發不為烜赫，楊公回綽有循聲。垂箴或勒於州門，作記或書於廳壁。王龔按劾，豈畏豪強。左雄清嚴，詎受請託。何敞治汝南之獄，必本春秋。

　　袁煥綏河內之民，務存鰥寡。奪田十頃，祗給寒單。在郡廿年，未迎妻子。僚佐擲摴蒲之器，親朋贈荔子之圖。苞苴不入於戎藩，竹木定儲於公府。運陶侃之甓，晝夜不遑。酌吳隱之泉，夷齊曷愧。遂使囹無滯獄，事不留曹。境仰神君，郡歌慈父。紫馬厖三城之望，琴鶴皆仙。朱轓行十縣之春，桑麻如繡。心能穿地，燭可照天。子惠且著以威聲，煩劇不妨其靜理。宣城訟地，

或作閒田。華州流民，悉居義舍。金聲玉色，爭傳中散之廉能。風觀月樓，亦見子才之善政。已謂治平第一，才氣無雙矣。更於化導之餘，承流之暇，修學舍、立儒宮，仿周舜元之清規，踵王仲達之芳軌。越華院裏，重睹璿題。粵秀山前，聿新鴻構。育百城之俊彥，庇十郡之翹英。猶恐風聲所逮，德教未宏。爰尋羊石之故基，更訪穗城之舊宇。商州治賦，亦有羨銀。濟北公田，猶多沃壤。經營荒址，締構層軒。慮遠謀長，匯三成一。舊章攸革，度以宏規。眾費所資，給之私祿。袁彥章表章行誼，盧道將優禮儒生。接以恩顏，親加督勸。集衛隆元鳳，吏曹悉令受書。置儒林參軍，舊族偕行釋菜。求之近代，豈有同符。例以古人，固當並轍。所以凡生嶺海，皆深翹佇之思。忝屬麾幢，益切瞻依之意。

是年，譚瑩與廣東羅定人黎耀宗一起受知於廣東學政顧元熙。

譚瑩《黎煙篷孝廉聽秋閣帖體詩序》：歲庚辰，瑩與煙篷孝廉黎君同受知於長州顧耕石先生。

〔同治〕《南海縣志》卷十八《譚瑩列傳》：督學長洲顧元熙亦謂其律賦胎息六朝，非時手所及。

　　按：顧元熙（？～1821）字麗丙，號耕石，江蘇吳縣人。嘉慶十三年鄉試解元，嘉慶十四年（1809 年）進士，授編修。著有《小楷金石萃編》等。

是年，譚瑩作《嶺南荔枝詞》百首，獲李黼平獎借。

譚瑩於《楚庭耆舊遺詩前集》中李黼平條下云：阮儀徵師相督粵，開學海堂課士，延先生校文。余時年逾弱冠，賦《荔枝詞》百首，先生激賞之。以後來王粲目，屢蒙說項，間獲瞻韓，均極獎借。

王章濤《阮元年譜》：1820 年庚辰嘉慶二十五年五十七歲。三月初二日，阮元創辦學海堂。……是時，阮元聘李黼平閱課藝於學海堂，復留授諸子。林伯桐亦受聘為學海堂山長。

梁廷枏《昭文縣知縣李君墓誌銘》：阮雲臺制軍方開學海堂，聞師李黼平歸，聘閱課藝，遂留授諸公子經。居久之，病頭風辭去。

　　按：譚瑩自云作《嶺南荔枝詞》百首，而《學海堂集》及《樂志堂詩集》均只收錄 60 首，該組詩中 40 首目前已散佚。

是年，譚瑩以所作《銅鼓賦》受知廣州太守程含章。

　　譚瑩於《楚庭耆舊遺詩前集》中潘正亨條下云：（程月川）先生，諱含章，雲南景東廳人。政媲龔黃，望同羊杜。時守廣州，余年未弱冠，應童子試，以《銅鼓賦》受知，極相推挹。不逾年，擢山東兗沂曹濟道。粵東人士多以詩文贈行，匯刻之，署曰《三城輿頌》。余作序云：「謝太傅無當時之譽，去日猶思。盧尚書有舊國之恩，何年復至。」又云：「三生福命，願師如蜀國韋皋。畢世依歸，愧我是韓門張籍。」

　　按：〔光緒〕《惠州府志》卷十九《職官表上》：羅含章，雲南景東廳人。乾隆壬子舉人。嘉慶二十四年二月任（惠州府知府）。

　　〔光緒〕《廣州府志》卷二十三《職官表七》：羅含章，雲南景東廳人。舉人。嘉慶二十五年任（廣州府知府）。

　　程含章《程月川先生遺集》卷之七《覆方東樹書》略云：月日，羅含章頓首具報方先生閣下：夏間屈就校士閱卷，獲親塵誨並讀大撰，自恨沉頓簿書，公私繁賾，不能卒業。

　　據上可知，譚瑩記載有誤，《銅鼓賦》當作於此年。另《銅鼓賦》已散佚。

丁寶楨生。

陳昌齊卒。

宣宗道光元年　辛巳（1821）譚瑩二十二歲

是年，譚瑩與徐榮等參與西園詩社第一集。

　　〔光緒〕《廣州府志》卷一百六十二《雜錄三》：長白誠齋榷使達三，性耽風雅。蒞任時，與謝里甫太史蘭生為莫逆交。時城西人士喜聯詩社，榷使欣然代為提唱，厚資金幣焉。其第一集，題《紅梅驛探梅》，漢軍徐鐵孫榮擅場句云：「無雪月時香亦冷，最風塵處品逾尊。」第二集，題《水仙花》，南海徐夢秋良琛擅場句云：「天風約鬢愁無語，湘水煎裙凍有棱。我正含情撫瑤瑟，曲終人遠喚難應。」第三集，題《玉山樓春望》，番禺馮子良詢擅場句云：「雲霞今古浮雙闕，花月東西隔一濠。」皆傑作也。

　　梁廷枏《粵海關志》卷七《職官表》：監督：達三，道光元年九月任。

　　馮詢《子良詩存》卷十一《補錄水仙花詩》題注：此詩與第一卷《玉山樓望春》，同為少時西園詩社作也。吾粵自前明以來，迭開詩社。道光初年，

南園、西園兩社最盛，詩至萬卷，送巨公甲乙。予《玉山樓》作，拔置冠軍，此作取列第三名，距今三十年矣。同社諸公風流雲散，故園韻事，老更難忘，偶憶及之，補錄於此。」

譚瑩於《楚庭耆舊遺詩後集》中徐良琛條下云：癸未冬，西園詩社第二集《題水仙花限蒸韻》。……又第一集《題紅梅驛探梅限元韻》，徐鐵孫大令擅場句云：「無雪月時香亦冷，最風塵處品逾尊。」熊笛江廣文句云：「風塵夢斷無人共，天地心孤到此存。」亦見老筆紛披。

是年，譚瑩與溫訓同寓訶林。溫訓出《梧溪詩畫冊》，並囑其題序。

譚瑩《溫伊初梧溪詩畫冊後序》自注：辛巳，與伊初同寓訶林，即出是冊囑題。余攜歸，已閱十七月矣。

是年，廣東學政顧元熙卒。

朱彭壽《清代人物大事記》：顧元熙，翰林院侍讀，廣東學政。卒年四十五。

姚元之《竹葉亭雜記》卷二：學政莫利於廣東。己卯，傅石坡光少同年棠將終任而卒。繼之者爲顧根實侍讀元熙，未終任亦卒。再繼者爲朱編修階吉，到任數月又卒。於是將爲不利之地矣。壬午四月朱編修缺出，以伍石生編修長華補之。六月伍改授廣西右江道，以白小山少詹熔補之，其時伍蒞任，甫按部南雄未畢事也。傳說學政衙門與運司衙門相接，運司素不利，有道士爲之樹天燈杆，自此杆立，運司每升而學政乃不利。三年之中四易學政，其前相繼死者三人，伍到任復不及一月而去，果有關於風水歟？

李元度生。

溫汝適卒。

道光二年　壬午（1822）譚瑩二十三歲

除夕，譚瑩作《壬午除夕》。

譚瑩《壬午除夕》：紙賬蘆簾賦索居，先生清興復何如。門前債客多於鯽，尤典殘釵購異書。

是年，何南鈺任粵秀書院院長。譚瑩後來讀書粵秀書院，為其門下士。

梁廷枏《粵秀書院志》卷之九《師席表》：道光朝二年，何院長南鈺。

梁廷枏《粵秀書院志》卷之十六《傳三》：何相文先生南鈺，博羅人。⋯⋯乙亥攝糧儲道，尋權迤東道，以病去。抵家，主其邑登峰書院。先是瓊南翰山先生削籍返，阮相國延致開函，丈閱一載有奇矣。皇上初登極，召復原職，感激恩遇，得旨即行。先生舊隸相國門牆，學行素承知愛，至是適在籍，遂以其冬入院。居七載，教育頗著成效。

梁廷枏《粵秀書院志》卷之十二《人才表二》：何院長相文門下南海學：伍長青、曾釗、孔繼綿、梁紹訓、劉天惠、譚瑩等。

馮譽驥生。

道光三年 癸未（1823）譚瑩二十四歲

冬，譚瑩參與西園詩社第二集，同集者有徐良琛、黃子高、侯康等。

譚瑩於《楚庭耆舊遺詩後集》中徐良琛條下云：癸未冬，西園詩社第二集《題水仙花限蒸韻》。夢秋擅場句云：「天風約鬢愁無語，湘水湔裳凍有棱。我正含情擁瑤瑟，曲終人遠喚難應。」仙風琅琅，海天如夢，固當於塵外賞音，洵足壓倒元、白。然如馮子良大令句云：「朝雲暮雨三生夢，素女江娥一例稱。北渚天高曾降汝，西湖祠老合陪僧。」陳頡雲孝廉句云：「芳魂忽斷月如水，春影自空天欲冰。」又云：「出浴蓬壺裳卷荔，試妝瑤島鏡開菱。」黃石溪明經句云：「淡極有情傾玉佩，靜如無語背銀燈。月明湘浦風初定，路入瑤池浪不興。我亦黃冠思學道，靈根慧業恐難勝。」侯君模孝廉句云：「感賦洛川春有夢，薦馨湖廟月初升。」亦自揣色侔聲，搖蘭振玉。至余句云：「怕彈綠綺難終曲，莫著黃緇更上升。翠羽明璫誰與贈，朝雲暮雨竟無憑。」則恐墜西崑窠臼，固宜讓諸君子出一頭地耳。

譚瑩於《楚庭耆舊遺詩續集》中黃德峻條下云：歲癸未，西園詩社以「水仙花」命題，名作如林，令人有觀止之歎。

沈世良生。

葉衍蘭生。

李鴻章生。

丁日昌生。

桂文燦生。

道光四年 甲申（1824）譚瑩二十五歲

是年，譚瑩受知郡丞徐香祖。

〔道光〕《南海縣志》卷十九《職官表二》：徐香祖，元和人，舉人，道光四年任（知縣）。

譚瑩於《楚庭耆舊遺詩前集》中劉彬華條下云：余年弱冠，受知郡丞徐秋厓。後攝篆番禺，招飲衙齋，始晤樸石先生於座間，極承獎借。後秋厓先生量移鶴山，先生屬代撰《送行序》，有云：「望箐竹之千叢，交森鐵節。啖離支之百顆，藉表丹心。武城之絃歌乍聞，灌壇之風雨不作。」又云：「昔人家駐松關，忍睹雙梟之竟去。此日名題香辰，還期五馬之重來。」先生尤激賞焉。秋厓先生，諱香祖，江南元和縣人。遺愛在粵，宰鶴山，靈芝產於庭，賦詩紀瑞，粵人多屬和者。同知佛崗廳，亢旱，芒屨陟山巔請雨，以暍病卒。能詩，稿多遺佚，附識於此。

按：譚瑩代撰的送行序一文已散佚。文中「離支」今作「荔枝」。

是年，譚瑩館於表兄麥半農家中，首次聞知何藥圃先生。

譚瑩《何藥圃詩鈔後序》：憶歲甲申，余館麥半農表兄家中，始聞吾鄉何藥圃先生者。

是年，譚瑩母冼太孺人辭世。

譚瑩《書梁子春先生春堂藏書圖後》：是時（壬午），先冼太孺人猶在。閱二歲，而痛甚濡章，悲深錄扇。檢曲昭之金笥，本已無多。鬻郭丹之衣裝，唯聞自給。方歎補袍雜紙，忍言剪髮易書。

是年，譚瑩作《新建粵秀山學海堂碑》與《新建粵秀山學海堂上梁文》，並與眾人種植桃、李、紫薇之屬。

譚瑩《新建粵秀山學海堂碑》略云：爰以道光四年秋九月，經始於城北粵秀山之麓焉。嶺駐峰紆，岩層岫衍。川原開滌，林薈綿蒙。暢萬里之幽情，挹三城之秀色。天連象郡，平看五嶺之低。地盡蠻江，俯眺六瀧之險。珠江花月，遙接南濠。香閣經魚，近連北郭。棉紅榕綠，極萬瓦之鱗差。渚往汀還，度千帆而羽集。湛方生有言：「嶺舉雲霞之標，澤流清曠之氣。荊藍之璞，豈不在茲？」以今方昔，亶其然矣。庀材度木，搰土移山。既因樹而安牖，更依泉而築徑。虹粉藻梲，梁卯焌黃。槐宮亦遜其岧嶢，菱豐乍驚其輪奐。即以是年冬十一月落成，更於其後築至山之亭，闢啓秀之宇。

《學海堂集》卷十八《題識》：道光四年冬，雲臺座師建學海堂於粵秀山，粵士於斯堂各有所述，積一百餘卷。師授南鈺閱之，時南鈺主講粵秀書院也。因錄尤佳者若干篇，共為一卷，續於初集之末，紀事詳明，各體兼備。博羅何南鈺謹識。

謝念功《新建粵秀學海堂序》注云：念功與學博吳蘭修、何其傑、李清華、趙均、邵詠孝廉、吳應逵文學、曾釗、何應翰、劉瀛、梁梅、譚瑩、劉天惠、梁國珍上舍，儀克中，凡十五人種桃、李、紫薇之屬，人各十本。

按：《學海堂集》卷十八收有趙均、吳嶽、譚瑩、樊封、居溥、謝念功、崔弼、吳蘭修、徐榮、鄭棻等人所作與學海堂有關的作品共十二篇。

是年，譚瑩等人參與西園詩社第三次集會。

譚瑩於《楚庭耆舊遺詩後集》中徐良琛條下云：癸未冬，西園詩社第二集《題水仙花限蒸韻》。……第三集《題玉山樓春望限豪韻》，子良大令擅場句云：「雲霞今古浮雙闕，花月東西隔一濠。」吳石華廣文句云：「五嶺由來足桑苧，七洲今已靜風濤。」又云：「諸老昔曾扶大雅，瓣香今已屬吾曹。」石溪明經句云：「楚相以還文物盛，春光如許客心勞。」亦並可存。

徐榮《玉山樓春望》自注：甲申。

道光五年 乙酉（1825） 譚瑩二十六歲

六月十四日，應梁梅之招，譚瑩與徐榮、熊景星等人集有寒齋並賦詩。

徐榮作《梁子春招同熊笛江崔心齋孝廉樹良譚玉生秀才瑩集有寒齋》以紀其事。

按：徐榮詩前有《正月二十四日與熊笛江張平石同遊粵秀山寺作贈夢湖上人（乙酉）》，後有《開歲（丙戌）》，故繫此詩於乙酉年。

七月，譚瑩邀徐榮、熊景星、梁梅結社並修禊珠江，熊景星作《珠江修禊圖》。

譚瑩《八月上巳長壽寺秋禊詩未成舟中補作》自注：歲乙酉七月，邀同人修禊珠江，笛江廣文作圖，今失去，囑六湖廉訪補作也。

譚瑩《鄭棉舟詩序》：憶乙酉秋，僕與笛江、鐵孫、子春、夢秋諸君子結社於珠江舟次，時僕吞花臥酒，紙醉金迷，罰拌三斗，吟慳一字。

除夕，譚瑩與同人到小港看桃花，並作《乙酉除夕小港看桃花詩序》。

譚瑩《乙酉除夕小港看桃花詩序》：夫香山菊社，時恒越乎重陽。蘿岡梅田，候難占乎小雪。賞桂値花朝之節，觀荷當七夕之天。東樵西樵，實多四時之花。莊頭柵頭，不少長春之蘤。

嶺南氣侯節物，原異乎中州。海外文章瓣香，端屬之吾輩。看花有約，屬草奚辭。小港在盧循城畔，楊孚宅旁。閣則海幢海印，橋則環珠漱珠。路轉鳳凰之岡，村環雞鴨之滘。閒蒔雜卉，遍栽野桃。歲既暮以全開，日欲除而齊放。萬松（山名）蕭槭，湧出絳霞。一水瀠洄，蕩成香雨。獨是殘年，已逼急景。將徂爆竹巷燒，桃符宅換。賣癡呆而不必，照虛耗其宜先。歷竟盡乎樓羅，飲尚耽乎文字。債臺誰避，獨詩書畫之清閒。盟社可寒，任松竹梅之兀奡。心情觸撥，意興蕭然矣。則有性似白鷴，身如紅燕。平章風月，供養煙霞。即分餞歲之筵，便作尋春之局。年猶彈指，耐久朋多。花最銷魂，總宜船好。聞鍾寺近，訪白足之高僧。說劍臺荒，弔黃衫之俠客。釣魚艭穩，更何羨乎綠篷（船名）。放鶴僮兼，未妨偕乎紅袖。則見枝枝如火，齊燒玳瑁之天。片片成塵，密簇琉璃之地。態含風而益媚，影照水以同妍。香霏疑蝴蝶之飄，紅暖覆鴛鴦之宿。沿岸非無芳草，妝點可憐。依樓亦有垂楊，分明似畫。比之木棉環海，枝格昂藏。杜鵑漫山，血痕狼藉。鉛華轉遜，情韻迥殊矣。

於是推篷飽玩，弭檝徐移。低亞則全礙櫓枝，零亂則密塡牕格。斜簪散幘，天然士女之圖。蓑袂笠簷，人豔江湖之夢。最妨小雨，搵紅淚於羅巾。恰趁斜暉，鑒玉顏於銅鏡。已而羹調谷董，酒酌屠蘇。醉顏誰，相對相當。冷眼悟，即空即色。水搖空綠，下雙管以難摹。岸積殘紅，酹一杯其誰葬。盟心學水，偏宜扇影。鬢絲著手，成春絕稱。酒旗歌板，又豈知仙城之拉雜、人海之駢闐也哉。

夫身世感迎年之節，轉憶飄零。功名嗟獻歲之期，倍深棖觸。是以裴晉公賢相也，窮途潦倒，添商陸於殘宵。杜文貞偉人也，逆旅棲皇，娛博塞以竟夜。吾人遊歷，偏屬壯年。故國承平，兼逢樂歲。雖風雲不感，得路均遲。而山水方滋，杜門能謝。獨話村田之樂，好花枝特寄閒情。倘論香火之緣，大節夜（見《乾淳歲時記》）偏同雅集。綺懷清福，曷可無詩。且昔者荔灣啖荔，蒲澗擷蒲，花埭春遊，珠江秋禊，業煩圖繪，並和詩章。矧此閒緣，卻當殘臘。緊余同好，迭賞孤花。比婪尾之春光，群鶯勸客。憶從頭之歲事，雙鷗笑人。兩槳如飛，萬紅相送。一年將盡，四美能兼，均不容以罔識也。

　　嗟嗟！模糊是岸，未應漁者之迷津。珍重此門，牢記美人之處所。並祝年年花放，不同劉賓客之重來。遍徵各各詩成，始效賈閬仙之私祭。歸來索筆，誰補寫神荼鬱壘之符。醉裏分箋，我仍慚芍藥薔薇之句。凡有著撰，均錄於篇。

是年，譚瑩晤吳林光於珠江舟次。

　　譚瑩於《楚庭耆舊遺詩續集》中吳林光條下云：歲乙酉，余曾晤先生於珠江舟次。迄歲甲辰，與哲嗣閣臣孝廉同舉於鄉，遂為年家子。舟過鉛山，聞人頌先生惠政頗多，未及奉謁也。迨丙午乞養歸，而遽舉蓉城矣。詩工懷古之作。

是年，譚瑩與徐榮始結西園吟社，同宴集者有徐榮、熊景星等二十餘人。

　　譚瑩《哭徐鐵孫觀察》自注：乙酉、丙戌，君與余結西園吟社，同宴集者二十餘人，俱下世，存者唯余與笛江廣文耳。

　　譚瑩作《西園吟社第一集用樂府題作唐體十二首同集者熊笛江徐鐵孫兩孝廉梁子春徐夢秋鄧心蓮鄭棉舟四茂才》紀其事。

　　　　按：據譚瑩《樂志堂詩集》知，西園吟社共有六次集會：第一集主
　　　題為「用樂府題作唐體」；第二集主題為「詠扇五絕」；第三集主題為「詠
　　　珠江秋禊」；第四集主題為「詠秋草」；第五集主題為「詠黃葉」；第六
　　　集主題為「消寒草詠」。

是年，翁心存出任廣東學政。

　　翁同書等著《先文端公年譜》：道光五年乙酉，三十五歲。闈中奉督學廣東之命，十月抵廣州。

　　梁廷楠《粵秀書院志》卷八：翁公心存，常熟人。（道光）五年任（廣東學政）。

馮譽驄生。

許庚身生。

道光六年 丙戌（1826）譚瑩二十七歲

六月，阮元由廣東移節滇黔，譚瑩作《送兩廣制府阮芸臺師移節雲貴序》。

　　譚瑩《送兩廣制府阮芸臺師移節雲貴序》略云：今聖天子御宇之六年，歲次柔兆閹茂，我大司馬儀真阮芸臺師之總制全粵者，蓋十年矣。寇準以朝

廷無事，權司鎖鑰於北門。韋皋為忠武后身，久駐節旄於西士。人和歲稔，刑清政簡。他日者詳之職志，登於史氏，且合周之方召，漢之龔黃、羊巨平、李鄴侯、韓魏國、王新建諸公，共不朽焉，固無俟末學之侈陳，鄙人之觀縷者矣。

今夏六月，特被量移雲貴之命。編甿戀慕，士庶優悒。留鞭截鐙，共酌餞離之酒。攀輿臥轍，齊下感恩之涕。況瑩等者，咳唾為恩，眄睞成飾。謝公移鎮，競賦詩而出祖。廣平遺愛，爭琢石而頌德。授簡操管，揄揚曷既。伏而思之：述泰山之高者，不如覆之一簣。陳渤澥之深者，奚若注茲一勺。請抒簧鼓之論，詎待芻蕘之詢。

譚宗浚《復友人書》略云：考阮公以道光六年去粵，嗣任者為大庾相國李鴻賓。

徐榮《寄送阮芸臺宮保師移節滇黔》略云：公以六月去粵，時榮計偕未返，承留賜百金。

八月二十六日，譚瑩參與西堂吟社第二集，作《西堂吟社即事感賦得詩十二首時丙戌八月二十六日也》。

秋末，應陳昌運之請，譚瑩作《陳任齋菊醉園題詞》。

譚瑩《陳任齋菊醉園題詞》：僕居無老圃，宅鮮東籬。年年九日，慣負花時。月月重陽，唯躭酒侶。丙戌秋杪，屬素琴之獨擁，期白衣而不來。乃有枉遊，展遞吟箋。踐投轄之家風，展題糕之歲序。集因賢主，座盡故人。遂乃命駕乎沁芳之亭，扶筇乎醉雨之齋。

醉雨齋者，吾友任齋陳氏昆仲藝菊之所也。瑤枝金萼，鶬集鳳儀。芳實暉藻，雲布霧散。相與窮偃，泊肆沉酣。柳遠本無拘檢，張敷閒理音辭。拍銅斗以高吟，注瓦盆而共醉。任齋逸情雲上，壯懷飆舉。使其生希徐邈，死慕劉伶。或八日而不醒，謂此生其足了。當此庭芳靡謝，家釀新開。友是忘年，臣偏卜夜。仿元行恭之劇飲，縱高季式之酣歌。拓金戟以昂藏，倒玉缸而斟酌。雖狂奴之故態，亦雅人之深致者焉。而乃衛武賓筵，早聞立歲。劉杏酒職，不愧古人。謝舉乃不及臣，公榮何必語此。每至眼花耳熱，風管雲歌。僅從壁上以觀，敢作局中之想。客恒滿而酒不空，我獨醒而人已醉。固佳遊所同歡，抑好事之深憂也。而不知神明居律呂之先，嗜好得鹹酸以外。一枝相對，無煩枕曲藉糟也。萬花如簇，宛已銜杯漱醪也。吟興自洽，觴情宛滋。彼傳癖馬癖，阮屐祖財。陶宏景之樂聽松，王徽之之喜看竹。類皆賞

給玩周，金迷紙醉。神解獨徹，丹青遂留。南山如見，誰雲後鮮有聞。東海欲傾，竊愧未知其趣。

冬，譚瑩作《海天樓詩鈔序》。

譚瑩《鄭棉舟詩序》略云：丙戌冬，同集。子春始得，盡讀其《海天樓詩鈔》四卷。鯨鏗鼇吼，淵渟嶽峙。導源於漢魏六朝之遠，和聲於開天一代之隆。不作砌間之吟，不爲籬下之寄。淝水之役，草木皆兵。昆陽一戰，雷雨互作。烏獲舉鼎，無以儷其勇也。宜僚弄丸，無以齊其巧也。下至薔薇芍藥之句、蝴蝶鴛鴦之制，類皆銀躍金鳴，言泉文律。方詫獨成於心，誰謂借書於手。蓋棉舟幼歷關山，間遊幕府。逐輪蹄兮無極，撫琴書兮安託。善言兒女之感，大得江山之助。其志鬱，故其情豪。其思幽，故其藻麗。大則撫時感事，屢按中宵之劍。小則歌離弔夢，各佇遙天之札，以至山前射虎，簾角試鶯。殘杯冷炙之昂藏，落葉狂花之偃蹇。莫不有來斯應，無假題署。乘之愈往，久而更新。然則所謂工者，固振逸傳音。而所謂速者，亦停辛佇苦者耶？

香山居士序劉夢得詩云：「其鋒森然，莫敢當者。余不量力，往往犯之。」（僕）何敢犯棉舟之鋒，顧不辭而爲之序者。非爲枚皋解嘲，亦期張奭勵志爾。

是年，譚瑩參加歲考，名列前茅。後於復試時，作《恭擬賀收復回部四城生擒首逆張格爾表》，爲時任廣東督學翁心存所稱賞。

〔同治〕《南海縣志》卷十八《譚瑩》：道光六年，常熟相國翁心存以庶子督學粵東，歲考以《棕心扇賦》試諸生，瑩居首列。時值西陲用兵，復試日題爲《擬平定回疆收復四城生擒首逆賀表》，瑩於風簷中振筆直書，駢四驪六，得一千五百餘言。學使批其卷首，有「粵東固多雋才，此手合推第一」等語。

商衍鎏《清代科舉考試述錄及有關著作》：學政到任第一年爲歲考，第二年爲科考，凡府、州、縣之附生、增生、廩生，皆須應考。

按：《棕心扇賦》已散佚。

是年，譚瑩作《粵秀山文瀾閣落成詩》四首。

林伯桐、陳澧編《學海堂志》：文瀾閣在粵秀山，東西適中，高若干丈，以奉文昌及魁星神位，道光丙戌，紳民公建，儀徵公捐廉以成之者也。閣外東、

西、南三方環拱，閣後一山，隱然相隨，於以鍾靈毓秀，興起人文。祀事余閒，憑欄遠眺，清澈無翳，迥非他處所有也。閣上下皆爲三楹，四面複道，互通往來，亦上下如一。閣前白石爲砌，深一丈餘，高若干尺。南有迴廊三所，中藏器物。西備庖湢，東則司閽所居。外門東向，與學海堂外門相望也。碑石凡三：一爲建閣碑記，一爲捐金姓名，而章程一碑，大書深刻，立於閣下簷前，升階即見，可以久而不忘也。此閣之建，工費不貲，僅得觀成，而祀產未備。現在司香等工食，皆由學海堂經費支發。且地勢高敞，修葺綦勞，將使垣墉宗桷，歷久不渝，祭器祭田，舉無缺典，是所望於後之君子矣。

是年，譚瑩與徐榮等結西園吟社酬唱。

　　譚瑩《哭徐鐵孫觀察》詩自注：乙酉、丙戌，君與余結西園吟社。

是年，譚瑩參與順德龍山鄉詩社，所作詩爲吳應逵歡賞。

　　譚瑩於《楚庭耆舊遺詩前集》中吳應逵條下云：歲丙戌，順德龍山鄉詩社，以宋子京《紅燭修史圖》命題，延孝廉與潘小裴比部、徐鐵孫大令糊名，評定甲乙。余落句云：「不知霧鬢煙鬟隊，誰是親呼小宋名。」孝廉擊節，自謂忍俊不禁，逢人輒稱道之，亦見老成人風致。詩今不存，附識於此。

是年，譚瑩載酒珠江，陶寫中年哀樂。吳蘭修間與之。

　　譚瑩於《楚庭耆舊遺詩後集》中吳蘭修條下云：歲丙戌，余屢載酒珠江，藉陶寫中年哀樂。石華間與同之。

是年，譚瑩始與潘正亨訂交。

　　譚瑩於《楚庭耆舊遺詩前集》中潘有爲條下云：毅堂先生以舍人校《四庫》書，例得議敘。與忤權貴，卒不調。南歸後，不復出。余以丙戌與伯臨訂交，先生歸道山久矣。所居擅園林花竹之勝，常有句云：「半郭半郊供臥隱，藕塘三月鶺鴒飛。」南山先生屢向余誦之。

宋湘卒。

道光七年　丁亥（1827）譚瑩二十八歲

是年，譚瑩與表兄麥半農、同鄉何藝圃先生遊，始得《藥圃詩鈔》二卷而讀之，並作《何藥圃詩鈔後序》。

　　譚瑩《何藥圃詩鈔後序》略云：越歲丁亥，半農已作古人，與其鄉何藝圃先生遊，始得《藥圃詩鈔》二卷而讀之。

是年，譚瑩與蔡廷榕買醉於珠江酒樓。

譚瑩於《楚庭耆舊遺詩續集》中蔡廷榕條下云：余年少，未與明經締交。嘗有句云：「春風一曲纏頭錦，夜雨兼旬斝尾杯。」逢人輒稱道之。後歲丁亥，同買醉於珠江酒樓，始獲謀面。閱歲餘，而訃至矣。其詩工愁善怨，則境遇為之。

許其光生。

梁肇煌生。

何南鈺卒。

道光八年 戊子（1828）譚瑩二十九歲

孟冬，潘正亨五十壽辰，譚瑩作《潘伯霖比部五十壽序》以賀。

《楚庭耆舊遺詩前集》：潘正亨，字伯臨，一字何衢，番禺人。毅堂姪。貢生。官刑部員外郎。著有《萬松山房詩鈔》。

譚瑩《潘伯霖比部五十壽序》略云：維著雍困敦之歲，月在孟冬，辰在析木，我潘比部伯臨先生五十壽辰。

《爾雅‧八‧釋天》：太歲在甲曰閼逢，在乙曰旃蒙，在丙曰柔兆，在丁曰強圉，在戊曰著雍，在己曰屠維，在庚曰上章，在辛曰重光，在壬曰玄黓，在癸曰昭陽。歲陽。太歲在寅曰攝提格，在卯曰單閼，在辰曰執徐，在巳曰大荒落，在午曰敦牂，在未曰協洽，在申曰涒灘，在酉曰作噩，在戌曰閹茂，在亥曰大淵獻，在子曰困敦，在丑曰赤奮若。載，歲也。夏曰歲，商曰祀，周曰年，唐虞曰載。歲名。

是年，廣東學政翁心存任滿回京，繼任者為徐士芬。譚瑩與梁梅等人為圖賦詩以贈行。

翁同書等著《先文端公年譜》：道光八年戊子，三十八歲。科試肇羅南韶連，回省錄遺。粵東童試多弊竇，先君釐剔殆盡，粵人稱神明。所取士若桂君文耀、盧君同伯、龍君元僖、楊君榮、陳君澧、石君衡皆一時之選，學海堂中知名士，為先君所識拔者，則以黃君子高、梁君梅、譚君瑩、溫君訓、侯君康、儀君克中、樊君封為最。任滿時，從遊諸子餞於白雲山，為圖賦詩以贈行，代者徐辛庵先生士芬也。

梁廷枏《粵秀書院志》卷八《長官表》：徐公士芬，平湖人。（道光）八年任（廣東學政）。李公泰交，貴州人，十一年任。

是年，陳鍾麟赴粵任粵秀書院院長，至道光十年離任。譚瑩時讀書粵秀書院，為其門下。

梁廷枏《粵秀書院志》卷之九《師席表》：道光八年至道光十一年，陳院長鍾麟。

梁廷枏《粵秀書院志》卷之十六《傳三》：陳厚甫先生鍾麟，江南元和人。嘉慶四年進士，授編修，遷御史。……受聘來粵，自戊子以迄庚寅，凡三年。

梁廷枏《粵秀書院志》卷之十二《人才表二》：陳院長厚甫門下南海學：李文英、何鼎彝、何鼎勳、陳昌運、桂文耀、譚瑩。

道光九年　己卯（1829）譚瑩三十歲

譚鈞培生。

岑毓英生。

道光十年　庚寅（1830）譚瑩三十一歲

三月，譚瑩參與纂修《南海縣志》，負責分纂《南海縣志》中的《輿地略》一至四部分、《藝文略》一、二部分及《雜錄》一、二部分。

鄧士憲《重修南海縣志序》略云：我南海縣志書，所由昉元陳氏大震。據韓退之、張文昌詩謂：「粵東圖經，自唐已然。」要亦約略言之，究未確有所稽也。今載籍可考者，宋嘉定志最著，越四十年，淳祐丁未志繼之。五十餘年，元大德甲申志繼之。三百餘年，明萬曆己酉志繼之。三十餘年，崇禎壬午志繼之。四十餘年，我朝康熙丁卯志繼之。五十餘年，乾隆辛酉志繼之。迄今道光庚寅，八十九年矣。邇者同邑吳荷屋中丞還自閩，李石泉都轉還自魯，張棠村郡守、葉雲谷農部、何樸園駕部、廖鹿儕水部還自都，余還自滇。庚寅春，與邑中人士會議曰：邱聚不修，將及百年，過此弗輯，恐文獻煙墜。僉曰：「然」。遂告於邑侯潘公，繼事纂修，並請代達上游，皆報可。乃開書局，縣校明倫堂。復商同顏雨亭監簿、黃文緣司訓，總管局務，而經費出納則專屬之陳任齋詹簿，秉筆則公推謝里甫庶常、梁雲門教授總其成，熊笛江司訓、張問鴻孝廉、曾勉士、譚玉生明經、胡道鄉文學分其任，採訪則陳曉

村明經、胡安伯、崔愷如、朱琬亭文學効其勞，發凡起例，一以黃《通志》、阮《通志》為準。

譚瑩《胡道香遺集序》略云：道光庚寅，纂修邑乘，共事者：謝里甫、鄧鑒堂兩先生，梁雲門教授，曾勉士、熊笛江兩廣文，張問鴻孝廉，胡稻香茂才暨余，時余年最少。

譚瑩於《楚庭耆舊遺詩前集》中謝蘭生條下云：庚寅四月，與先生同修《縣志》。條例多先生手定。

是年，譚瑩與梁序鏞訂忘年交。

譚瑩於《楚庭耆舊遺詩續集》中梁序鏞條下云：余修邑志時，先生為總纂，與訂忘年交，往還句中者數載。其後，同寓潘氏六松園者數月。殆甲辰，遽歸道山，年已七十餘矣。

《楚庭耆舊遺詩續集》：梁序鏞，字健昌，一字雲門，南海人。嘉慶丁丑進士，官韶州府教授。著有《研農遺稿》。

是年，譚瑩得讀潘棋元《廣州鄉賢傳》。

譚瑩《重刻廣州鄉賢傳序》：道光庚寅，余修邑乘，得讀潘君《廣州鄉賢傳》若干卷。

許應騤生。

翁同龢生。

李慈銘生。

潘祖廕生。

史善長卒。

譚敬昭卒。

蔣攸銛卒。

道光十一年 辛卯（1831）譚瑩三十二歲

立春，應陳昌運之囑，譚瑩作《清溪吟草序》。

譚瑩《清溪吟草序》略云：哲嗣任齋六兄，庭誥恪遵，臣筆早得。用非簡札，學但箕裘。枚皋賦才，端由乘作。李善選學，實本邑書。觀獨荷乎門基，知具因乎積慶。別搜斷杇，乃獲叢殘。一鱗片甲，無非五采之貽。剩馥

殘膏，備徵全鼎之味。得詩若干首，仍署《清溪吟草》焉。口碑猶沕，決神物之護持。手筆幸存，陋鬼才之怪澀。徐樂一書，阮咸三語。工拙之詣，原不以多寡殊耳。將付雕鐫，屬襄讎校。僕未陪鯉對，特感烏私。爰悉綴其生平，俾共欽其寶貴。景伯絕學，益綿賈徽之傳。玉溪後生，敢序元結之集。樵童牧豎，且相習而偕吟。美玉良金，本無施而不可。望如郭太，只愧中郎之碑。好有孫晟，且鑄閡仙之像。道光辛卯立春，愚姪譚瑩玉生謹撰。

三月十九日，謝蘭生卒，譚瑩作《哭謝里甫師》二首。

譚瑩於《楚庭耆舊遺詩前集》中謝蘭生條下云：先生以辛卯三月，與造化者遊矣。在局時，曾爲顏雨亭常博作畫八幀，殆絕筆也。余各題其後，有「百錢能賃釣魚船，荇渚菱汀別有天。夾岸綠陰人載酒，荔園重過淚潸然。朝衫換卻隱葫蘆，臥酒吞花興不孤。泉下也應重彌楫，先生原稱住西湖。」並寓歎逝之意，常博極稱之。

十月，伍崇曜入都，譚瑩作《辛卯十月送伍紫垣孝廉計偕入都》。

伍崇曜於《茶村詩話》中黃言蘭條下云：辛卯，與余計偕之京，同寓都門數載。

是年，譚瑩出應鄉試，被督學徐士芬選爲恩科優行貢生。

譚瑩《辛卯十月送伍紫垣孝廉計偕入都》自注：聞余闈卷亦經呈薦，後爲人檢去，遍覓不獲。

譚祖綸《清癯生漫錄》中《陳蘭甫京卿》載：番禺陳蘭甫京卿（澧），幼聰慧，九歲能爲詩文，道光辛卯與先大父同以優行成貢，旋捷鄉闈，揀選知縣。

林伯桐編、陳澧續補《學海堂志·題名》：譚瑩，南海人，道光辛卯恩科優行貢生，甲辰恩科舉人。

汪宗衍《陳東塾先生年譜》：道光十一年辛卯，二十二歲。是年，肄業於粵秀書院。是年，鄉試不中，督學徐士芬（辛庵）考選爲優貢生。同舉者，譚瑩（玉生）、楊懋建（掌生），皆有時名。

〔同治〕《南海縣志》卷十八《譚瑩列傳》：繼翁任者爲平湖徐侍郎士芬，閱其歷年試卷，有「騷心選手，獨出冠時」之譽，遂以優行生入貢。

是年，譚瑩捐納爲教官。

陳澧《內閣中書銜韶州府學教授加一級譚君墓碣銘》：後督學徐公士芬以君優行貢入國子監，未赴，捐納爲教官。

　　容肇祖《學海堂考》：道光十一年（西元 1831），選辛卯恩科優行貢生，入國子監，未赴，捐納爲教官。

是年，譚瑩與伍崇曜始刊《嶺南遺書》及《嶺南遺書續編》。

　　譚瑩《嶺南遺書續編序（代）》：夫子長記史，論次廿年。太沖煉都，構思十稔。著撰之艱難可想，歲序之綿曖宜然。若乃徵文考獻，集逸收亡。題帖補治，推尋求訪。校綴次第，損並有無。固自不同，無庸舉例。然而曾非五厄，業大備而難周。不僅四期，欲速成而未可。

　　自辛卯以迄于今，一十有七年矣。曾與譚玉生廣文，校刊《嶺南遺書》第一集焉。譬九軔而掘井，止一簣而爲山。顧乃赴禮闈者四度，寓京邸者六年。聚晤慕難，此事輒廢。既而遂初欲賦，懷古惓然。又值戎幕頻張，島夷不靖。枕戈有願，曾賡杕杜之詩。捧檄無因，竟廢蓼莪之什。而廣文亦以感遇子昂，作悼亡騎省。全家避寇，早同張翰之思吳。一第悞人，仍效陸機而赴洛。光陰逝水，聚散搏沙。千古寸心，尤重鄉邦前輩。兩家多故，難誇風月閒人。嗟嗟！結習所存，斯文未喪。況息壤之猶在，豈酉山而可扃。

　　當夫山長水遠，雨晦風瀟。何分兩地琴尊，實當中年絲竹。或傳鈔於延閣，或購賞於名山。或如秋水之未完，或似荊州之難借。或類編之既採，或職志之偶存。或文字舛訛，或篇第褫落。大加搜寫，參訂異同。類聚而求，翻緝疏錄。常景耽好，以必得爲期。譙周研精，或欣然獨笑。復於其間有《粵十三家集》之刻焉，別集較繁也。有《楚庭耆舊遺詩》前後集之刻焉，近賢同愛也。參懷撰定，尋考指歸。鳩聚淪殘，勝帙充積。而第二集、第三集、第四集乃告成矣。茲以第二集書若干種，先付剞劂，永俾流聞。前序可作例言，續緝無煩覼縷。余亦年時而卒業，敢言嶺海之巨觀。客曰：「壽均藉乎棗梨，亦謂必由斯道。詎獨深於桑梓，無乃各私其鄉。」余應之曰：「有志未逮，業作常談。所願既同，肯留余憾。嶺南原可達之天下，天下仍可溯之古初。庶投老以爲期，惟秘笈之難覯。茲幸珠船屢獲，金版新鐫。獨涇縣之叢書，倍中州之文表。王充所論，誰獨玩於帳中。崔實之書，人宜置之座側。各各當瓣香之蓺，重重均翰墨之緣。書比左圭，奚俟後賢之廣續。心如毛晉，況逢昭代之隆平。仍序此書，庶同左券。」

是年，劉廣智卒。譚瑩搜其遺作，竟無一存。

　　譚瑩於《楚庭耆舊遺詩後集》中劉廣智條下云：歲辛卯，往主陽山講席，得劇病而返，竟卒於珠江舟次。黔婁有婦，伯道無兒，天胡此酷。生平喜治古文，死後搜羅，竟無一存者。

曾燠卒。

道光十二年　壬辰（1832）譚瑩三十三歲

九月，譚瑩出應鄉試，落第。

　　商衍鎏《清代科舉考試述錄及有關著作》：鄉試三年爲一科，逢子、午、卯、酉年爲正科，遇萬壽登極各慶典加科者曰恩科。清萬壽恩科始於康熙五十二年登極。恩科始於雍正元年，自後沿以爲例。……康熙十七年鄉試以用兵故，順天專遣官，山東，山西、陝西並河南省，湖廣、江西並江南省，廣東、浙江照常考試。試期九月，十五人中一，不取副榜，亦無會試。福建、廣西、貴州、雲南，四川，皆於十九年後補行。雍正四年浙江因查嗣庭、汪景祺案，停鄉、會試各一科，六年復准考試。咸豐、同治間因軍事，各直省或數科不試，或數科並試倍額取中，或一省止試數府、州、縣減額取中，或其後按年補行，亦多於非科舉之年行之，是爲例外。

　　〔光緒〕《廣州府志》選舉表十四：道光十二年壬辰監臨巡撫朱桂楨，江蘇江寧人。正考官：翰林院侍讀學士程恩澤，字春海，安徽歙縣人。嘉慶辛未進士。副考官：翰林院編修邢福山，字五峰，江西新昌人。嘉慶庚辰進士。

　　〔同治〕《南海縣志》卷十八《譚瑩列傳》：然瑩聲望日高，院考屢列前茅，鄉場頻遭眊瞂。故前後來粵典試者，如壬辰科程侍郎恩澤、癸卯科翁中丞同書，榜後太息諮嗟，以一網不盡群珊爲憾。

九月十九日，譚瑩與程恩澤、曾釗等集雲泉山館宴飲。

　　譚瑩於《楚庭耆舊遺詩前集》中李黼平條下云：殆壬辰下第，相隨送程春海祭酒北還，同集雲泉山館。先生詩所謂「冒梟諸生渾不管，都將奇字問揚雲」者也。不數月，先生遽作古人矣。老成凋謝，通可惜也。

　　儀克中《慶清朝小序》：春海師清德服人，斯文共仰。壬辰展重陽日，攀同陳範川、李繡子兩山長，吳石華、曾勉士兩學博作白雲竟日之遊，置酒雲泉山館，曩時讀書處也。與斯會者，山館主人段紉秋茂才暨梁子春明經、侯

君模、譚玉生、孟蒲生文學、居少楠上舍，皆試而報罷者也。王鶴舟太守爲作《蒲澗賞秋圖》，師紀以長古，諸君子咸繼作，因賦此詞。

　　郭則澐《十朝詩乘》卷十五：程春海侍郎以道光壬辰典粵試，既撤棘，粵中名彥公宴於雲泉山館。酒酣，春海喟然曰：「粵中今日盛極矣！然盛極必衰，後此二十餘年，亂將自兩粵起；再十年，且遍及天下。」有曾生（釗）者，亦諳五行之學，相與往復討論。春海笑曰：「子勿憂，吾與子皆不及見，座中見者，獨譚君（瑩）耳。」後果驗。

十一月，梁國珍與陳澧上京城會試，譚瑩作《壬辰十一月送梁玉臣孝廉計偕之京》。

是年，譚瑩與陳澧、梁梅、侯康等受業越華書院。

　　陳澧《陳範川先生詩集後序》略云：道光中，嘉興陳先生來粵掌教越華書院，澧從受業。……先生在粵時，與粵之名士吳石華、曾勉士常與遊，其在弟子之列者：梁子春、侯君模、譚玉生、澧與兄子宗元亦與焉。先生樂之，築亭於書院，題曰載酒亭，環植花竹，招諸名士論辨書史，酬酢歡暢。間述乾隆、嘉慶時名臣碩儒言行，感憤時事，慷慨激烈。

　　汪宗衍《陳東塾先生年譜》：道光十二年壬辰，二十三歲。正月，陳鍾麟歸杭州。是年，陳鴻墀（範川）來粵，掌教粵華書院，先生與梁梅（子春）、侯康、譚瑩、兄子宗元從受業。

是年，區玉章任粵秀書院院長。譚瑩讀書粵秀書院，爲其門下士。

　　梁廷枏《粵秀書院志》卷之九《師席表》：道光朝十二年，區院長玉章。

　　梁廷枏《粵秀書院志》卷之十二《人才表二》：區院長玉章門下南海學：黃夢蘭、周佩珩、劉時修、何鼎彝、謝鳳來、譚瑩等。

王闓運生。

鄭棻卒。

李黼平卒。

程含章卒。

道光十三年　癸巳（1833）譚瑩三十四歲

八月，徐榮選授直隸藁城縣訓導，譚瑩置酒相送，並作《送徐鐵孫司訓藁城序》。

譚瑩《哭徐鐵孫觀察》詩自注：癸巳八月，君赴藁城司鐸任。

銘岳《懷古田舍詩節鈔》中《徐公傳略》：癸巳，選授直隸藁城縣訓導。藁城去粵七千里，襆被攜一僕行。同人爲詩文送之，謂國朝出省爲教官，自公始也。甲午二月，到官。

譚瑩《送徐鐵孫司訓藁城序》略云：子行矣，酌子以酒。子不能飲，別我以詩，我不能賡。暮雲春樹，兩地相思。潭水桃花，幾人相送。子仍返里，未應如楚老之悲。我即依人，仍冀勉董生之往。明春擬賦北征，未知能束裝否耳？至謂先辦草堂之貲，共結香山之社，則各視他年之遭際矣。

侯康作《鐵孫司訓藁城行有日矣作序以贈冬至前五日偕石溪玉生話別酒樓君與石溪隱志甚堅且爲道吾邑蘿崗洞風物之美擬結鄰焉觸余素懷亟訂後約以前序未及此意復作長歌聊當左券以勸駕之際爲招隱之辭言之不疑恃惠子知我也》紀其事。

是年，譚瑩參與《南海縣志》撤局宴集。

譚瑩《胡道香遺集序》略云：故癸巳撤局，宴集酒酣。雲門教授笑謂余曰：「他日重修，惟君能與耳。」

蔣益灃生。

倪濟遠卒。

道光十四年　甲午（1834）譚瑩三十五歲

春，譚瑩集同人修禊於清暉池館。

譚瑩《清暉池館春禊序》略云：歲在甲午，誰曾宴春，日非重三，未妨用巳，乃集同人修禊於清暉池館。

伍紹棠生。

李文田生。

道光十五年 乙未（1835）譚瑩三十六歲

是年，譚瑩參與纂修的《南海縣志》刊印出版。

鄧士憲《重修南海縣志序》略云：癸巳夏，五江潦決，縣屬圍基殆遍，繼以海颶爲災。余受盧制軍、朱撫軍命，臨鄉勸捐賑。而任齋詹簿復爲修桑園圍總理。逮甲午初夏，方蕆事。志書因是久未告竣，邑中人士企望久矣。今乙未春剞劂，乃報畢工。

吳大澂生。

盧坤卒。

道光十六年 丙申（1836）譚瑩三十七歲

是年，譚瑩時與儀克中宴集於長壽寺中。

譚瑩《儀墨農孝廉詞集序》自注：歲丙申丁酉，屢與孝廉宴集寺中。

是年，譚瑩作《得徐鐵孫書知己捷禮闈寄贈錄二首》。

銘岳《徐公傳略》：公諱榮，十七名。原諱鑒，字鐵孫。……丙申應恩科會試中式第三十六名，殿試二甲第七名。

道光十七年 丁酉（1837）譚瑩三十八歲

是年，譚瑩與熊景星、儀克中在長壽寺藤菜屋作半日閒會。

譚瑩《長壽寺牛帆作荷花生日詩序》自注：歲丁酉，與笛江廣文、墨農孝廉，作半日閒會，時宴集寺中藤菜屋。

張之洞生。

張蔭桓生。

程恩澤卒。

侯康卒。

儀克中卒。

潘正亨卒。

陳鴻墀卒。

道光十八年　戊戌（1838）譚瑩三十九歲

三月，譚瑩增補為學海堂學長。

> 林伯桐編、陳澧續補《學海堂志·題名》：譚瑩，……道光十八年三月補。

> 容肇祖《學海堂考》：道光十八年（西元 1838）三月，補學海堂學長。

是年，譚瑩作《禁阿芙蓉議》。

> 譚瑩《禁阿芙蓉議》題注：道光戊戌作。

是年，譚瑩作《送中丞祁竹軒師內遷大司寇還朝序》。

> 譚瑩《送中丞祁竹軒師內遷大司寇還朝序》：我竹軒宮保師撫粵東者六年，天子命還朝為大司寇。眾期奔赴，各願遮留。臥轍攀輿，解韡竊鐙。老人犼酒，釋氏香花。是即可傳，烏能無語。

> 曾釗《祁公竹軒行狀》：（道光十二年）七月，盤均華竄湖南竹排沖，獲之。舉人吳元德亦撫降犁頭山猺千餘人，廣西猺平。晉太子少保。明年調廣東巡撫。……十八年，入為刑部尚書，賞紫禁城騎馬。

梁梅卒。

道光十九年　己亥（1839）譚瑩四十歲

六月初九日，黃子高卒，譚瑩為山堂諸子撰楹帖挽之，後作《黃君石溪墓表》。

> 譚瑩《黃君石溪墓表》略云：君生於乾隆甲寅年九月二十日卯時，卒於道光己亥年六月初九日子時。年四十有六，著有《石溪文集》二卷，《知稼軒詩鈔》五卷，《續三十五舉》一卷，《粵詩蒐逸》四卷。娶劉氏，子四：長蒙泰，次鼎泰，次漸泰，次頤泰，出嗣哲昆雪客茂才。女三：長適劉茂才錫章，余未字。即以是年十一月初三日某時，葬於某山之原。以瑩知君最深，特屬為墓道之表。

> 譚瑩於《楚庭耆舊遺詩後集》中黃子高條下云：石溪與余交同骨肉，年四十六遽卒。詩文集外，著有《續三十五舉》一卷，《粵詩蒐逸》四卷。余為表其墓，頗極推崇。並為山堂諸子撰楹帖挽之云：「技了十人，吾輩中尤黤說身名俱泰；心懸千古，後死者各驚嗟文獻無徵。」說者謂「唯君不愧此言。」

是年，張維屏及其妻六十雙壽，譚瑩代作《張南山師六十雙壽序》。

　　金菁茅撰《張南山先生年譜撮略》載：道光己亥，六十歲。寓東園，輯《史鏡》。秋，先生仲子祥鑒、姪祥芝鄉試同榜中式。九月，先生暨金恭人六旬雙壽，伯子祥泰偕諸弟、率諸子舞彩稱觴。

吳蘭修卒。

梁藹如卒。

道光二十年　庚子（1840）譚瑩四十一歲

元旦，譚瑩作《庚子元旦試筆》。

中秋，譚瑩鄉試落第，作《庚子中秋闈中對月口占題壁三絕句》。

八月二十八日，應張維屏之邀，譚瑩同黃培芳、黃釗等遊花㙟東園，後移舟南墅集飲。

　　黃釗於該日作《八月廿八日張南山邀同馮虞階太僕贊勳香石蓉石譚玉生明經瑩遊花㙟東園移舟至南墅集飲即事六首》紀其事。

　　　　按：黃釗《讀白華草堂詩首蓿集》中詩係按年編次。

道光二十一年　辛丑（1841）譚瑩四十二歲

二月，有感於時局動盪，譚瑩作《辛丑二月書感六首》。

閏三月三日，因時局關係，譚瑩失約花田修禊。

　　譚瑩《庚申修禊序》略云：歲當辛丑，閏值重三，獅海波翻，虎門星隕，獨檣不靖，百堵皆空。艫艟迤抵五羊，閭衖分屯萬馬。學離家之王粲，比賃廡梁鴻。誰如桑者之閒，竟負花田之約（預訂修禊花田不果）。

閏三月三十日，譚瑩約同人於學海堂餞春，並作《閏三月三十日學海堂餞春詩序》與《閏三月三十日學海堂餞春》十首。

　　譚瑩《閏三月三十日學海堂餞春詩序》：嗟嗟！虞劍指以難回，魯戈揮而竟落。何必李尤暮歲，悲深力士之翻。尚餘陶侃分陰，倍甚聖人之惜。所以歎百年之易過，特愛餘春。知一刻之難留，轉憐晦日。又況月是三三，（見黃仲則詩）重檢樓羅之麻。人非七七，誰開頃刻之花。已閱九旬，又添卅日。粗知春在，牡丹占亨泰而將闌。（《牡丹榮辱志》：花亨泰，閏三月。）宛送人歸，芍藥分別離而誰贈。

學海堂者，相國阮儀徵師督粵時校士地也。風雅提倡，端在名山。春秋登臨，屢值佳日。某等著書之暇，倍感昔遊。置酒其間，卻多新作。茲以道光二十一年，歲在辛丑閏三月盡日，約同人於此餞春。維時梅子雨晴，楝花風過。雛成而雙燕遞教，蜜熟而群蜂懶飛。荳蔻長成，薔薇了卻。竹露侵幌，松嵐拂衣。日光浮雙塔之間，煙翠蕩三城以外。鷓鴣啼徹，紅棉吹北郭之山。蝴蝶飛齊，碧草長南園之社。無風無雨，黃鸝請而特來。半郭半郊，紫騮嘶而竟駐。則有庾郎年少，江淹恨人。或白髮稱詩，或金貂換酒。十分美滿，天判光陰。一樣暄妍，人增歲月。亦堂堂而竟去，仍脈脈以無言。怕杜宇之先啼，五更夢醒。話辛夷之未落，四月開時。分外可憐，此間誰樂。縱謂明年復有，（田錫《送春詩》：「人生三萬六千日，與君復有明年期。」）可似今年。亦祇九月相思，（李咸用《送春詩》：「相思九個月」）未如此月。究歸何處，海闊天空。難住少時，花殘月缺。故是良辰美景，耐久春移。居然祖別餞離，奈何天限。被酒不醉，拈詩輒成。合座傳觀，停尊屬和。

夫吾人行樂，端貴及時。何地生才，卻堪投老。念此日之可惜，悵前塵之極賒。買任拌夫千金，追難恃夫十駕。亦常排日，相與為歡。竟至傷春，宛然刻意。衛洗馬渡江謂：「對此茫茫，百端交集。」今昔同之矣。榴花驚照眼之明，蕉葉睹傷心之碧。到處兼逢慘綠，我更何堪。偶然剩得嫣紅，春還未去。謹邀同作，仍懇先書。

除夕，譚瑩與同人到小港看桃花。作《辛丑除夕小港看桃花詩序》、《辛丑除夕小港看桃花用歐陽公四月九日幽谷見緋桃盛開韻偕文緣學博》，另有《辛丑除夕作》詩八首。

譚瑩《辛丑除夕小港看桃花詩序》：小港隔珠江二十里，而近柳橋渡，接茶滘村。通僑劉剩美人之斜，平藩建開士之宅。地原南雪，松樹不存。時近東風，桃花早放。則有文章老宿，風雅總持。商略鶯花之遊，安排雞黍之局。聚飲未妨乎分歲，鬮韻便當乎嬉春，則道光二十一年辛丑歲除日也。

慨自海氛不靖，兵氣才消。月影蛇蟠，風聲鶴警。匆匆端午，未賞半塘地名之荷。草草重陽，誰尋破廟之菊。（數年來，天後宮菊花最盛。）福潮船泊，蘭空販乎素心。羅浮店開，梅暇探乎綠萼。破竹則驚魂甫定，惜花而夙願相違耳。然而談兵原易，決戰綦難。惜剿撫之均非，知語默其誰是。閉門種菜，敢自託乎英雄。臨水看花，聊竊傷其遲暮耳。於是船兼載鶴，客舊釣鼇。落帆沿拾翠之洲，打槳過大黃之滘。拓琴牎以當新綠，半郭半郊。張酒

座以拂嫣紅，一觴一詠。彤霞匝地，絳雪漫天。浪翻成錦繡之堆，溪回睹金碧之畫。綠波未暖，訝鸂鶒之先知。花雨皆香，期蝴蝶之同夢。亦可謂送寒之別典，而更春之麗情矣。斯地者，甫經兵燹，逼近海隅，未修廢壘而人耕，倘過戰場而鬼哭。書生結客，重開細柳之營。才子從戎。便主蓮花之幕。猶幸升平有象，能令我輩之重來。文獻誰徵，合補殘年之佳話，殆可傳已。

嗟嗟！落英芳草，可當武陵之津。燕麥兔葵，略異元都之觀。痛飲貰酒，微哦得詩。爰走筆以成此序，屬主人與同集者和焉。

譚瑩《李子黼學博歲末懷人詩序》自注：在小港，舊多桃花。……道光辛丑，偕文緣學博等，各於除夕買舟詣焉。

是年，因鄭獻甫出《鴻爪集》初續、再續、三續各一卷，譚瑩作《鄭小谷鴻爪續集序》。

譚瑩《鄭小谷鴻爪續集序》略：維道光二十一年，象州鄭君小谷比部自武昌返粵，稅駕五羊，出所撰《鴻爪集》初續、再續、三續各一卷示余。謂司馬之倦遊，屢賦仲長之樂志。難憑結習，所存流聞。敢冀貲無三徑，何妨元亮之歸。響到眾山，且學少文之臥。笑負書其已誤，宜享帚以自珍。余受以讀之，而不能無言也夫。

詩至於今，夥矣！盛矣！人誇速藻，家擅英篇。才操不群，風流自賞。朝成暮遍，曾非好事所傳。廣座稱人，輒詡有來斯應。裴鴻臚之文在，豈必相師。沈敬子之集工，居然作賊。驅染搖襞，玲瓏其聲。亦有文場老宿，騷壇主盟。富豔難蹤，汪洋特恣。夔牙孔翠，顧有餘慚。美玉良金，無施不可。李德林之貴顯，文章業謂古人。劉禹錫之秘藏，護持果須靈物。太宗屏上，寫楊徽之之十聯。吐谷床頭，有溫鵬舉之一卷。曾幾何時，草亡木卒。仍虞覆瓿，殆甚補袍。讀盡魏侯，聽而恐臥。名非羊傳，見亦不知。原難紀實於生平，第輒求工於字句已。

昔高令公為詩，人謂其「有混欣戚，遺得喪之致旨」哉言乎？蓋詩之傳以其人，非以其詩也。夫韋柳並舉，而柳劣於韋矣。元白齊稱，而元輕於白矣。性情如子美，始獨成蜀中之詩。風節若端明，差能為海外之作。今比部早掇巍科，翕然時望。蜚聲廊閣，寄興林皋。其節概已加人一等，宜其詩興高致遠，緒密思精。儁上清剛，崢泓蕭瑟。豈老嫗所能解，任諸伶之迭歌。不名一家，並擅各體。求之近代，當在阮亭、初白之間。例以昔賢，饒有摩詰、浩然之趣。仍署曰「鴻爪」，均紀昔遊也。吳頭楚尾，予爾孤征。老帶莊

襟，修然獨遠。翠華雕輦，鐵鎖降幡。助亦有岳州江山，思僅在灞橋風雪。零珠屑玉，端知七寶之莊嚴。片甲一鱗，倏具五采之神化。殆可傳已。吟袂才捧，征帆遽移。特付琬鑴，聊當縞贈。或者閬仙畫像，供有道士而轉靈。仍慮安石碎金，爲彼蒼生而復出。寫松牌以紀夢，海上山青。賦蘭薄以招魂，江南水碧（謂家實生中丞）。輕薄誰驚，蛺蝶迥殊魏伯起之嘲。才名獨豔，鸚鴣又獲鄭都官之集。

是年，作《兵不可一日忘論一》、《兵不可一日忘論二》、《兵不可一日忘論三》、《兵不可一日忘論四》。

　　譚瑩《兵不可一日忘論一》題注：道光辛丑作，下同。

潘衍桐生。

李兆洛卒。

龔自珍卒。

道光二十二年　壬寅（1842）譚瑩四十三歲

正月初一，譚瑩作《壬寅賀新年作戲效俳體》八首、《爆竹》八首。

上春，譚瑩作《壬寅上春飲酒雜詩》八首。

三月初九日，應陳澧之招，譚瑩與張維屏、梁廷枏、許玉彬等集學海堂看木棉花。

　　陳澧《木棉花盛開邀南山先生章冉玉生青皋芑堂研卿諸君集學海堂（癸亥）》：

　　　　半天霞氣擁層巒，曉踏虛堂雨乍乾。戰後山餘芳草碧，春來花似酒顏丹。去年此日鄉愁黯，萬紫千紅淚眼看。難得故林無恙在，莫辭沉醉共憑欄。

　　黃國聲案：汪氏定此詩爲同治二年癸亥之作，誤。蓋詩題之南山先生張維屏早於咸豐九年去世，烏得躬與斯會？張維屏《松心十集·花地集》卷三有《三月初九日，陳蘭甫孝廉招同梁章冉廣文廷枏、譚玉生明經瑩、許青皋茂才玉彬、金芑堂孝廉錫齡、李研卿茂才應田集學海堂看木棉》詩，題旨及與會者皆同。《花地集》所收爲道光十七年六月至二十六年十二月詩作，今觀張詩有「烽火尙驚心」句，陳詩有「戰後山餘芳草碧」句，知皆作於鴉片戰爭後之道光二十二年也。

立秋日，譚瑩作《送兩廣制府阮芸臺師移節雲貴序後記》。

　　譚瑩《送兩廣制府阮芸臺師移節雲貴序後記》：師督粵時，馭夷多從寬典，殆即昔人恩威並濟，羈縻勿絕之意。粵人頗有微詞。故瑩送行時作此序，後乃知其謬也。姑仍存之，以誌少年之罪過，狂僭都忘，而老成人經國遠謨，不可及已。壬寅立秋日自記。

是年，譚瑩與伍崇曜輯《楚庭耆舊遺詩》。

　　伍崇曜《茶村詩話·蔡如蘋》：歲壬寅，與玉生學博同輯《楚庭耆舊遺詩》，屬永庵孝廉覓其剩稿。不數月，永庵又作古人。

是年，區玉章辭粵秀書院院長，譚瑩作《代區仁甫師作辭粵秀書院山長書》。

　　梁廷枏《粵秀書院志》卷之十六《傳三》：區仁圃先生玉章，初名玉麟，得第後，改今名。南海人。……壬辰，朱公來撫粵，距先生歸且十年矣，即延先生於鄉，勸主是席。……首尾聯席至十有一年矣。

　　梁廷枏《粵秀書院志》卷之九《師席表》：道光二十二年，今院長何樸園先生以是年就聘。

王先謙生。

道光二十三年　癸卯（1843）譚瑩四十四歲

正月十七，譚瑩作《癸卯正月送梁玉臣舍人入都》七律四首。

　　譚瑩於《楚庭耆舊遺詩續集》中梁國珍條下云：歲癸卯，余送舍人還都，賦七律四首。

　　譚瑩《癸卯正月送梁玉臣舍人入都》自注：時上元後二日。

春，譚瑩與友朋聚訶林花田，共結詞社。在此次結社活動中，初次結識沈世良。

　　譚瑩《沈伯眉遺集序》略云：憶道光癸卯春，訶林花田，共結詞社，始晤伯眉沈君。

二月，應許玉彬、黃玉階之邀，譚瑩與陳澧、桂文燿、沈世良等為越臺詞社於學海堂。作詞《鳳凰臺上憶吹簫》（越王臺春望）、《綠意》（苔痕）。

　　陳澧《憶江南館詞自序》略云：去歲，黃君蓉石、許君青皋邀為填詞社，凡五會，而余僅成二詞，兩君皆謂余真詞人也……甲辰新秋，章貢舟中識。

汪宗衍《陳東塾先生年譜》：道光二十三年癸卯，三十四歲。二月，許玉彬、黃玉階（蓉石）邀先生與譚瑩、桂文耀、葉英華（蓮裳）、沈世良（伯眉）、徐灝，爲越臺詞社於學海堂，月凡一會，觴詠爲樂。已而俗客闌入，兢設盛饌，冠蓋赫然，乃恚而歸。計凡五會，因集所爲詞爲《越臺簫譜》。先生有《鳳凰臺上憶吹簫》詞，題爲《越王臺春望》、《綠意》詞，題爲《苔痕》。

三月三日，應沈世良之招，譚瑩參與花田修禊之遊，同集者有黃培芳、張維屏等二十餘人，許玉彬因事未赴，陳澧因病未赴。

沈世良詞作《臺城路》小序：癸卯上巳，招諸同人花田修禊，是日爲詞社第二集。會者二十二人，張茶農、黃香石兩先生繪《花埭禊遊圖》，張南山師、溫伊初分撰序記，余與諸君倚聲其後，以誌雅遊。

沈世良自注云：時譚玉生丈期而早至。

四月至初秋，譚瑩先後協助嶺南富商潘仕成增修省城貢院號舍和重建廣州考棚，並作《代闔省紳士爲潘德畬觀察請增修省闈號舍並修學署考棚啓》與《代潘德畬觀察請增修省闈號舍並修學署考棚啓》。

陳其錕《陳禮部文集》中《增修貢院號舍碑記（代）》略云：始於道光癸卯四月初吉，訖功於七月既望，糜白金一萬三千餘兩。職其事者：曲江教諭黃元章、陵水教諭曾銘勳。分發：訓導譚瑩、仇乾厚。委員：永安知縣錢燕貽、州判陶應榮。

陳其錕《陳禮部文集》中《重建廣州考棚碑記（代）》略云：是役始於道光癸卯仲夏之杪，越初秋望日落成，糜白金七千餘兩。董事：曲江教諭黃元章、陵水教諭曾銘勳。分發：訓導譚瑩。綜理精密，樽節有度，諸君子一乃心力以畢，予志是不可以不書。

譚瑩《代潘德畬觀察請增修省闈號舍並修學署考棚啓》略云：某記曾投足願，獨仔肩業。先繪圖不復計值，仰邀洞鑒，期尅日而俯俞。竊採鄉評，冀得人而共理。董事請即委教諭黃元章、曾銘勳、訓導譚瑩等三人。佇見才如方朔，益勵三千奏牘之能，群推德愈贊皇，獨增八百孤寒之感。

〔同治〕《南海縣志》卷四《建制略一》：提督學院署考棚，道光癸卯，番禺在籍候選道潘仕成獨力重建。先是辛丑海氛，楚兵屯貢院，號舍拆毀過半。至癸卯將舉行科試，時已仲春，捐修恐未及，仕成遂獨任之，且增建號舍。又以考棚歲久，恐致傾圮，乃並仔肩焉。

六月，由伍崇曜輯、譚瑩校的《楚庭耆舊遺詩前集》、《楚庭耆舊遺詩後集》刊印。

《楚庭耆舊遺詩前集》與《楚庭耆舊遺詩後集》卷首：道光二十三年六月南海伍氏開雕。

九月，出應鄉試，譚瑩落第。

〔光緒〕《廣州府志》（選舉表十四）：道光二十三年癸卯監臨巡撫程矞采，江西新建人。正考官：翰林院編修翁同書，江蘇常熟人。道光庚子進士。副考官：翰林院編修鄧爾恒，字五峰，江蘇江寧人。道光癸巳進士。

〔同治〕《南海縣志》卷十八《譚瑩列傳》：然瑩聲望日高，院考屢列前茅，鄉場頻遭眊矃。故前後來粵典試者，如壬辰科程侍郎恩澤、癸卯科翁中丞同書，榜後太息諮嗟，以一網不盡群珊為憾。

是年，黃玉階議重修抗風軒，譚瑩作《重建廣州城南三大忠祠暨南園前後十先生抗風軒募疏》與《瑤臺第一層》。

譚瑩於《楚庭耆舊遺詩續集》中黃玉階條下云：歲癸卯，比部議重修城南大忠祠抗風軒，前明南園前後十先生舊社也。冬十一月，為張太宜人八十壽辰，余為譜《瑤臺第一層》，詞曰：「畫省香爐。煙縹緲、花迎翟茀明。欷歔讞獄，平反屢問，宜祝遐齡。笑郎君官貴，戀春暉未返神京。學潘岳，業閑居賦罷，藉甚詩名。　飄零。南園社復，瓣香前後十先生。彎環月照，吉祥雲護，度世詩星。並慈元太后，屬侍姬，同拜霓旌。捧瑤觥，更有三忠毅魄，迭降精靈。」後其事不果行。二十年前，亡友黃石溪明經曾作《遊記》，且慨然太息於祀典之不修，而今益可知矣。

是年，應黃玉階之邀，譚瑩同黃釗、陳曇、溫訓等人集寓廬夜話。

黃釗作《秩滿赴驗小住穗城已將匝月清游雅集幾無暇日歸舟回溯雜成十二詩以誌爪跡》紀其事，其中第十首云：

> 清時循吏合公卿，錯節盤根老更成。莫怪當筵歌哭迸，古來文苑半狂生。
>
> （家蓉石邀同馬止齋、陳仲卿、家嘉甫、溫伊初、譚玉生夜集寓廬。）
>
> 按：黃釗詩集均按年編次。

史念祖生。

吳榮光卒。

道光二十四年 甲辰（1844）譚瑩四十五歲

二月，譚瑩先後協助嶺南富商潘仕成重修廣州赤岡琶洲兩文塔，並作《代闔省紳士為潘德畬廉訪伍紫垣觀察請修赤岡琶洲兩文塔啟》與《代潘德畬廉訪伍紫垣觀察請修赤岡琶洲兩文塔啟》。

譚瑩《為闔省紳士請修赤岡塔上列憲啟》：憶重修於道光甲辰二月，遽毀於同治丁卯九秋。

譚瑩《代潘德畬廉訪伍紫垣觀察請修赤岡琶洲兩文塔啟》：一切工程，同舉公正紳士徐序經、黃元章、譚瑩等三人督辦。

八月，譚瑩參加鄉試，中甲辰恩科舉人，名列第七十一名。時任越華書院監院與學海堂學長。

趙爾巽等撰《清史稿》卷一百八：有清科目取士，承明制用八股文。取四子書及易、書、詩、春秋、禮記五經命題，謂之制義。三年大比，試諸生於直省，曰鄉試，中式者為舉人。次年試舉人於京師，曰會試，中式者為貢士。天子親策於廷，曰殿試，名第分一、二、三甲。一甲三人，曰狀元、榜眼、探花，賜進士及第。二甲若干人，賜進士出身。三甲若干人，賜同進士出身。鄉試第一曰解元，會試第一曰會元，二甲第一曰傳臚。悉仍明舊稱也。世祖統一區夏，順治元年，定以子午卯酉年鄉試，辰戌丑未年會試。鄉試以八月，會試以二月。均初九日首場，十二日二場，十五日三場。殿試以三月。

劉禺生《世載堂雜憶》：清初鄉試以子、午、卯、酉年，會試以辰、戌、丑、末年；鄉試以八月，會試以二月。殿試以三月。後定鄉試以大比之年，八月初八日入頭場，八月十一日入二場，八月十四日入三場。會試定三月，殿試定四月，至廢科舉為止。

〔同治〕《南海縣志》卷十八《列傳六》：直至甲辰科，昆明何制府桂清、臨桂龍殿撰啟瑞典試場中，得一卷擊節讚賞，擬元數日矣。因三場策問，敷陳剴切，微觸時諱，特抑置榜末，危得而幾失，其蹭蹬如此。

譚瑩於《楚庭耆舊遺詩續集》中陳鴻賓條下云：先生，人倫楷模。嘗舉孝廉方正，不就。其從子心湖孝廉，歲甲辰與余同舉於鄉。出《尚友堂集》問序於余，卷帙無多，然如里甫先生詩自注：「君清明。」

林伯桐編、陳澧續補《學海堂志・題名》：譚瑩，南海人，道光辛卯恩科優行貢生，甲辰恩科舉人。

梁廷枏編《粵秀書院志》卷之十三《科名略》：譚瑩，七十一名，南海縣優貢生、訓導、越華書院監院、學海堂學長。

張小迂《廣東貢士錄》：道光二十四年甲辰萬壽恩科主考：何桂清雲南人，乙未。龍啓瑞，廣西人，辛丑。監臨：程矞采。七一名：譚瑩，南海優貢，四五。教。

按〔光緒〕《廣州府志》卷四十六《選舉表十五》對於該年恩科考試考官情況有如下記載：

監臨巡撫程矞采，江西新建人。正考官太僕寺少卿何桂清，字根雲，雲南昆明人，道光乙未進士。副考官翰林院修撰龍啓瑞，字翰臣，廣西靈川人，道光辛丑狀元。

張小迂《廣東貢士錄》：道光二十四年甲辰萬壽恩科題目：「子曰君子而不仁」一章，「洋洋乎發育」一節，「壯者以暇日」四句。「泉聲清淺出岩間（得無字）」

錢維福《清秘述聞續》卷五：道光二十四年甲辰恩科鄉試，廣東考官：太僕寺少卿何桂清字根雲，雲南昆明人，乙未進士。修撰龍啓瑞字翰臣，廣西臨桂人，辛丑進士。題「子曰君子者也」「洋洋乎發」一節，「壯者以暇」四句。賦得「泉聲清淺出岩間」得「泉」字。

八月，譚瑩與龍啓瑞等在粵闈中唱和，並代作《龍翰臣師粵闈唱和詩後序》。

譚瑩《龍翰臣師粵闈唱和詩後序（代）》略云：當夫八月良時，五星明處。秋荷野橘，絕好光陰。鵲語蛛絲，何知消息。更續煎茶之詠，同賡對竹之歌（見《山谷集》）。仍終日以歡然，殆一時之盛事。然而魚龍欲化，螘蟻誰如。或李膺之未收，或劉輝之不預。仍妨夜讀（見《王介甫集》），易誚多烘。

翰臣殿撰，冠古之才，軼羣之量。星軺絳節，玉度珠衡。榜發同賀得人，詩成即題紀事。蓋闈中賦七律八首，而耆介春宮保，程晴峰中丞，劉鏡河、白冠仙兩太守，馮玉溪、章虛谷、王恭三、毓曉雲四明府與余俱次韻和焉，同襄試事者也。共詩若干首，同付琬鐫。

龍啓瑞作《甲辰典試粵東闈中即事八首》紀其事。

是年，譚瑩與同仁聚花地餞送龍啟瑞。龍啟瑞作《瀕行諸生餞於花地賦此志別》以記之。

龍啓瑞作《瀕行諸生餞於花地賦此誌別》：

是邦豈吾土，小住已彌月。諸生四方志，行將赴京闕。

聚散詎有常，跬步視燕粵。胡爲一樽酒，意等灞陵別。

憶昨歌《鹿鳴》，上座余幸竊。峨峨青袍彥，濟濟在行列。

大僚走相賀，茲榜盡時傑。執贄至階下，覿面始清切。

會城賓客眾，典謁無時輟。倉促問行第，坐席不得熱。

今朝喜再晤，姓字猶恍惚。深秋鴻雁來，嶺路梅花發。

悠悠行子心，劍氣沖霜雪。長安壯遊地，城西盛簪笏。

策蹇倘肯來，問字尚能說。茲行勿相送，來日多於發。

黃生績學士，辛苦三十年：唐生耿介者，囊中無一錢。

譚生（瑩）實奇傑，文字富千篇。我觀諸子中，莫如三子賢。

覿面始一再，眾美知難全。我才實粗疏，忝此一飯先。

常恐志節墮，科名重無緣。諸生始得舉，視此若登天。

孰知造其途，有如尋常然。名至實不充，戰粟時恐顛。

人生只百歲，時事多變遷。當世尚無述，來者何由傳？

勉矣千秋業，毋爲虛名牽。茲地號花田，種花如種穀。

耕耘所不事，利可專菽粟。想當南漢時，佳麗侈金谷。

珠樓連道左。畫舫張羅谷。杏風卷地來，紅翠紛簌簌。

憶昨承平久‧闌闉頗豐足。笙歌夜成市，燈火照華屋。

天道本惡盈，何當縱人慾。比年海氛肆，繁盛非始俶。

招禍固有由，此理幽可燭：諸生念桑梓，許謨想預蓄。

寂寂煙月地，風景何由復。他年論時事，夜坐應更僕。

是年，在海珠是岸寺淹留聆習，譚瑩得寺僧煥華上人贈送寺內古石。後將該石置於粵雅堂東偏隙地，並以此石名軒。

譚瑩《還石軒記》略云：是岸寺石，潤比太湖，清於靈壁。辨英州之所產，屬古刹於何年。職志闕如，毫楮罕及。觀其留煙宿霧，棲霞韜雲。蹲螭坐獅，翔麟儀鳳。共許名園之寶，誰爲疊嶂之圖。尖削窪剜，空明孤秀。呼宜以丈，幾同米海嶽之顚。寵即如仙，合作桑國僑之壽。寺僧煥華上人以余淹留聆玩，舁以贈焉，則道光甲辰歲也。種之粵雅堂東偏隙地，爰以吾石名軒。

是年，譚瑩攝肇慶府學篆。

譚瑩《論端溪書院人士牒》：嗟嗟！十年重到（予以甲辰攝府學學篆），故我依然一事不知，儒者深恥。

是年，譚瑩計偕入都應試，來回均經過浙江。

譚瑩《哭徐鐵孫觀察》詩自注：甲辰，余計偕入都，往來皆經浙中，留君寓浹日。

廖廷相生。

繆荃孫生。

祁墳卒。

馮煦生。

道光二十五年 乙巳（1845）譚瑩四十六歲

二月，譚瑩應禮部會試，後下第南歸，途徑杭州。

徐榮《譚玉生孝廉下第南歸過杭賦贈並柬熊笛江》：

> 杭州二月柳如煙，開到湖頭學士蓮。轉瞬君行一萬里，關心此別十三年。
> 名山事業容誰共，四海交遊覺汝賢。不信燕臺輕駿骨，羸蹄駑駱竟爭先。
> 話到前遊易愴神，山堂花竹不成春。年時舊雨非今雨，地下陳人半舊人（吳石華、儀墨農、梁子春、家夢秋、潘伯臨、黃蒼崖、陳任齋、陳春山、蔡鹿野、吳雁山、趙平石、謝堯山、謝二泉、黃石溪、侯君模、居少楠、鄭棉舟、鄧約之、林月亭諸君皆先後歸道山矣）。
> 世事早知冰是水，鄉愁親見海揚塵。老熊當道宜高臥，同保松筠百歲身。

八月，譚瑩收到徐榮作的七律二章。

譚瑩《哭徐鐵孫觀察》詩自注：乙巳八月，寄七律二章，多傷逝語。

九月十九日，譚瑩與陳其錕至廣州芳村杏林莊，並作《乙巳九月杏林莊宴集》二首和《杏林莊記》。

譚瑩《杏林莊記》：杏林莊者，在珠海以南，花田之側。水通茶滘，地屬芳村。鄧君蔭泉煉藥於此。楚江公將軍爰即晉董君異故事，而因以名之者也。蔭泉早通六經，獨守一藝。陶貞白了如明鏡，王文和變學素絲。雅擅詩名，尤精畫理。沈曇慶群推長者，狄梁公便作良醫。慣即市而閱書，輒還山而採藥。長房好道，倘遇乎神仙。伯休逃名，業知於婦孺。修然市隱，卻喜村居。爰自隔河，特營小築其地也。平田無際，雨笠煙蓑。流水一灣，桄林蕉阜。翠微環列，杜絕塵囂。清風忽來，不畏歊暑。於是開櫺木末，爲堵山椒。枕

帶林泉，列葺房宇。梯橋架閣，島嶼迴環。疊磴循廊，樓館幽邃。並山池則宅原十畝，讓水竹而屋剩一分。列怪石於座隅，激清湍於階下。桐楊夾植，花藥成行。殊富芰蓮，迭生蘭菊。斜峰叢薄，頗覺登眺之佳。花塢竹洲，原貴往來之適。時或掉輕舟，躡遊屐。讎方校石，讀畫弦詩。技本了乎十人，心獨懸乎千古。白侍郎之池上，書庫琴亭。王摩詰之齋中，茶鐺藥臼。遊俠處士，交稱隱者之通。離垢先生，業有終焉之志。

每當余花晚筍，早雁初鶯。悵望停雲，歡聯舊雨。烹龍炰鳳，挈鷺提鶬。擘蕉葉以留題，折松枝而講義。別開詩境，一水綿蒙。相對畫禪，萬花飛舞。蘭亭之會，有興公而不妨。蓮社之遊，無靖節而奚樂。僧珍宅在，買鄰皆宋季雅之儔。（聞南山師議卜鄰於此）輞川墅幽，和作獨裴秀才之輩。褒然成集，合付手民。嗟嗟！遺子孫以花木，將相能遊。迎仙釋於樓臺，賓佐罕見。赤墀青瑣，連里竟街。或故主之未歸，或雅人所難到。轉遜畫成大第，何如記覽名園。倏已凋零，能無感喟。

僕吟袂才捧，華筵迭陪。人如橘井之仙，此亦香山之社。詩人絕技，可同老藥（傅山）。生平壯歲臥遊，仍約少文登陟，別廬冠絕，學劉琨而賦詩。瑞室巋然，繼鍾嶸而作頌。

陳其錕作《乙巳九月十九日偕羅蒲州張清湖譚玉生三學博放船至芳村杏林莊主人命酌酒罷賦此》亦紀其事。

是年，譚瑩代作《張母王太夫人六十壽序》。

譚瑩《張母王太夫人六十壽序》略云：維道光二十有五年，歲次旃蒙大荒落，爲皇太后七裘大慶。越明年，柔兆敦牂，爲張太師母王太夫人六裘壽辰。

是年，譚瑩為子聘梁氏，作《為孝兒聘梁氏新婦啟》。

譚瑩《爲孝兒聘梁氏新婦啓》略云：今乍返於都門，幸踐舊盟。

譚瑩《與梁玉臣舍人書一》：春初錄別，悵望美人。秋末遣愁，言思公子。未完婚嫁，敢論五嶽之遊。轉念生平，仍作千秋之想。玉臣二兄文章蓋代，著撰等身。職掌豔說乎神仙，儀望足矜乎臺省。科名累載，獨海內之交推。詞翰一家，僅嶺南之獨擅。

瑩猶然下第，決計杜園。擬儲賣文之錢，仍刊問世之集。草堂之貲誰贈，香山之社倘還。小兒忝荷陶甄，當勞訓迪。幸承鳳諾，詣京邸而畢婚。翩爾長征，附公車而奉謁。星期遙遞，冰語先傳。深慚碧鸛之知，切盼青鸞之信。不勝鶴望，敬佇鴻輝。遙布悃忱，全藉昭晰。不宣。

《楚庭耆舊遺詩續集》卷二十八：梁國珍，字希聘，一字玉臣，番禺人。道光庚子進士，官內閣中書，著有《守鶴廬詩稿》。譚玉生云：「玉臣舍人與余締交總角，申之以婚姻。」

梁序鏞卒。

凌揚藻卒。

道光二十六年 丙午（1846）譚瑩四十七歲　譚宗浚一歲

春，譚瑩參與張維屏主持的新春宴遊集會，並作唱和詩《春遊次南山師韻》，同集者有金菁茅、陳澧、陳良玉、鄧大林、陳其錕、鮑俊、梁信芳、黃培芳、李長榮等五十餘人。

張維屏作於道光二十六年春社前一日的《新春宴遊唱和詩序》：少壯之歲月安在哉？草草勞人，忽有老態。滔滔逝水，孰障狂瀾？知我者謂我心憂，愛我者云何不樂。於是瓊筵羽觴，召太白之煙景。青蛾皓齒，放少陵之樓船。況乎烽火雖經，夏屋無毀，海氛既息，春臺可登。賞花豈待邀頭，呼酒適逢褺尾（聞鄉間詩會以「褺尾春」命題）。樂彼之園（慶春園、怡園），式歌且舞。沔彼流水（珠江），駕言出遊。風中二十四信，開到鼠姑（牡丹咸開）。水上三十六鱗，招來魚婢（謂花舫眾花）。魚龍曼衍，依然富庶規模（城內城外皆出龍燈）。簫鼓喧闐，洵屬升平景象。

且往觀夫，亦既觀止。今夫有張有弛，王道於此寓焉。斯詠斯陶，天機於此暢焉。何不鼓瑟，且以喜樂風所以永日也。神之聽之，終和且平雅所以求友也。且飲食宴樂，見於易象。藏修息遊，著於禮經。得朋有慶，既排日以宴遊。矢詩不多，遂揮毫而倡和。意興所至，何妨或速或遲。形跡胥忘，不問誰賓誰主。拋磚引玉，賤子請作前驅。連臂張弓（昔人謂作七律如挽強弓）。諸君同為後勁。存諸此日，竊比康衢擊壤之聲。傳之他時，或助里社銜杯之興。

閏五月十三日，譚宗浚生。

譚宗浚《荔村草堂詩鈔》中《入塾集》題注：起咸豐丙辰十一歲迄辛酉，詩一百一十九首。

唐文治《雲南糧儲道署按察使譚先叔裕生墓碑》：公以道光丙午年閏五月十三日生。

朱彭壽《清代人物生卒年表》：譚宗浚，閏五月十三日生，字叔裕。廣東南海人。享年四十三。

顧廷龍主編《清代硃卷集成》中同治甲戌科《譚宗浚履歷》：原名懋安，字叔裕。行三。道光戊申年五月十三日吉時生，係廣東廣州府南海縣監生民籍，欽加內閣中書銜。妻許氏，廣東補用府文深長女，四品銜花翎工部都水司郎中府衍樹、廣東鹽大使府衍枚、福建候補同知府衍棟、候選縣丞府衍棶、府衍森胞姊。男祖綸（幼學）、祖楷、祖任、祖澍。女三、一適陳慶禾。

　　　按：《清代硃卷集成》中所載譚宗浚生年有誤。

秋，譚瑩作《黎煙篷孝廉聽秋閣帖體詩序》。

譚瑩《黎煙篷孝廉聽秋閣帖體詩序》略云：歲庚辰，瑩與煙篷孝廉黎君同受知於長州顧耕石先生。……迄今丙午秋，二十有七年矣。將赴禮闈之徵，忽睹高軒之過，出其所刻帖體詩八卷，署曰《聽秋閣外集》焉，問序於瑩。瑩受而讀之，而不能無言也。

是年，全慶出任廣東學政，譚瑩作《全小汀學使藥洲秋月圖跋》。

梁廷枏《粵秀書院志》卷之十八《長官表》：學政：全公慶二十六年任。今學使許公。

是年，何桂清出任山東學政，譚瑩作《賀何根雲師督學山左啟》。

王鍾翰《清史列傳》卷四十九：何桂清，……道光二十六年，提督山東學政。

是年，梁國珍卒。

譚瑩於《楚庭耆舊遺詩續集》中梁國珍條下云：迨丙午還都，而遽作古人矣。

招子庸卒。

道光二十七年　丁未（1847）譚瑩四十八歲　譚宗浚二歲

七月十七日，譚瑩應張維屏之邀，與陳澧、溫訓、徐灝等集聽松園唱和。

蕭諫作《丁未七月十七日張南山太守維屏之招同陳蘭甫澧溫伊初訓譚玉生瑩三孝廉徐子遠集所築聽松園太守首倡一詩僅次原韻奉呈二首》紀其事。

張維屏《松心詩集》癸集《草堂集》卷一:《七月十七日,溫伊初訓、譚玉生瑩、陳蘭甫澧三孝廉,徐子遠灝、蕭欖軒思諫兩上舍同集聽松園。譚、徐、蕭三君入城,余與伊初、蘭甫坐月,話至三鼓》詩。

九月,因有感於物無常聚,譚瑩還古石於是岸寺寺僧,並代作《還石軒記》。

譚瑩《還石軒記》略云:即以丁未九月畀還寺僧,業爲吾石者三年矣。仍構小軒,榜曰還石。

是年,譚瑩任曲江縣教諭,作《諭曲江人士牒》。

譚瑩於《楚庭耆舊遺詩續集》中梁序鏞條下云:丁未,余攝篆曲江教諭,先生宦遊地也。行篋中適攜剩稿三冊,讀《邵陽雜詠》諸作,不覺黯然。

〔光緒〕《曲江縣志》卷一:譚瑩,南海人。舉人,(道光)二十七任。梁紹訓,南海人。舉人。二十八年任。升瓊州教授,加光祿寺署正銜。以上教諭。

是年,由譚瑩、伍崇曜輯校的《嶺南遺書》及《嶺南遺書續編》始刊印。

譚瑩《嶺南遺書續編序(代)》略云:夫子長記史,論次廿年。太沖煉都,構思十稔。著撰之艱難可想,歲序之綿暖宜然。若乃徵文考獻,集逸收亡,題帖補治,推尋求訪,校綴次第,損並有無,固自不同,無庸舉例。然而曾非五厄,業大備而難周。不僅四期,欲速成而未可。自辛卯以迄于今,一十有七年矣。曾與譚玉生廣文校刊《嶺南遺書》第一集焉。

林伯桐卒。

道光二十八年 戊申(1848)譚瑩四十九歲　譚宗浚三歲

二月,兩廣總督耆英入京覲見,譚瑩作《恭送宮保中堂述職入覲》(四首)以送行。

丁彥和《恭送介春節相入覲並序》:道光戊申二月,介春相國述職入都,粵東人士繪圖送行,並競作詩文,頌揚德政,事皆紀實,言必由中,足徵公論愈彰,去思同切矣。

孟春,譚瑩遊花地,作《戊申上春花地紀遊六絕句》。

六月,時逢廣東巡撫葉銘琛之父葉志詵七十歲生日,譚瑩相繼代作了《葉東卿封翁七十壽序一》、《葉東卿封翁七十壽序二》、《葉東卿封翁七十壽序三》。

譚瑩《葉漢陽師相五十壽序二》:維咸豐六年冬十一月,爲我宮保爵帥中

堂漢陽公五十誕辰，距道光二十有八年，夏六月，封翁東卿先生七十誕辰九載矣。

七月，應張維屛之招，譚瑩與陳澧、溫訓等至聽松園賞月夜話。

　　黃國聲、李福標著《陳澧先生年譜》：道光二十八年戊申（一八四八）三十九歲七月，張維屛招先生與溫訓、譚瑩等至聽松園賞月夜話。

十月，譚瑩代廣東巡撫葉銘琛作《擬重修南海神廟碑》。

　　譚瑩《擬重修南海神廟碑》題注：戊申十月代昆臣中丞作。

是年，陳澧落第，譚瑩作《寄陳蘭甫同年詩二首》慰之。

　　汪宗衍《陳東塾先生年譜》：譚瑩有《寄陳蘭甫同年詩二首》。

　　黃國聲、李福標著《陳澧先生年譜》：譚瑩有《寄陳蘭甫同年詩》二首，於先生落第頗致慰解之意。

黃遵憲生。

徐士芬卒。

道光二十九年　己酉（1849）譚瑩五十歲　譚宗浚四歲

一月初三，應蔡錦泉之招，譚瑩與里中舊遊諸子雅集。

　　譚瑩於《楚庭耆舊遺詩續集》中蔡錦泉條下云：太史以己酉歲朝後二日，招余及里中舊遊諸子雅集，劇談暢飲。抵暮送客，登閣醉眠。旋與造化者遊矣，無疾而逝。與潘伯臨比部同說者謂：「其數年前曾題呂仙祠楹帖云：『因果證殊難，看殘棋局光陰，試問轉瞬重出來，幾見種桃道士；黃粱炊漸熟，閱遍枕頭世界，樂得飽餐一頓，做成食飯神仙。』」竟成語讖。

二月，譚瑩繼室、譚宗浚生母梁氏卒。

　　顧廷龍主編《清代硃卷集成》中同治甲戌科《譚宗浚履歷》：父譚瑩，字兆仁，號玉生，晚號豫庵。辛卯恩科優貢，甲辰恩科舉人，欽加內閣中書銜，覃恩敕授儒林郎瓊州府教授加一級。歷任化州訓導，歷署曲江、博羅縣教諭、嘉應、直隸州訓導、肇慶府教授。例贈儒林郎翰林院編修加一級前管，粵秀、端溪、越華書院監院，學海堂學長。著有《樂志堂詩集》十二卷，《續集》一卷，《文集》十八卷，《續集》兩卷。又著《豫庵隨筆》、《校書箚記》二種未成，藏於家。行誼詳載《南海縣志》、《廣州府志》本傳。妣氏黃，敕贈孺人，

晉贈太安人，迻贈太孺人。繼妣氏梁，敕封孺人，晉贈太安人，迻贈太孺人。庶母氏王（永感下庶慈侍下）。

譚宗浚《清故優貢生梁公事狀》略云：公生於乾隆戊申，卒於道光戊戌，春秋五十有一。著有《寒木齋詩文集》，藏於家。公弱歲時，文名甚噪，其攀附聲氣者，恒不乏人。至晚年，漸已疏闊。迄今三十年間，舉其姓氏恒有不能記憶者。宗浚於公為外孫，公無子，女一人，即先孺人也。公卒後八年，而宗浚始生。又四年，而先孺人遽卒，故於公之行事不及知其詳，謹就其文藝之卓卓者臚列之，以俟立言之君子。

譚瑩《六十初度四首》其一：

簾旌半故獨愁予，繡佛長齋舊索居。豈必能言如月好，卻驚殘病逼春初（余以己酉二月悼亡），聯床風雨如兄弟，孤棹弓刀返里閭（謂辛丑二月避虜事）。半臂寒添勞囑咐，藥煙名閣總憐渠（見《二樵詞集》）。

五月，譚瑩作《嘉禾頌》。

譚瑩《嘉禾頌序》：維道光二十有九年春二月，英夷議進粵城，謂踐舊盟，冀如夙約。我制府仲升徐公、中丞昆臣葉公謀先震疊，道本懷柔，不煩立碼，以分蠻酋弭伏，共歎轉圜之妙。闔境謳歈，海晏山明，人和歲稔。迨夏五月，芳穎既擢，嘉禾遂生。始自近郊，迄於鄰縣。睹祥花之濯露，協穗殊莖。羨香稼之搖風，一稃二米。夫詩歌后稷，書紀元公。丹雀銜於炎帝之時，白鸞翔於燕昭之世。黃龍縣改，神爵郡同。贊有鄭元，謳惟曹植。權德輿之所表，韓退之之所陳。類皆歸美宮庭，薦馨郊廟。我朝不矜瑞應之圖，誰進徵祥之說，真如往牒，奚敢上聞。至謂魯恭拜中牟縣令，實產庭間。謝承遷吳郡督郵，乃生部屬。郭汾陽之在寧朔，經宿復生。梁彥光之刺岐州，乍形連理。又若《後漢書·南蠻傳》云：板楯數反蜀郡，趙溫恩信降服。於是宕渠，出九穗之禾，尤其明驗者矣。乃兩公且聞之而若驚，並卻焉而勿受。然而碑刊德政，嶺海所同心也。頌獻中和，儒生之本業也。此日亭名喜雨，神功均讓之太空。他時閣上凌煙，軼事並之不朽。當與雁門太守，殊恩進北地榮封。定偕羊石仙人，妙繪擅南州佳話。乃作頌曰：

舭舭兩公，綏安南服。稻本三時，禾原九熟。載睹新苗，迻生嘉穀。厚載休徵，太和同福。遑言奏賦，詎願名書。災祥待志，職貢先圖。豐穰足慶，頌禱非諛。九重恩渥，五穗靈符。

九月十九日，譚瑩參加白山雲秋禊，並作《白雲秋禊序》。

　　譚瑩《白雲秋禊序》自注：時道光己酉九月十九日，原唱《和陶己酉九月九日韻》二首，同集者俱和作焉。

是年，譚瑩作《綠陰》四首。

　　張維屏《學海堂三集題識》：自道光乙未年《學海堂二集》刻成後，制府、中丞、學使課士如舊。閱己酉年積卷既多，葉相國命選刻《三集》。維屏等選為一帙，釐為二十四卷，呈請鑒定，以付梓人。會有兵事，今乃告竣，續於《初集》、《二集》之後，而印行之。

是年，應葉名琛之父葉志詵之邀，譚瑩與何紹基一同遊宴。

　　譚瑩《贈何子貞太史二首》自注：昔己酉君典試粵東，榜後，葉東卿太翁邀同遊宴，有《白雲秋禊圖》，余嘗序之。又余《補題程春海侍郎蒲澗賞秋圖詩》，嘗及君龍樹檢書圖事。

是年，譚瑩作《代闔省人士為兩廣總督徐公廣東巡撫葉公徵詩文啟》。

　　譚瑩《代闔省人士為兩廣總督徐公廣東巡撫葉公徵詩文啟》：是以屠維紀年，夾鍾旅月。

自是年起至咸豐七年，譚瑩出任肇慶府端溪書院監院

　　傅維森《端溪書院志》卷五《師儒》：譚瑩，字玉生，南海人。舉人。道光二十九年（任監院）。胡敬修，字道五，一字安卿，番禺人。咸豐七年（任監院）。

阮元卒。

蔡錦泉卒。

道光三十年　庚戌（1850）譚瑩五十一歲　譚宗浚五歲

二月，由伍崇曜、譚瑩輯校的《楚庭耆舊遺詩續集》刊印。

　　《楚庭耆舊遺詩續集》卷首：道光三十年春六月南海伍氏開雕。

是年，譚瑩作《清遠文木對》與《上翁邃庵侍郎師箋》

　　譚瑩《清遠文木對》略云：又越一年，庚戌，我中丞師特統重兵，剛臨斯土。攻心原易，著手非難。刁斗森嚴，旌旗變換。靈運第疑山賊，清河原是江神。許作孫盧，翕然羊杜。糾虔奸蠹，搜盩林淵。暫開細柳之營，旋定斷藤之峽。由是清歌吹鏑，壁沼環林。海晏山明，陸儸水栗。具諸葛公之相

術，養范文正之人材。大儒致之中朝，純孝配於縣社。定如宋瑞，始賀得人。復見昌黎，原當薦士。風猷至粹，崇化勵賢。能不憶大樹而謁將軍，撫甘棠而依召伯者哉。然後歎扶成教義，濟養黎元。演迪斯文，闡揚景業他日者。總百辟而法清人貴，贊萬機而道一風同。必先文教，非漫然者。靈僅鍾於連理，恩彌溥於合歡。敢作甘言，誰工粉飾。

　　譚瑩《上翁邃庵侍郎師箋》略云：瑩之藉庇二十有五年矣。

　　　按：〔同治〕《南海縣志》卷十八《譚瑩列傳》載：道光六年，常熟相國翁心存以庶子督學粵東，歲考以《棕心扇賦》試諸生，瑩居首列。

　　　自道光六年算起，至此時恰爲二十五年，故繫此文於本年。

是年，譚瑩與陳澧晤談。

　　陳澧《復梁章冉書》：愚弟陳澧頓首，章冉仁兄大人足下：月之十一日歸抵里門，晤玉生同年，知吾兄鄉旋尚未來省，即擬奉啓敬問起居。茲接手書，慰藉殷懃，感謝，感謝。弟此行原不敢望巍科鼎甲，第以十年奔走，竊冀挑得一官，而此時縣令殊不易爲，不若廣文冷官，轉有痛飲高歌之樂，今競得之，復何所戀而不爲歸計乎！或捨侄秋闈獲雋，亦未嘗不可同賦《北征》，否則不作春明之夢矣。月翁留省一事，前在玉生兄處匆匆尚未談及，俟再詢之也。

　　　按：陳澧於信中言「弟此行原不敢望巍科鼎甲，第以十年奔走，竊冀挑得一官」。檢閱汪宗衍撰《陳東塾先生年譜》知，陳澧先後於道光十二年、十四年、二十年、二十三年、二十九年、咸豐三年共六次北上會試，而清代會試通常三年舉行一次，考期一般在第二年春季進行，故繫陳澧此信作於此年。

沈曾植生。

羅文俊卒。

錢儀吉卒。

林則徐卒。

文宗咸豐元年　辛亥（1851）譚瑩五十二歲　譚宗浚六歲

一月，譚瑩代作《順德金竹鄉黃姓聯壽序》。

　　譚瑩《順德金竹鄉黃姓聯壽序》略：維咸豐改元，歲次辛亥，月在孟春，爲我鶴如年丈九旬晉二攬揆之辰壽。

八月，譚瑩代作《陳母高太宜人九十壽序》。

　　譚瑩《陳母高太宜人九十壽序》略云：維咸豐改元，重光大淵獻之歲，日月會於壽星之次，爲我誥封太宜人陳母高太宜人九袠大慶之辰。

小除夕，譚瑩作《辛亥小除夕祭灶文》。

是年，譚瑩始任化州訓導。

　　〔光緒〕《化州志》卷七《職官表》：咸豐朝訓導：譚瑩，南海人。舉人。元年任。有傳。同治朝訓導：伍運浚，文昌人。歲貢。七年任。

是年，何桂清出任實錄館副總裁，譚瑩作《賀何根雲師署吏部侍郎仍入值南書房兼充實錄館副總裁啟》。

　　王鍾翰《清史列傳》卷四十九：何桂清，……咸豐元年五月，服闋，署吏部右侍郎，命仍在南書房行走，充實錄館副總裁。

陳曇卒。

溫訓卒。

方東樹卒。

咸豐二年　壬子（1852）譚瑩五十三歲　譚宗浚七歲

正月，因齋頭牡丹盛開，劉子樂連日招飲，譚瑩與熊景星等人與會，並作《劉子樂十二兄招同賞牡丹》。

　　熊景星《壬子春正月劉子樂齋頭牡丹盛開連日招飲次譚玉生韻》：
　　　　細雨輕飔淨路塵，名花春到玉樓新（以玉樓春一種爲最）。樽傾白墮
　　　　頻中聖，筆寫黃筌倍有神。金帶圍腰唐宰相，錦帷障面衛夫人。書
　　　　生籬落漸寒儉，日似流鶯過比鄰。

是年，譚瑩參加順德龍山詩會，並作《儒將》十首，《猛將》十首、《迎梅》諸詩，中有四詩獲張維屏稱賞。

　　張維屏《聽松廬詩話・癸集》略云：咸豐壬子十一月初四日，順德龍山鄉華顯堂主人溫子樹寄詩卷，屬余評閱。卷凡四千有奇，定取二百名，期以十五日到取。余以詩卷既多，爲期太促，夜長醒早，五鼓即起，披閱至夜。見有警句，隨筆錄之。至全首佳章，未能多錄。閱卷既畢，摘所錄警句匯存之，平奇濃淡，各著所長，既可見詩人用心之不同，亦以記詩家一時之韻事云爾。珠海老漁識。

是年，譚瑩司訓化州石龍。

譚瑩《賴園橘頌序》略云：僕以咸豐壬子，司訓石龍。土宜橘紅，州廨稱最。衙齋所生，亦足媲於園令。學博之俸，宜兼署乎橘官。乃以蕪穢弗治，收成轉歉。則有楚頌亭主人賴君者，業治生以灌園，樂傾蓋為知己。以比鄰之冷宦，作村田之寓公。恰逢啖荔之期，略遂看花之願。則見香團野露，色炫江星。素裏離離，朱欒的的。一枚比葉，謝井水以療人。十載連陰，屆園霜而饋歲。陽羨三百本，坡老親栽。武陵一千株，李衡足用。且也麟毫表異，鳳尾葉祥。知名共說伯休，奏效殆如蘇澤。夫李白聲價，固藉韓荊州之品題。園有阮文達師撰記，而襄城蕪殘，彌增孫可之之感喟。知培植之有自，幸遭逢之可娛。貨殖傳成，獨說渭川之竹。神仙樂在，僅餌商山之芝。乃作頌曰：

豈惟南交，獻稱瑞橘。靈藥所需，瑰異特出。亭猶楚客，園比蘇仙。侯封千戶，樹種百年。謝傅文傳，庾郎寓久。敢喚木奴，便呼橘叟。辣同薑桂，珍倍參苓。園林之寶，益壽延齡。

是年，何桂清出任江蘇學政，譚瑩作《寄江蘇學政何根雲師書》。

王鍾翰《清史列傳》卷四十九：何桂清，……（咸豐二年）八月，提督江蘇學政。

是年，好友徐榮年屆六十一，譚瑩作《徐鐵孫太守七裘開一壽序》

銘岳《徐公傳略》：公生於乾隆五十七年壬子十一月十九日巳時，殉難於咸豐五年乙卯二月初三日辰時，……享年六十四歲。

譚瑩作《徐鐵孫太守七裘開一壽序》：元黓紀年，黃鍾旅月，為先生七裘開一攬揆之辰。

〔宣統〕《南海縣志》卷四：稱壽者率以十為數，其以一為數者取預數以侈屏障之稱美耳，如五十一，則文之曰六裘開一，六十一，則文之曰七裘開一，皆舉多數為言鄉里尚齒，猶見古先民之遺風。

廖平生。

林紓生。

咸豐三年　癸丑（1853）譚瑩五十四歲　譚宗浚八歲

三月三日，譚瑩返自化州。後應李子黼之邀，譚瑩與張維屏，黃培芳等人參與柳堂春禊。是日，黃培芳作圖，譚瑩作《咸豐癸丑柳堂春禊序》。

譚瑩《咸豐癸丑柳堂春禊序》略云：維咸豐三年暮春直初，席帽山人返自化州，久寓街談老屋。……同集者：張南山先生、黃香石舍人、艾至堂明府、喻少白參軍、杜洛川學博，主人則（李子黼）茂才也。

張維屏作《咸豐癸丑三月三日李子黼廣文長榮招同艾至堂大令暢黃香石舍人培芳喻少白參軍福基譚玉生孝廉瑩杜洛川廣文遊集柳堂修禊香石作圖玉生撰序余與諸君賦詩》紀其事。

六月，譚瑩作《寄侍講龍翰臣師書》。

譚瑩《寄侍講龍翰臣師書》自注：癸丑六月。

八月，譚瑩作《復侍講龍翰臣師書》。

譚瑩《復侍講龍翰臣師書》題注：癸丑八月。

秋，應張南山之招，譚瑩與陳澧、金體香、許玉彬、李長榮兩茂才集聽松廬。

倪鴻作詩《秋日張南山師招同陳蘭甫學博譚玉生舍人瑩金體香員外許青皋李紫黼兩茂才集聽松廬》紀其事。詩云：

髫齡意氣尚飛揚，招得群賢集草堂。三徑白衣秋送酒，雙鬟紅袖夜添香。

琴樽風月耆英會，絲竹亭臺翰墨場。難得俊遊陪末座，少年慚愧杜黃裳（時座中惟余年最少）。

十一月，譚瑩作《寄江蘇學政何根雲師書》。

譚瑩《寄江蘇學政何根雲師書》題注：癸丑十一月。

是年，譚瑩與陳澧等結東堂吟社。

黃國聲、李福標著《陳澧先生年譜》：與譚瑩等結東堂吟社。

沈澤棠《懺庵隨筆》卷一云：咸豐癸卯、甲寅間，譚玉生瑩、陳蘭甫澧、金芑堂錫齡、許涑文其光、徐子遠灝諸先生結東堂吟社。今按：咸豐朝無癸卯年，當時癸丑之誤。

是年，譚瑩作《諭端溪書院人士牒》。

譚瑩作《諭端溪書院人士牒》略云：嗟嗟！十年重到，予以甲辰攝府學篆。故我依然一事不知，儒者深恥。

是年，譚宗浚誦讀宋代三蘇策論。

　　譚宗浚《眉州謁三蘇祠八首》：八歲誦蘇策，十歲吟蘇詩。

是年，譚宗浚作《人字柳賦》，為時人傳誦。

　　〔宣統〕《南海縣志》卷十四：年八歲，作《人字柳賦》，即為時所誦。

是年，譚瑩幼子譚熙安生。

　　譚宗浚《哭幼弟一百四十韻》略云：呱呱文褓中，識者歎英物。逾歲值甲寅，粵省聚苞蘗。揭竿滿城郊，鄰縣多陷沒。斗米幾百錢，洋船亦難達。君時尚童卯，哺養恐長乏，忍渴斧冰檗，耐饑飽糠麧。輾轉風塵間，慔愗少歡悅

湯貽芬卒。

咸豐四年　甲寅（1854）譚瑩五十五歲　譚宗浚九歲

二月，譚瑩由水路去化州，作《將之化州舟中作二十四首》。

五月，譚瑩代作《甲寅五月報友人書一》與《甲寅五月報友人書二》。

八月，譚瑩作《後東皋草堂歌》。

　　譚瑩《後東皋草堂歌》自注：《吳梅村集》有《東皋草堂歌》，前明南海陳氏別墅亦名「東皋草堂」。甲寅秋八月，偶訪遺址作歌。

　　　　按：《後東皋草堂歌》又名《秋日訪東皋遺址弔陳忠簡》（見《學海堂四集》）

閏秋，譚瑩作《閏中元賦》。

　　譚瑩《閏中元賦序》略云：咸豐甲寅閏秋，久住愁城，再逢笑節，羈棲何地，平居仍荷佛緣。槁餓有人，望治幾同鬼趣。憫而代為之賦。

冬，為避寇，譚瑩作《消寒雜憶十首》與《論駢體文絕句十六首》。

　　汪宗衍《陳東塾先生年譜》：咸豐四年甲寅，四十五歲。六月，賊陳顯良等攻廣州。

　　譚瑩《論駢體文絕句十六首序》：甲寅冬仲，避寇兀坐寓樓。

小除夕，譚瑩參與南園舊社祭詩活動並作《擬小除夕南園舊社祭詩記》。

是年，譚瑩作《甲寅書事十五首》與《黃慎之守戍紀功詩》。

　　陳廷輔《黃守戍紀功序》：吾粵自甲寅六月賊氛騷擾，忽而各鄉各縣絡驛

報聞，而省垣佛山其禍更烈。繼而北城以外，烏合尤多。大吏守禦嚴密，晝夜防虞，群凶不能蠢動。倏久，聞賊以西關爲膏膚之地，旋生覬覦。遂於六月廿六日，群賊由西邨直撲青龍橋，用火焚圾汛卡。斯時，正慎之守戎在草場汛鎮撫之候也，奮不顧身，親冒矢石，所帶兵勇不過百五十人，殺賊無算，奪其器械多件，眾賊寒心，莫不披靡。良以師允在和，不在眾。

守戎生平以信服人，故兵勇無不用命。叱吒指揮，賊膽已破，威風赫濯，賊勢已孤。故西關一帶地方，悉資保障，固爲大吏賀得人之慶，亦皆守戎視國如家，視人猶己，其待兵勇，披肝膽同甘苦之所致也。

昔聞蓋嘉運爲右威特軍，人稱其忠，而能毅智則有謀，擬之守戎，有過之無不及。其榮秩屢遷，宜也，非幸也。耳聞其名，心爲佩服。及得親炙，言皆眞摯，品極和平，不敢以功自居，躬飼然有儒者氣象。人惟有此根器，建之功業所以大過乎人也，誠爲鄉城內外之大有倚賴者。縉紳父老繪圖製詩，以紀功績，眞足爲從戎者勸。

曾釗卒。

桂文燿卒。

咸豐五年　乙卯（1855）譚瑩五十六歲　譚宗浚十歲

春，譚瑩作《乙卯春連雨排悶作十首》。

正月十七日，應沈世良之邀，譚瑩於聽松廬拜倪高士生日，並作《乙卯正月十七日沈伯眉廣文招同集聽松廬拜倪高士生日》。

七月十五日，譚瑩作《乙卯中元作一首》。

是年，譚宗浚始誦宋代三蘇詩。

　　譚宗浚《眉州謁三蘇祠八首》：八歲誦蘇策，十歲吟蘇詩。

馬其昶生。

徐榮卒。

咸豐六年　丙辰（1856）譚瑩五十七歲　譚宗浚十一歲

正月十七日，應倪鴻之邀，譚瑩與張維屏等於寄園拜倪高士生日，並作《倪雲衢上舍招同集寄園拜倪高士生日》。

　　汪宗衍《陳東塾先生年譜》：正月十七日，倪鴻（雲騰）招同張維屏、黃培芳（香石）、梁廷枏、譚瑩、李長榮（紫翩）集寄園，祝倪雲林生日，先生有詩紀之。

八月，因朝廷特旨補行乙卯大科，譚瑩相繼撰寫《丙辰補行大科代省中各憲請王鴻臚典試入簾啟》、《丙辰補行大科代省中各憲請張侍御典試入簾啟》。

八月二十六日，譚瑩參與西堂吟社第二集，並作《即事感賦得詩十二首》。

　　譚瑩有詩《西堂吟社第二集即事感賦得詩十二首時丙辰八月二十六日也》汪宗衍《陳東塾先生年譜》：秋，與譚瑩、許其光、沈世良、金錫齡、徐灝結西堂吟社。

十一月，為慶賀廣東巡撫葉名琛五十歲生日，譚瑩代作《葉漢陽師相五十壽序一》、《葉漢陽師相五十壽序二》二文。

　　譚瑩《葉漢陽師相五十壽序一》略云：維柔兆執徐之歲，月在仲冬，為我漢陽節相昆臣葉公五十攬揆之辰，封翁東卿先生年七十有八矣。

歲末，譚瑩全家避兵於荔枝灣、南岸等村，離會城約三十餘里。

　　譚宗浚《旅寓京邸雜憶粵中舊遊得詩二十首》自注：丙辰歲杪，避兵於荔枝灣、南岸等村，離會城約三十餘里。

是年，譚瑩校刊宋代王象之《輿地紀勝》。

　　譚瑩《重刊宋王象之輿地紀勝序（代）》略云：維咸豐五年秋八月，校刊宋王象之《輿地紀勝》書成，而續弁其首曰：自《禹貢》列於《夏書》，《職方》紀於《周禮》。辨方經野，宜溯權輿。起例發凡，豈容摹仿。又況漢代藝文之志，隋室經籍之書，不乏圖經，只存目錄。至若李宏憲《元和郡縣》，遂涉古蹟。樂子正《太平寰宇》，兼採文人。紀載迭詳，體例盡變。

是年，譚瑩因《代闔省人士為兩廣總督徐公廣東巡撫葉公徵詩啟》一文而致禍。

　　譚瑩《代闔省人士為兩廣總督徐公廣東巡撫葉公徵詩啟》後注：此文原不必存，然實丙辰致禍之由也，仍錄之自記。

自是年起迄咸豐十一年，譚宗浚入塾學習。

　　譚宗浚《荔村草堂詩集》中的《入塾集》題下自注：起咸豐丙辰迄辛酉，詩一百一十九首。

于式枚生。

文廷式生。

陳衍生。

梅曾亮卒。

熊景星卒。

咸豐七年　丁巳（1857）譚瑩五十八歲　譚宗浚十二歲

春，譚瑩同樊封、陳澧等登學海堂。

　　黃國聲、李福標著《陳澧先生年譜》：咸豐七年丁巳（一八五七）四十八春，同樊封、譚瑩、金錫齡、陳良玉、潘繼李等登學海堂。

　　徐灝作《春日同樊昆吾譚玉生陳蘭甫金芑堂陳朗山潘緒卿登學海堂》紀其事。其詩云：

　　　　榕陰石磴曉冥冥，路入王山草木青。叢竹春深圍滌蕩，紅棉日暖照滄溟。

　　　　天南文獻存同調，海上烽煙罷說經。老去徐陵空太息，堂前猶有幾晨星。

二月，譚瑩作《丁巳二月禱海神文》。

三月二十三日，應陳昌潮、陳起榮之邀，譚瑩與張維屏等八人參與廣州城北容園環翠亭補禊，並作《三月二十三日容園補禊序》及《容園補禊》。

　　譚瑩《三月二十三日容園補禊序》：上巳修禊，古來慕重，吾輩特宜。所謂良辰美景、賞心樂事也。茲以丁巳之年，建辰之月，夷舶漸退，戎幕猶張。俟詣闕以請纓，擬渡江而擊楫。移家安往，避地仍還。逢佳日而不知，憶舊遊其若夢。亦偶偕釣遊之侶、稼圃之農，相與挹清流、撫白石、繞疏竹、蔭長松、意興蕭然，毫楮斯輯。則有笛舫、奎垣、兩陳子以二十三日，邀余展上巳於城北之容園，環翠亭而補禊焉。

　　天惜余春，猶當韶景。人忘元巳，敢負雅遊。便擬紫蘭香徑之行，宛然老樹遺臺之感。嗟嗟！被髮類戎，屑仿伊川之祭。搤喉殺狄，終睹駒門之埋。而乃芙蓉此醉，陡作腥風。罌粟猶香，偏含毒霧。霹靂敢鬥，艨艟若飛。草木皆兵，矢石同下。烏龍蛇虎，猿鶴蟲沙。鐵颸嶙峋，銅炮抵流花橋外。銀濤颭閃，錦帆張得月臺前。邁此不祥，祓除宜亟斯園也。

　　宜煙宜月，半郭半郊。樓對遠山，門臨流水。蕉竹成列，菱蓮早香。室邇人遐，池平樹古。蒼苔半畝，偏逢夢得之來。寒荄一畦，合誦蘭成之賦。

亦復犀渠鶴膝,緩箭強弓。狐妖夜嘯於澤中,虎慮日行於市上。三城無恙,重鎮巍然。報獅子之洋,襓鑪氣奪。望大王之溽,畫角聲消。濯故潔新,齊心同願已。舞如意以命酒,撫干將而作歌。麗人不來,誰擬閒情之賦。戰場非古,終妨變徵之音。縱雲風景不殊,河山如故。無煩戮力,而感慨繫之矣。花竹換風塵之警,英雄屑兒女之悲。既慚顏延年王元長之序,體工對揚。復愧裴逸民張茂先之談,旨契元妙。撫時感事,聊以記言。峻嶺崇山,倘如內史之暢。新蒲細柳,略異杜陵之哀爾。

同集者,張南山、陳棠溪兩先生,陳鹿蘋孝廉、倪雲衢、桂笙陔兩上舍、兩主人暨余凡八人。

譚瑩弟子陳起榮作《丁巳三月二十三日與家笛舫廣文昌潮招同儀部家棠溪太夫子其鋸司馬張南山師維屏孝廉家鹿蘋師廷輔學博譚玉生師瑩倪雲臘少尹鴻桂笙陔參軍均集容氏園再展修禊》亦紀其事。

九月,譚瑩作《秋陰四首》。

譚瑩《秋陰四首》自注:丁巳九月作

是年,程喬采卒。

咸豐八年 戊午(1858)譚瑩五十九歲　譚宗浚十三歲

九月九日,譚瑩作《補題程春海侍郎蒲澗賞秋圖》。

譚瑩《補題程春海侍郎蒲澗賞秋圖》題注:程春海侍郎《蒲澗賞秋圖》作於壬辰,九月同集者十一人,今惟余在耳,梁馨士儀部購得,囑補題,時戊午重陽日也。

是年,譚瑩、譚宗浚避兵於南海之和順村何氏園林。譚宗浚作《和順鄉何氏園林》

譚宗浚《旅寓京邸雜憶粵中舊遊得詩二十首》自注:戊午歲,余侍先教授公避兵南海之和順村何氏園林。地臨水,多魚,有竹樹之勝。

譚宗浚《和順鄉何氏園林》:江曲輒成村,江雲深到門。帆檣津估集,簫鼓社神尊。族盡宋元古,風猶懷葛存。戰塵飛不到,小住即桃源。

譚宗浚《哭幼弟一百四十韻》:五歲又避兵,海夷肆猖獗。僑寓小金焦,茲實山水窟。君騎竹馬來,軀體正輕捷。釣蝦循水涯,彈鳥登木末。未識離亂悲,嘻笑屢喧聒,頗遭群兄呵,或受阿撻。

潘飛聲生。

康有為生。

葉名琛卒，

耆英卒。

龍啟瑞卒。

咸豐九年 己未（1859）譚瑩六十歲　譚宗浚十四歲

二月，譚瑩作《六十初度四首》

譚瑩《六十初度四首》：

> 堂堂歲月慣相催，初度今朝懶舉杯。櫟櫟年華誰屑道，萍蓬蹤跡轉堪哀。
> 打鐘掃地枯禪悟，識字耕田不世才。鼓擊回帆容易學，小金焦覓釣魚臺。
>
> 久判身世系匏瓜，雞犬圖書屢挈家。少壯光陰仍逝水，神仙眷屬總摶沙。
> 偶居法護曾移竹。前度劉郎且看花。轉憶村場多樂事，斜陽樽酒話桑麻。
>
> 簾旌半故獨愁予，繡佛長齋舊索居。豈必能言如月好，卻驚殘病逼春初
> （余以己酉二月悼亡），聯床風雨如兄弟。孤棹弓刀返里閭（謂辛丑二
> 月避虜事），半臂寒添勞囑咐，藥煙名閣總憐渠（見《二樵詞集》）
>
> 事到傷心不可言，卅年去住各銷魂。論交四海黃金盡，訪舊三城白髮存。
> 尚擬人山隨李廣，何當落水怨章惇。宦遊又觸天涯感（擬作高涼之行），
> 無地誅茅學灌園。

九月，因前任廣東巡撫畢曼年告養旋里，譚瑩代作《送前署中丞畢曼年方伯告養旋里序》。

譚瑩《送前署中丞畢曼年方伯告養旋里序》略云：維咸豐屠維協洽之歲，月在季秋。前署廣東巡撫曼年畢公，以廣東布政使司告養旋里。

十二月，廣州大雪，又逢重編《丙丁高抬貴手》，譚瑩作《大雪》與《丙丁高抬貴手跋》。

是年，譚瑩以勸捐出力，上官奏加內閣中書銜。

陳澧《內閣中書銜韶州府學教授加一級譚君墓誌銘》略云：咸豐九年，上官委勸捐出力，奏加內閣中書銜。

是年，陳澧長子宗誼卒，譚瑩歎曰「廣東無福」，並請李碧舲勸慰陳澧。

陳澧《長子宗誼墓碣銘》：番禺陳澧喪其長子宗誼，將葬，痛哭而書其碣曰：宗誼，字孝通，道光十九年十一月二十九日生，咸豐九年九月十五日死。年二十一。嗚呼惜哉！宗誼性孝，凡余言，篤信謹守，出於至誠。……張南山先生病將死，聞其死也，手書挽辭，比以顏子。余同年譚君玉生問其《讀論語日記》，余舉其說云：「聖賢之學在安貧，士不安貧，足以亂天下。」譚君歎為名言。余悲泣自悼無福，譚君曰：「廣東無福。」

陳澧《寄楊浦香書》：月日，澧頓首浦香老兄閣下。去冬大世兄在粵一病不起，不審老兄老嫂聞此凶耗摧慟何如。弟長子死，今將十年，偶一念之，猶為淚下，何況老兄此時，雖有相愛者勸以勿過傷痛，然此豈可勸也。弟當時傷痛亦不可勸，請為老兄述之。當是時，所見之物皆有悲態，所聞之聲皆為悲音，漸至竟夜不寐，以酒取醉，乃暫得合眼。食飯減半，食後數刻化為酸水上湧，以手自搯兩肺，如布囊而空中。一夕，仰臥至五更，披衣起作自序一篇，念門人最老者張瑞墀，付之刻我墓石。偶見朋友，語言恍忽。樊昆吾告人曰：「與蘭甫相好者宜及今與相見。」譚玉生謂李碧舲曰：「君宜勸之。」碧舲遂與澧書云：「君之子死而君痛之如此，如君死，君之父在地下其痛何如？君念子，可不念父耶？」弟得書，驚起自責，為書謝碧舲、玉生。此後漸自排解，類於放曠之所為。又得陳曉村所贈鹿茸丸藥方，製而服之，兩肺內復實，能飲能食。然精神不能復舊，以至於今，事事忘記，觀書三兩日即忘矣，俗事一日半日即忘矣。嗟乎！哀痛之傷人如此。澧遭此事時五十歲，況老兄六十歲遭此，年更老，氣血更虛，豈能當此耶？可不自排解耶？敢述碧舲之言，請老兄每痛念大世兄時即念老伯大人，則哀痛自減。弟聽碧舲言可知也。曉村丸藥方並寫寄，人之臟腑不同，則用藥亦不同，然老年不得不親藥物則同矣。幸酌而試之。

是年，譚瑩始刊《樂志堂詩集》與《樂志堂文集》。

梁鼎芬生。

張維屏卒。

黃培芳卒。

咸豐十年 庚申（1860）譚瑩六十一歲　譚宗浚十五歲

二月，應陳良玉之邀，譚瑩與同人集會浮邱寺，並作詩。

徐灝《陳朗山孝廉招集浮邱寺》自注：樊昆吾、譚玉生、陳蘭甫、蕭欖軒、劉荔壇、呂拔湖、倪雲臟諸君同集。

倪鴻亦作《二月十日陳朗山孝廉良玉招譚玉生舍人陳蘭甫學博樊昆吾明經徐子遠上舍灝呂拔湖孝廉洪劉荔壇明府承緣蕭欖軒諫集浮邱寺》記其事。

汪宗衍《陳東塾先生年譜》：有《二月陳朗山孝廉招集浮邱寺》四首。

三月三日，應李長榮之邀，譚瑩參與柳堂修禊，同集者有徐灝、樊封、鄧大林、倪鴻和陳起榮七人。修禊後，譚瑩于役高涼。後又多次修禊，並應李長榮、譚壽衢之請作《庚申修禊集序》、《賞雨樓展上巳詩序》及《賞雨樓展上巳為家博泉作》。

譚瑩《庚申修禊集序》：歲當辛丑，閏值重三。獅海波翻，虎門星隕。獨檣不靖，百堵皆空。艨艟徑抵五羊，閭衖分屯萬馬。學離家之王粲，比賃廡之梁鴻。誰如桑者之閒，竟負花田之約（預訂修禊花田，不果）。禊事不舉，春光遂闌。茲喜庚申，再逢元巳。人間何世，天下皆春。事記廿年，倏鴻來而燕去。春添三日，仍柳媚而花明。如擊缽以催詩，合典裘而貰酒。然而鯨鯢偃蹇，痛城郭之寂寥。豺虎披猖，盼津沽之消息。復苦萑苻之肆擾，倘贈芍藥而將離。浹歲懸軍，彌年避寇。大江南北遘亡，屢破堅城。吾粵東西故老，第思飛將。敢為歡而排日，仍刻意以傷春巳。則有總持風雅，妙解文章。迭捧敦盤，各張旗鼓。烹龍炮鳳，挈鷺提鷴。典遠溯乎周秦，旨各參乎易老。潔新濯故，問兵燹之餘生。續魄招魂，作水天之閒話。樓羅歷在，轉忘婪尾之期。文字飲豪，爭作邀頭之會。鶯花局判，選客矜嚴。櫻筍廚新，閱時變換。均入竹林而把臂，誰詣蓮社而攢眉。惜彈指之光陰，壓傷心之懷抱。謝公陶寫，漸多哀樂之年。裕之生平，最有登臨之興。或忙於黃蝶，或閒似白鷗。度度扶歸，各各治具。縱無情而有恨，折柳安問廢興（見《舠賸》）。唯有醉而無名，借花特供排遣耳。

三月三日，柳堂修禊，主之者李子黼廣文也。十三日，補禊，主之者家博泉少尹也。居如陶亮，鍛豈嵇康。花竹修然，舊是郎君之谷。琴書獨擁，恒多長者之車。亭灈纓而特宜，交總角而耐久。三月三日長壽寺修禊，主之者羅六湖廉訪也。半帆去住，一缽因緣。月待彎環，潮聽嗚咽。王阮亭之宏獎，耆舊遍交。曾直指之風流，圖卷猶在。閏三月一日，訶林預作。閏上巳，

主之者倪雲衢少尹、晬昌上人也。二十三日，展閏上巳，主之者潘鴻軒茂才也。建德荒園，仲翔遺廟。幡動殆緣心動，塔存依舊發存。軒訪授經，倘識西來之意。池留洗硯，緬懷南徙之哀。閏三月三日，杏林莊修禊，主之者鄧蔭泉中翰也。藥爐丹灶，經卷繩床。白舫青簾，玉缸金戟。門無虎守，亭有鶴飛。大隱而婦孺知名，臥遊則溪山如畫。閏三月十三日，賞雨樓展閏上巳，主之者亦家博泉少尹也。談多稼穡，農丈人同。話到松楸，義田莊好。風煙台榭，城市山林。能詩當諡松圓，顧曲群推竹屋。莫不奇情迭宕，逸興遄飛。隨地綠陰之堂，淹旬玉照之局。花箋疊貢，筍屐重來。琴襀畫盂，竹洲花嶼。筆床硯匣，散幘斜簪。曾題落木之庵，夕陽春草。日醉飛英之會，驟雨新荷。業梔子之芬菲，復榴花之照灼。遂舞鸜鵒，且食蛤蜊。戒蟋蟀之太康，日月其逝。虞鷗鴉之或侮，風雨所漂。其人如季札子房，此地豈殘山剩水。張翰云：「人生貴適意耳」。及時行樂，不約而同。良可慨已。幽賞未罄，清吟紛來。凡有所贈，各著於篇。詩畫文詞，都為一集。纂輯者，則子矞廣文、博泉少尹也。僕深杯不辭，前席開與。桐花客舍，陸渭南悵臨川之行（余修禊後於役高涼）。楊柳春旗，庾開府夢華林之射。序工曲水，才曷愧於延之。景異新亭，感實深於內史。恰如小杜禪榻，揚茶煙落花而眷然（余未與長壽寺禊飲。半月後，開書局，乃移寓寺中）。曾賦水邊麗人，哭細柳新蒲而誰謂。豈良時之不再，非勝會之靡常。此亦桃源之圖，題慚韓愈。盍仍蒲澗之集，賦憶劉楨。

徐灝《三月三日李子矞學博柳堂修禊二首》自注：樊昆吾封、鄧蔭泉大林、倪雲騰鴻、陳奎垣起榮同集。

陳奎垣《庚申三月三日柳堂修禊序》略云：同集者，舍人譚玉生師、樊昆吾封翁、徐子遠上舍、鄧蔭泉中翰、倪雲騰少尹、主人及余，凡七人，各有詩。

譚瑩《賞雨樓展上巳詩序》：嗟嗟！定銷魂地，倍易句留。特稱意時，冐令孤負。生平雅集，慣觸撫時之悲。朋輩遺詩，多緣弔古之作。若乃喜吾宗之憂國，恒願豐年。與眾樂而及時，固當排日。談多稼穡，陰晴占九十之春。佳即林皋，觴詠惜重三之節，此譚子博泉所以新築賞雨樓，落成約同人而展上巳也。

溯自島夷構釁，戎府宣威。幸保安全，爭虞亢旱。王山師海，憶殺氣之崚嶒。寒食清明，痛韶光之拋擲。愁心撩撥，逐芳草以俱生。樂事因仍，隨

落花而共減矣。猶喜珠崖銅柱，咸知道路之難。朔雪炎風，共仰忠良之翊。博泉居比軟紅，年猶慘綠。氣豪湖海，跡託神仙。風塵契花竹之緣，城市得山林之趣。一邱一壑，原稱樓居。半郭半郊，特開詩境。杜門卻軌，日埋頭於樹陰。課雨量晴，歲關心於穀價。樓名之署，概可知己。爰邀古歡，共結良會。鱠江魚以入饌，徵林鳥以作歌。尚屆鶯花之辰，不徒雞黍之約。王孝孫云：「滄海橫流，到處不安。」王司州云：「人情開滌，日月清朗。」撫今憶昔，意興略殊矣。

珠江春禊，屢結勝緣。炫服靚妝，疊舟單舸。頗乖歲暮無荒之旨，宜致日中則昃之占。若斯會者，城堙地僻，案牘身閒。敢渝風浴之盟，誰管安危之局。餘花晚筍，散髻斜簪。笠屐同來，作水天之閒話。輪蹄幾度，談北地之壯遊（座中張南山先生、羅崧生封翁，多述都門舊事）。羽檄未停，錦帆猶在。東風如舊，干卿事以重提。春月將圓，稱詩家而共語。慚坡老而作記，喜雨宜名。繼司空而品詩，買春復醉。

同集者曰：「是不可以不志於是。」人各鬮韻賦詩，余特泚筆以爲之序云。

半月後，因書局補刊《皇清經解》，譚瑩移寓長壽寺，與陳澧、鄭獻甫等同任該書總校。譚宗浚隨侍。

《皇清經解》卷首《咸豐十一年補刊皇清經解在事銜名》：總校：在籍刑部象州鄭獻甫、內閣中書銜化州學訓導南海譚瑩、前任河源縣學訓導番禺陳澧、候選道南海孔廣鏞。

勞崇光《皇清經解補刻後序》：右部千四百卷，書百八十餘種，人七十餘家，前廣帥阮文達相國所刊《皇清經解》也。

考據之學至本朝而精，故撰著之書至本朝而盛。文達公備出原書，刊爲總部，厥費巨矣，厥功偉矣。板藏學海堂中，咸豐七年毀於兵燹。後二年，崇光晉督兩廣，搜之灰燼，完者十之四，殘者十之六。戎馬空傯，公私竭蹶，勢固卒卒不暇，然念此巨書頓成缺典，此亦帥茲土之憾也。乃與同志捐資補刻之，以卷計者，凡數百。以頁計者，凡數千。鳩工閱一歲而書完，已有前序，故謹爲後序，誌其歲月於此。

譚瑩《儀墨農孝廉詞集序》自注：咸豐庚申夏四月……時余寓長壽寺書局。

李徵霨《南海縣志後序》：庚申，勞文毅公崇光督兩粵，籌款補刻《皇清經解》。

　　汪宗衍《陳東塾先生年譜》：閏三月，總督勞崇光（辛階）聘總校補刊《學海堂經解》事，乃歸省城。設局西關長壽寺（遺詩）。同總校者鄭獻甫、譚瑩、孔廣鏞（懷民）。

　　譚宗浚《旅寓京邸雜憶粵中舊遊得詩二十首》自注：庚申，勞文毅公補刻《學海堂經解》，延先教授公暨鄭小谷、陳蘭甫兩師總校，開局於長壽寺，余年弱冠，亦隨侍焉。

四月，應儀克中之子之請，譚瑩作《儀墨農孝廉詞集序》。

　　譚瑩《儀墨農孝廉詩集序》略云：咸豐庚申夏四月，儀墨農孝廉哲嗣思山、羲琴昆仲，刊孝廉詞集成，囑為之序。

六月二十四日，應陳起榮之邀，譚瑩於同人集於長壽寺半帆亭，並作《荷花生日詩》與《長壽寺半帆作荷花生日詩序》。

　　譚瑩《長壽寺半帆作荷花生日詩序》略云：咸豐庚申夏六月二十四，陳子奎垣約詞人於長壽寺半帆作荷花生日焉。

　　夫泉明種秫，淨社偏同遠公。水芝作花，壽辰恰繼歐九（歐陽公，六月二十一生日）。八月羨牡丹之祝，說恐無徵。三旬記子竹之移，邀同此醉。相與舉碧筩之杯，餉碧芳之酒。偶飯紺宇，合住瑤池。地仍蓮子之湖，人媲蓮須之閣。生煩咒鉢，佛圖澄別有因緣。祠過露筋，王漁洋略得神韻（半帆為漁洋舊遊地，故及之）。紅雲明鏡，韓吏部之文章。翠蕤金支，元裕之之感慨。

　　憶卅年之勝會，洲燕荔支。話半日之閒緣，屋編藤菜（歲丁酉，與笛江廣文、墨農孝廉作半日閒會，時燕集寺中藤菜屋）。賞荷聽雨，可如萬柳當年。雪藕調冰，豈共百花生日。

　　同集者共七人，人各賦詩。余亦和作並序焉。

　　陳澧《六月二十四日陳奎垣招同玉生朗山特夫集長壽寺》：

　　　假山磊落水周遭，傍水闌干卍字牢。萍葉舞翻龍雨猛，荷花擎出佛樓高。

　　　邀僧食肉真無礙，對酒談兵也自豪。難得主人延佇久，沖泥來往莫辭勞。

　　汪宗衍《陳東塾先生年譜》：有《六月二十四日陳奎垣（名起榮）招同譚玉生、陳朗山、鄒特夫集長壽寺》詩。

八月，譚瑩參與長壽寺半帆亭修禊，並於該月十五日於羚羊舟次作《庚申八月上巳長壽寺半帆修禊序》與《八月上巳長壽寺秋禊詩未成舟中補作》。

　　譚瑩《庚申八月上巳長壽寺半帆修禊序》：曾南城直指賞雨茅屋，集有《長壽寺半帆春禊序》焉，則嘉慶二十年乙亥春三月上巳也。而阮文達師《挈經

室集》復有《蘭亭秋禊序》焉，則嘉慶二年丁巳秋八月上巳也。師序有云：「倦心既往者，撫韶景而亦悲。撰志詠歸者，臨蕭節而彌適。」各如是者，非偶然矣。

方今風塵未息，海水群飛。累載囂然，殊方多難。魚龍寂寞，蛇犬分明。都尉之刁斗森嚴，臨淮則旌旗變換。威重誰如衛霍，功名端軼范韓。然而露版到遲，側聞宵旰。星軺任重，實寄安危。

吾粵則山樓粉堞，隱奏胡笳。水驛戈船，交馳兵檄。珠湄依舊明月，能燕中秋。玉山亦有黃花，誰作重九。縱契易老之旨，亦切彭殤之哀。典溯魯都，感同逸少耳。

半帆者，清聆鍾梵，淨閱巾瓶。初地莊嚴之基，諸天功德之水。雲霞凝座，心並蕭然。風雨攪林，興何可敗。（時有達官，適來寓此。）則見樹咽殘蟬，園警腠鶴。疏竹成韻，崇蘭播芳。驚碧梧葉落以報秋，睹紅藕花殘以知閏。非南樓而連榻，效北海以攜尊。參妙偈於散花，證前因以煨芋。孤松偶撫，比栗里之隱淪。叢桂乍聞，學晦堂之了悟。宛泛茱萸之酒，避厄宜先。誰賡芍藥之詩，餞離何亟。嗟嗟！金獅子吼從北地，氛淨戰場。黃蝴蝶飛遍西園，舊結吟社。秋涼如水，室淨無埃。鴻雁初飛，音書偏滯於畿輔。鱸魚正美，襆被又抵乎高涼。袁宏獨自詠詩，應真虛無捧劍。目瞑意倦，聊復序焉。

主斯會者家博泉少尹，同集者共八人，時咸豐十年庚申秋八月上巳也。越七日中秋，序於羚羊峽舟次。

十一月，應儀克中之子之請，作《儀墨農孝廉詩集序》。

譚瑩《儀墨農孝廉詩集序》略云：咸豐庚申夏四月，儀墨農孝廉哲嗣思山、羲琴昆仲，刊孝廉詞集成，囑為之序。冬十一月，復刊其詩，以余知孝廉最深，仍囑序焉，辭不能已，受而讀之，而不能無言也。

是年，因補行歲科試，譚宗浚參加應試，後下第。

譚宗浚《旅寓京邸雜憶粵中舊遊得詩二十首》自注：咸豐庚申歲，補行歲科試，時貢院已毀，兩首縣暫借海幢寺為試院。余亦逐隊應試焉。

自是年起，譚宗浚讀書粵秀書院、長壽寺半帆亭，幾及四五年。

譚宗浚《旅寓京邸雜憶粵中舊遊得詩二十首》自注：余十五歲後，多侍先教授公讀書粵秀書院。

　　譚宗浚《荔村草堂詩鈔》之《抵金陵寓妙相庵凡五日》自注：余十五歲，隨先教授公讀書長壽寺半帆亭，寺於去年（1881年）被毀。

　　譚祖綸《清癯生漫錄》（長壽寺半帆亭）：長壽寺在粵東省城西，規模鉅集壯……

　　咸豐庚申，勞文毅公崇光節粵時，延先大父暨鄭小谷、陳蘭甫先生為總校，開局於寺內半帆亭，亭外有離六堂，為王文簡公舊遊處，亭顏為徐虹亭太史所署，曾賓谷中丞嘗修禊於此。先大夫年弱冠時，曾隨先大父讀書亭中，幾及四五年，故先大夫有詩云：「離六堂前清晝長，談經親侍魯靈光」是也。

　　是年，沈世良卒。譚瑩作《沈伯眉遺集序》與《哭沈世良四首》。

　　譚瑩《沈伯眉遺集序》：憶道光癸卯春，訶林花田，共結詞社。始晤伯眉沈君，交豈忘年，才原名世。寄愁與月，刻意傷春。鎮日嘔心，仍愛錦囊之貯。畢生低首，寧徒寶劍之篇。微雲疏雨之章，聯吟激賞。野火春風之什，行卷交推。耿介壹鬱，楚人之意實傷。磊落抑塞，王郎之才誰拔。郎中三影，平子四愁。生平實類鄒陽，精彩頗同宋玉。迨咸豐甲寅冬，迭鼓厭聞，高軒忽過。似劉琨之傷亂，謂鍾期之賞音。出《祇陀庵集》，特命序焉。

　　好人譏彈，使僕潤飾。病同吳質，懶甚嵇康。元晏著論，竊愧太沖之賦。君苗焚硯，緣見士衡之文。遷延因循，曾未屬稿。遂乃論園陳局，開徑款門。拜倪高士之生辰，復吳清翁之舊社。山堂讀史，講院稱詩。住嶺海而優生，詣高涼而錄別。以至滄海橫流，蕪城共賦。家家賃廡，各各移居。沉下賢屢夢小敷，李博士曾逢豪客。訪羅含之廢圃，蘭菊叢生。謁坡老之遺臺，松篁無恙。小山桂樹，隨地留人。潭水桃花，伊誰送汝。合稱才子，賀季眞醉擲金龜。癖譽嬌兒，王僧綽能堆蠟鳳（謂小兒懋安）。管幼安藜床可坐，白帽修然。杜子美草堂未營，春衣日典。各賣珠而易米，仍裁帖以乞花。問校石與讎方，話標燈而環炭。星辰落落，今雨涔涔。愴絕昔遊，宛然隔世。虎嘯風生，珠傷月死。獻歲已延縀帳，兼旬乃造版門。椒花之頌不聞，柏葉之觴誰酌，雷霆未作，霜雪載零。芙蓉之鏡匣無光，苜蓿之盤飧曾飫。三生杜牧，坐禪榻而溘然。三絕鄭虔，辦青氈而竟夭。記法華之在手，殉堯典以同棺。玉樹長埋，金荃有集。嗚呼痛哉！

　　猶憶端居多暇，竟夕聽詩。謂愁苦之易工，以悲哀而為主。酷如亡友（謂徐君夢秋文學），業作古人。絕憐騷屑之音，大有蒼涼之感。宜焚綺語，永保遐齡。詎料狂言，竟猶古讖。

　　嗟嗟！少時常恐難逾知命之年，微疾可瘳，遽赴修文之職。宿草將列，春蘭易萎。泉壤既邈，若山河星霜，殆倏如露電。愴懷逝者，太息斯人。孔少府之遺著漸湮，馬文園之叢稿誰覓。夙訊後來王粲，罕逢當代桓譚。存詩若干卷，筱泉司馬特校刊焉，原君耐久交也。間沿宋格，實具唐音。殆衍派於曲紅，仍導源於太白。振奇儷乎石鼎，二樵擷豔，等於梅村。霜辛露酸，風恬月淡。元裕之得幽并之閒氣，弁冕中州。高季迪還初盛之舊觀，針砭北地。例以國初諸老，殆宋荔裳、查初白之繼聲。律以嶺外詞人，亦孫西庵、黎瑤石之嗣響。泂可傳矣。風流頓盡，梗概猶存。醴陵之錦段如新，謝傅之碎金無泯。祝旗常兮再世，託鉛刊以千秋。琴宛聽兮雍門，笙倘吹於緱嶺。知梁伯鸞之穿冢，葬近要離。恤任彥升之遺孤，論煩劉峻。僅玉杯而問世，同錦琴之擅場。遺書滿楹，宜續蘭臺之史。懸劍空壟，宛報秣陵之箋。

　　容肇祖《學海堂考》：沈世良卒咸豐十年正月初一日（西元 1860）。年三十八。

是年，梁同新卒。譚瑩作《代同人公祭梁矩亭京兆文》。

　　陳澧《原任順天府尹梁君墓表》：君諱同新，字應辰，別字矩亭，番禺人也。……（咸豐）十年正月十二日卒，年六十一。以其年十一月葬於白雲山了哥隴之原。

　　譚瑩《代同人公祭梁矩亭京兆文》略云：某等或耐久交深，或齊年誼篤，或同作寓公，或居鄰比屋，或申以婚姻，或愛如骨肉。竊冀還丹，頻歌采綠。遊蹤琴劍，慣論煨芋之緣。夢境簪裾，殆結拈花之局。看鏡勳名，送燈風俗。君以上元前三日長逝。遠道音書，明廷奏牘。一尊相對，眷言排日之歡。一筆容勾，仍念舉家之哭。嗚呼哀哉！

　　鳳麟遠勝，鶴雁紛飛。執法華而竟逝，殉堯典以能知。臺憶黃金而遽訃，樓成白玉以奚為。宣室之談了悟，靈洲之到依稀。頌獻椒花，豔傳生日。羹調蓴菜，曾訂歸期。倘思范式之來，素車白馬。共設橋元之奠，斗酒隻雞。五嶺有光，比張曲紅而不愧。九原可作，與隨武子以同歸。嗚呼哀哉！

是年，譚瑩《樂志堂詩集》與《樂志堂文集》第二次刊印。

戴熙卒。

咸豐十一年 辛酉（1861）譚瑩六十二歲　譚宗浚十六歲

六月二十四日，譚瑩因《樂志堂文集》與《樂志堂詩集》第三次刊印，作
《樂志堂詩集序》。

　　譚瑩《樂志堂詩集序》：余幼耽吟詠，夙嗜謳歈。間涉雜文，尤喜儷體。
懵然門逕，絕鮮津梁。擁邢邵之誤書，奮沈璞之速藻。迨遭家難，竟廢讀以
彌年；欲噉時名，即求工而鮮暇。因循所寄，作輒靡常。幸獲擅場之譽，實
非顓門之詣。屢致巨公懸重，哲匠交推（謂阮文達、翁常熟兩師相曁程中丞
月川師、徐侍郎煜庵師、祁恭恪竹軒師）。書誇慧地，文心句賞。樂天行卷，
比和魯公之夙望。特許傳衣，豈王侍中之逸才？猥蒙倒屣，遂如馮婦之搏虎，
實異僧繇之畫龍。時下筆而不休，業叢稿之如束。顧值群鷗日至，社燕頻來。
事悔縛於蓮絲，心苦穿於棘刺。投潑慘異，肱篋意同。鶴聲之句不存，馬蹄
之注亦竊。高涼司鐸，漓瀨回帆。陸氏莊荒，米家船返。李博士吟詩江上，
知豪客而能回；謝皋羽沈波間，詣釣臺而未哭。行庵清閟，往牒編摩。豈有
大名，斷疑宿構。譚景升之化書仍盜，原未成仙；沈休文之別集定傳，公然
作賊。

　　嗟嗟！遊惟畿輔，助鮮江山。讀未罄四部之圖編，交未遍一時之豪傑。
輒稱作者，便詡傳人。加以嵇康性懶，燭武精亡。獺祭未工，虎頭癡絕。頻
呼驪卒以對酒，屑詣王門而鼓琴。虀麩之生計轉忙，鶯花之閒局間預。買賦
群推園令，草檄逐許陳琳。鬻文難冀草堂之貲，摑笛定按蘋洲之譜。時彈毫
而信手，與我周旋。頻屬稿而愜心，代人撰著。猶多累句，殆鮮英篇。江醴
陵之錦緞曾賠，鬼偏求索。李樊南之襴襦誰割，己亦捫搯。且也匄偕計吏於
中年，猶然落第。拌作閒居之拙宦，連賦悼亡。衛玠工愁，劉琨傷亂。賃廡
遂無鴻婦，移家能比鹿門。滄海不流，牢記桑田之讖語。武陵安在？輒寫桃
源之畫圖。穿冢定近要離，逃禪暫學蘇晉。杜園無術，仰屋奚爲？時抱膝而
學吟，輒轉喉而觸諱。睡有遊仙之好夢，聞非破虜之捷音。來日大難，停雲
在望。覓干將而說劍，卜謨觸以蓄書。未構小亭，容編野史。敢稱名士，且
讀離騷。瘦爭壁沼之羊，飽任羽陵之蠹。已然而結習仍在，摧燒忍言。賦異
太沖，敢索序於元晏。文如敬禮，擬求定於東阿（謂常熟師相曁何宮保根雲
師）。聊當鈔胥，統付廁氏。

　　海隅多難，天下皆兵。敝帚自珍，墮瓶誰顧。伍紫垣方伯悠揚意寓，獎
借性成。不哂梨災，屢促梓就。品題實過，藏弆偏多（數十年來，囑書舊作

及投贈者，尚藏篋衍，特檢還補入）。喜逢當代桓譚，自比生前張翰。都爲一集，覆校彌慚，縱覆瓿以奚言，如造車而靡合。存稿逮六旬初度，轉不及少作流聞。瓣香惟百粵先賢，曾未有隨如風範（南宋詞認劉隨如鎮居叢桂里（見黃《通志》），余久寓此，故及之）。

咸豐十一年，歲次辛酉夏六月荷花生日，自序於長壽寺挈經丈室，南海譚瑩玉生。

七月五日，應李長榮之邀，譚瑩與潘恕等集柳堂拜黎遂球生日，並作《七月五日同集拜黎忠愍公生日詩序》。

譚瑩《七月五日同集拜黎忠愍公生日詩序》：花入曝衣之樓，瓜筵預設。柳認回車之巷，栗里工吟。龍生日而誰知，曾偕竹醉。蟬報秋而共賞，特借花開。此咸豐十一年秋七月五日，李子黼學博所以集同人而壽前明黎忠愍公也。

夫金孔雀之徵祥，黃牡丹之品藻。合著思賢之詠，原推冠古之才。當此金戈鐵馬，中外騷然。錦石珠湄，音容宛在。英雄殉國，任俠談兵。敢託異代之交，特溯詩星之降。刀弓自動，往還蔬葉湖莊。像設嶄新，供養蓮鬚閣主（鄭紀常通守摹公集中小像）。狀元何愧，即文信國之生平。宗伯可哀，偕鄭元勳而陟降。人歸香界，地近芍園。結新吟社而總持，弔古戰場而不必。說干將而催酒，擊如意而按歌。鐵板銅琶，原是周郎人物。陣雲邊月，竟作睢陽鬼雄。墳補百花，詩境薦寒泉秋菊。堂仍萬柳，神弦譜驟雨新荷。

同集者若干人，人各賦詩，余詩未成，先序焉。

潘恕《（壬戌）三月十六日崔嵩生別駕俊良盧柬侯比部福普招鄭小谷比部獻甫譚玉生廣文瑩廖鹿儕太守甡李紫黼廣文長榮暨餘集梁園海棠花館祝張麗人生日》題注：去秋七月五日，紫黼招集柳堂拜黎忠愍公生日。

七月二十六日，應高繼珩之邀，譚瑩與鄭獻甫等相聚河樓買醉。

黃國聲、李福標著《陳澧先生年譜》：本月應高繼珩之邀，與鄭獻甫、朱鑒成等相聚河樓買醉。

高繼珩《培根堂集》卷十一有《辛酉七月廿六日，約同鄭小谷山長、朱眉君光祿、王蘭汀齕尹、陳蘭甫、譚玉生瑩、李子虎三學博、倪雲矓少尉鴻河樓買醉賦此應教》詩。

八月，譚宗浚以國學生中辛酉科本省鄉試第四十七名舉人。

譚宗浚《勞文毅公補經圖志》：宗浚以辛酉年舉於鄉。時公適監臨秋闈，例當執贄爲弟子，顧以年齒太穉，未及趨謁門牆。殆逾歲南歸，則公又移節黔中矣。

張小迁《廣東貢士錄》：咸豐十一年辛酉並補戊午科。主考：沈桂芬，丁未，順天人。周恒祺，壬子，湖北人。監臨：勞崇光，壬辰，湖北人。四七：譚懋安，南海，監生，廿一。題目：「齊之以禮」二句，「故天之生物」三句，「卿以下」一節。「木落參差見寺樓（得□字）」

〔光緒〕《廣州府志》（選舉表十五）：咸豐十一年辛酉並補戊午科（是科戊午七十一名，加永額四名。辛酉七十五名，加永額六名，又加廣額四名，共一百六十名。）監臨：巡撫勞崇光，湖南長沙人。正考官：內閣學士沈桂芬，字經笙，順天宛平人。道光丁未進士。副考官：編修周恒祺，湖北孝感人。咸豐壬子進士。

錢維福《清秘述聞續》卷六：咸豐十一年辛酉科鄉試。廣東考官：內閣學士沈桂芬字經笙，順天宛平人，丁未進士。編修周恒祺字福陔，湖北黃陂人，壬子進士。題「齊之以禮」二句，「故天之生」一句，「卿以下必」一節。賦得「木落參差得寺樓」得「遊」字。解元馮秩清，鶴山人。

　　按：張小迁於《廣東貢士錄》中記載譚宗浚中舉時的年齡爲二十一歲，有誤。勞崇光爲湖北人，亦有誤。

小除夕，譚瑩偕鄭獻甫等人遊杏林莊看杏花。

譚瑩《李子黼學博歲末懷人詩序》：歲月不居，風雨如晦。送窮罕乞米之帖，援例比探梅之詩（「歲華書戶筆，年例探梅花。」范成大《新歲書懷》語）。此李子黼學博《歲暮懷人詩》，所以哀然成集也。

較送炭而敢笑清寒，若鏤冰而同欽風雅已。況復論交四海，匪藉賞譽於公卿。執業三城，咸羨推崇乎老宿。昌穀才雋，同柱高軒。柳惲辭工，特書團扇。未面以古人相儗，弱齡爲後進所宗。莫愁知己之無，同恨識君之晚。加以脂田粉碓，不乏替人。佛屋仙山，舊多吟侶。雞林有客，慣索白香山之詩。吐谷何人，亦解溫鵬舉所撰。蘿薜一致，箋繪夙聞。又謝庭則兒女工吟，蘇門獨弟兄有集。宜其雅懷並遂，逸興遄飛。宛睹各各之音容，閒綴人人之行檢。購樓羅之歷，兼致吟箋。書鬱壘之符，復研新墨。仿陸清河之奏賦，稍俟迎年。效賈長江之祭詩，或待餞歲。所懷共若干人，存死興替。《師友錄》

比得七言絕句共若干首，意有未盡者，益以五言長律各一首，共三首。仍如禁體之詩，矜嚴選客。分寄忘形之契，珍重編年，殆可傳已。

　　僕醴陵才盡，平子愁多。吟止八哀（謂阮文達、翁文端師相等），病靡七發。曩者訪桃花於是岸（寺名，在小港，舊多桃花。嘉慶己卯偕夢秋茂才等，道光辛丑偕文緣學博等，各於除夕買舟詣焉），舊雨都非。燒竹筍於半帆（十年前，每元旦偕崧生太翁、笛江學博詣長壽寺僧僚），晨星亦盡。鶊鴰啼早，紅杏在林。（咸豐辛酉小除夕，偕小谷比部、小琴太守遊宴杏林莊，看杏花）蝴蝶（花名）開先，新萍泛沚（謂數十年來，人日花埭之遊）。竹枝歌歇，柏葉罇空。城郭不殊，樓臺半圮（謂紫垣方伯遠愛樓，廿年來，小除夕迄上元，輒同張宴於其上）。屢彈毫而竟輟，頻撫卷而彌慚已。定懷宰相，迴殊勝國山人。濫及阿蒙，預訂今年禊事。棉紅舊剎，聿新文獻。詞壇（同人購得紅棉寺故址，議建詩龕，祀吾粵曲江而下各詞人）草碧方畦，載渤君臣冢碣（舊作《柳堂春禊序》暨《君臣冢碑》，學博詩並及之，故云）。

是年，譚瑩重獲《廣州鄉賢傳》，為之喜慰。

　　譚瑩《重刻廣州鄉賢傳序》：咸豐辛酉，戎氛漸息，營葺郡庠。懷舊思古，修廢舉墜。園似布金而遽就，主非礨石而靡存。名宦業待為搜羅，先賢仍勞考騭。文獻不足，職志闕如。重獲是書，不禁狂喜。

是年，廣州官紳重刻阮元修《廣東通志》，推舉譚瑩與陳澧、史澄任總校，譚宗浚任收掌。

　　〔道光〕《廣東通志》卷首《重刊廣東通志職名》：總校：日講起居注官翰林院編修前右春坊右中允實錄館纂修國史館纂修本衙門撰文臣史澄、內閣中書銜揀選知縣化州訓導臣譚瑩、截選知縣前任河源縣訓導臣陳澧。收掌：舉人臣譚懋安。

　　史澄、梁綸樞、譚瑩與陳澧於目錄後附識云：右《廣東通志》三百三十四卷，嘉慶戊寅總督阮文達公所修，道光壬午刊成。閱三十六年，咸豐丁巳島夷之亂，其板毀焉。辛酉重建貢院，惠濟倉出資助成之，工既畢而資有餘，澄請於官，重刊《通志》，同治甲子刊成，爰記其事於目錄之後。

是年，廖牲與勞光泰擬請譚瑩、鄒伯奇、李徵霨續修《南海縣志》。

　　李徵霨《南海縣志後序》：明年辛酉，又丁大比之期，修貢院，拓考棚，百廢俱舉。時余方教諭端州，而邑先進廖觀察牲、勞刺史光泰二公寓書促余

來省。洎余謁見問故，則曰：「志版毀於火，余欲刪改翻刻之。況從前修志到今日已卅餘年，賢士夫之嘉言懿行補入者當無限也。各鄉倡團練、詰戎兵，以禦盜賊，及義夫節婦捐軀赴難者不少也，可聽其淹沒乎？余欲照舊志分類增入。」屬余與譚學博瑩、鄒徵君伯奇典其事。

是年，時邑人廖姓與番禺梁綸樞有撤廣州城北粵秀山有觀音閣觀音像之說，譚瑩與陳澧均不以為然。

譚宗浚《荔村隨筆》：廣州城北粵秀山有觀音閣，明指揮花英所建也。粵秀山為粵垣之主山，建閣在永樂時，嗣後科名始盛，然流俗相傳謔說，有絕可笑者。……洎咸豐辛酉，洋人退出省城。時南海廖鹿儕觀察姓、番禺梁星藩封翁綸樞，均有「撤去觀音像，別供文昌」之說。時先君子暨陳蘭甫先生均不以為然，顧迫於眾論，亦姑聽之。卒以寺中有御賜匾額，不敢擅動。豐神靈之香火，未該漸滅歟。抑俗說矯誣，固非神所祐歟。錄此，以質後之君子。

補刊《皇清經解》蕆事。

張其淦生。

梁廷枏卒。

穆宗同治元年 壬戌（1862）譚瑩六十三歲　譚宗浚十七歲

正月初二，譚瑩參與杏林莊看桃花活動，並作《杏林莊看桃花詩序》。

譚瑩《杏林莊看桃花詩序》：粵本無杏，莊署杏林，因前典已。主人蔭泉中翰，壽世韓康，嬉春杜牧。靈通造化，癖嗜謳歈。村莊同白鹿之原，傭保盡橐馳之輩。端居多暇，著手成春。務察實而聽聲，念顧名以思義。杜鵑爛漫，難令頃刻之開。籌龍尋恒，未決平安之報。蓄移花之奢願，致伐木之深情。則有攜向江南，接從薊北。馬蹄秋水，珍重遠書。鴉嘴夕陽，經營初試。魚苗漲膩，燕子泥融。仍恐吳質不眠，旋斫月中之桂。王維偶託，隨寫雪裏之蕉已。

園林瑞應，花草精神。摘豔雙身，貽芬萬里。同俟開田時序，倘占及第徵祥。蘊藉生香，業著書之人老。橫斜疏影，笑吹笛於天明。待招美人之魂，素馨誰儷。似聞仙子之降，玉蕊新開。護似海棠，春意鬧以猶後。醉同罌粟，詩意發以無前。去住證槁木之禪心，香逾薝蔔。隆貴預飛英之公宴，開近酴醾。紅杏在林，幽賞未已。

僕半生跌宕，曾翻種樹之書。十載因循，屢爽詠花之約。咸豐辛酉小除夕後三日，小琴通守朋邀耐久，船喚總宜。兼北海之壯懷，仿西園之雅集。白鷗前導，紫蝶先知。人疑水部觀梅，客詎子猷看竹。酒家何處，須問牧童。詞客有靈，先榜舊墅。則見酥勻似白，粉重仍紅。絳雪團枝，彤霞綻萼。東風芳草，王孫之不歸可知。流水桃花，漁者之偶來何暮。堂究異於綠野，居然碎錦坊如。誰同憑於玉樓，宛晤湔裙人醉。紅笑一品（蠻花有名「一品紅」者，園林是處有之），任相倚於名園。豔隨四時，許同賣乎深巷。登歡喜地，仍聞太息之聲。問奈何天，盍作無遮之會。

嗟嗟！牡丹芍藥，浹歲南來。木棉刺桐，誰與北徙。選花船駛，載抹麗兮年年。種石階開，供水仙兮度度。晉呂仲悌云：「植橘柚於元朔，蒂華藕於修陵。」傷之者至，豈偶然哉。固當與松自洛移，孝元手植。荔矜閩產，文簡懷歸。軼事並傳，詳補職志已。

猶憶弨檝吳門，碎琴燕市。冰天雪窖，梵宇琳宮。逸興遄飛，昔遊如夢。等身之金，難買七寶莊嚴。著腳之土，全非三生了悟。似無煩於剩稿，又可負乎佳花。矧以麗曲清辭，諷高歷賞。聊償綺語，儵餉弁言。谷董羹宜，作臘之酒能罄。摟羅歷盡，編年之詩復增。敬謝花神而上帆，同付梓人以鋟版。白頭騎馬，有虞學士之閒緣。紅燭揮犀，即宋尚書之豔福。蓮誇百子，屑倫蠻島之花。檜壽千齡，祝比僧僚之樹（謂大通寺檜寺與莊鄰，故及之）。

顧祿《清嘉錄・小年夜大年夜》：「祀先之禮，相沿用昏，俗呼『大年夜』。或有用除夕前一夕者，謂之『小年夜』，又曰「小除夕。」

一月，林昌彝赴粵，譚瑩與陳澧邀其飲於學海堂。

黃國聲、李福標著《陳澧先生年譜》：正月元旦，林昌彝來粵，初識先生，推重備至。先生旋與譚玉生要昌彝敘飲學海堂。

林昌彝《衣讔山房詩集》卷八《渡海》、《陳蘭甫澧、譚玉生瑩二廣文招飲學海堂》。

一月，譚宗浚與仲兄譚崇安計偕北京，從海路入京，作《覽海賦》。

譚宗浚《荔村草堂詩鈔》卷二《將之京師述懷四首》其二自注：時仲兄同行。

譚宗浚《荔村草堂詩鈔》卷二《將之京師述懷四首》其五自注：時訂於上元後啟行。

　　唐文治《雲南糧儲道署按察使譚叔裕先生墓碑》：壬戌歲，先生計偕公車。時中英和約初定，俯仰時事，憑眺山川，作《覽海賦》以寄慨，凡數萬餘言，都人士交口稱誦。

二月二十五日，譚宗浚在京城拜見翁同龢。

　　陳義傑點校《翁同龢日記》：同治元年壬戌（1862 年）二月廿五日（3 月 25 日）晴。晨出城，見金子梅師。回橫街。陝西門人吳性善、陳楫先後來見。廣東譚懋安辛酉舉人，其父瑩，學海堂名士。來見，年廿三，甚秀發。拜客未晤。母親漸愈，惟飲食尚未復元。

　　　　按：《翁同龢日記》所載「年廿三」有誤。

二月二十六日，翁心存收到譚瑩所寄書。

　　《翁心存日記》：同治元年壬戌（1862 年）二月廿六日（3 月 26 日）譚玉生之子懋安去年中式，為之欣喜，攜來玉生書、陳蘭浦書並蘭浦所著《聲律通考》二冊。

三月，譚宗浚參加會試，落第。

　　顧廷龍主編《清代硃卷集成》中同治甲戌科《譚宗浚履歷》：受知師：王少鶴夫子，印拯，辛丑進士，通政司通政使署左副都御史，壬戌科會試同考官，蒙薦卷備中。

　　譚宗浚《學書軒記》：余素不工書，年十七初應禮部試。

三月十六日，譚瑩同盧福普、崔俊良、鄭獻甫等人集於梁國琦家粵海棠花館，一起拜前明嶺南名妓張喬生日，並作《三月十六拜前明張麗人生日詩序》。

　　譚瑩《三月十六拜前明張麗人生日詩序》：酹花冢於荒阡，白雲剎古。訪葯園之舊墅，明月橋通。鴛鴦之社可尋，燕子之樓何在。誦黃牡丹之篇什，如譜神弦。借粵海棠之園亭，仍補禊飲（主人以上已邀同集雙桐圃修禊）。同治改元春三月十六日。盧簡侯比部、崔崧生司馬於梁小韓提舉里第，集同志以拜前明張麗人生日焉，相傳黎忠愍所居遺址也。

　　博白綠珠，恰同故里。汝南碧玉，不稱（去）小家。杜牧品題，薛濤著撰。願為紅拂，合比清娛。二獻祠同，六如亭圮。冢留青草，精魂知夜月春風。斜傍素馨，涕淚閱殘山剩水。昔同金爵，竊傷麩尾之杯。誰醉紅裙，早卻纏頭之錦。堂仍玉笑，如聞鐵撥銅琶。洞有香迷，久住雲階月地。渡非桃

葉，暫將團扇以徘徊。閣本蓮須，仍侍錦袍而趺宕。玉厄下降，返列仙班而偶來。金縷頻歌，惜少年時而不必。湔裙節近，載展花朝。擁髻人同，定祈松壽。懺前生之豔福，倚竹忘寒。悟絕代之才名，散花同幻。銀箏象板，甲帳珠簾。紅燭烏絲，花冠雲帔。兼邀宗伯，居鄰蔬葉湖莊。暫供麻姑，壇亦梅花村舍。龍宮一去，屆桃熟而開筵。鸞馭千春，續蓮香而撰集。人各賦詩，余當屬和，兼作序焉。

崔俊良作《壬戌三月十六日同盧崬侯比部福普招鄭小谷比部獻甫王蘭汀大使家齊譚玉生舍人瑩李子黼廣文長榮潘鴻軒茂才恕集梁小韓國琦提舉粵海棠花館祝張麗人生日》、潘恕作《三月十六日崔嵩生別駕俊良盧崬侯比部福普招鄭小谷比部獻甫譚玉生廣文瑩廖鹿僑太守姓李紫黼廣文長榮暨餘集梁園海棠花館祝張麗人生日》均紀其事。

七月十五日，譚瑩作《重刻廣州鄉賢傳序》。

譚瑩《重刻廣州鄉賢傳序》：同治改元，壬戌之秋，七月既望，譚瑩撰於粵秀講院東齋研經纂志之堂。

十一月，朝廷特命勞崇光持節黔中即辦夷務，譚瑩作《送勞辛階制府持節黔中序》。

譚瑩《送勞辛階制府持節黔中序》：使當波恬塵靖，海晏山彝。祭遵不廢雅歌，景丹修然。臥理詩書，禮樂謀元。帥合將中，軍智名勇。功拜征南，癖就左氏。至南海業如召虎，圭瓚爾釐徂東山。竊比姬公，斧斤無缺。誰嫻手筆，具載口碑。臥轍攀輿，尋恒事耳。

若乃鄭公卻虜，仍議金繒。魏絳和戎，特賜鍾磬。前身忠武，喜韋皋不愧邊材。江左夷吾，見王導何憂時局。虎負嵎而竟去，鴻邉渚以同歌。久若巨鼇之戴山，實憚老羆之當道。人如平仲，北門之鎖鑰專司。地即寶陀，南裔之衣冠彌盛。效承平而誰知用意，補造化而未屑言功第。持重以安邊，經年罷戰。定風流而作相，去日彌思已。

若我辛階制府勞公者，江漢英靈，崧嶽誕降。襟期公輔，位業神仙。學洞天人，材兼文武。祥遠逾於麟鳳，貴早兆乎貂蟬。舊著威名，郁為時望。粵西揚歷，仙佛緣深。嶺右拊循，華戎福溥。溯自燒香潛聚，滋蔓難除。稱同白水真人，驅止綠林散卒。警急似圍玉壁，精神如破貝州。局總萬難，事容再誤，陳昭公之守廣漢，以功曹為腹心。邢伯子之在中牟，實邯鄲之肩髀。扼其衝要，授以機宜。並將臧宮傳俊之兵，孤嬴當恤。遂平渤海膠東之寇，

捕獲實多。奮怯完殘，披艱掃穢。雁子之都輒破，鴉兒之軍若飛。卒使堅城獲完，餘孽幾盡。三年血戰，地驚魚齒之平。一品頭銜，帝錫雀翎之麗。恩私稠疊，儀望高華。相期赤縣兵銷，誰唱玉關人老。鹿幡久駐，龍節近移。仍拜中丞，即晉開府。李涼國遞遷六鎮，陶威公兼督八州。玉帳牙旗，風船火艦。共冀其文移詛楚，書草嚇蠻。便斬月支，旋攻日本。而不知曲逆佐漢，未絕匈奴。靈武興唐，且藉回鶻。博容孤注，弦可更張。縱材氣之無雙，業時勢之迥異。屬國歸晚，曾聞一雁之空飛。令公位尊，未妨單騎以相見。遂乃比應眞之伏虎，學劉累之豢龍。班超原萬里之才，褚裒備四時之氣。意存謹愼，道寓懷柔。材具足抵萬兵，度量能容百輩。羊太傳之出鎮，敵悅推誠。裴中令之論兵，自言忍事。謂青州之存活，遠勝中書。佇蠻峒之廓清，業來新建。指揮若定，詡陳湯斬馘之奇功。擒縱能操，用馬謖攻心之上計。公履

赤舄，德音不瑕。臣本布衣，大事可託。卒使陣蛇奔穴，旅燕辭巢。事異尉佗，翕然朝漢。論煩江統，業慶徙戎。化此輩爲孝子順孫，千帆遠揚。奠吾粵若泰山磐石，百堵皆興。閭閻皆老佛祇園，闤闠盡拾遺廣廈。伊誰化鶴，城郭依然。隨地咒龍，樓臺湧現。昔之殤魂鬼火，剩水殘山。今則兼巷竟街，望衡對宇。綠墀青瑣，金版玉箱。軟繡亭郵，青香池閣。桃林蕉埠，萬戶皆春。荔社花墟，三城不夜。黃花白飯，沿江遠聽。漁謳馴雉，生犀合市。遞輸蠻貨，具見轉圜之妙。無煩請箸，而籌語日爲邊。不可以常智觀也，公之謂矣。磨牙吮血，走魅奔魖。摘伏懲奸，陸慴水栗。若夫仍校藝於橫舍，俾述學於山堂。改建節樓，重修瑣院。補儀徵之《經解》，復刻叢編。撰延祐之壺銘，宛留銅柱。則又揆文奮武，知著察微，無遺憾已。

同治改元冬十一月，天子特命持節黔中，即辦夷務。蠻花狁鳥，夢有封章。檀幾素屏，富惟圖籍。懸知大宏，恩信詟豪。帖然悉泯，詐虞遏邁。壹體殆所憂爲已，獨是事總推袁。願仍借寇編氓，優悒文士謳愉。繪濟儀之畫圖，勒廣平之碑版。餞離祖別，顯德標功。緣道花香，忍送盧潛之去。彌年穀賤，仍期李峴之還。琴鶴如仙，鐘魚祈佛。至如瑩者，行能無算，笑語曾陪。擬賦蕪城，復居環堵。桐幾半死，老大可知。竹本孤生，平安誰報。猥蒙獎借，實荷生成。感遇酬知，彌增淒戀。所冀平章之雨，沛然文昌之星。覆照金爵帝賚，命黃霸之重來。竹馬僮偕。迎郭伋而恐後，蒼生屬望。海隅之邑誦彌殷，元老壯猷。宋代之堂名預兆，竊愧丹青。引作難繪，英風回思。赤白囊馳，永消浩劫。振宗風於南國，端賴韓蘇。紹相業於西京，殆師黃老。

似韓雍之方略，大藤早平。俟皋陶之贊襄，有苗漸格。交南底定，仗馬新息之逸材，天下乂安，總范希文之責任。出將入相，爲一代之宗臣。旋乾轉坤，易九夏之殊俗。

十二月，應汪琭之囑，譚瑩作《汪芙生秋城夜角圖書後》。

譚瑩《汪芙生秋城夜角圖書後》：同治改元，歲次壬戌，冬十二月，芙生汪君囑題其《秋城夜角圖》，僕畏友也。受而讀之，撫時感事，而不能無言矣。

是年，邑人覆議移建節孝祠，譚瑩先後作《新建南海節孝祠募疏（代）》與《重修南海節孝祠碑記》。

〔同治〕《南海縣志·建制略一》：節孝祠，舊遵《會典》，建於學宮後，遷石馬槽，復遷粵秀山三元宮旁。道光丁未，詔天下郡縣匯建總坊，眾議改建於學宮西偏訓導署前隙地，總坊屹然。咸豐辛酉，覆議於學宮照牆外購北向民房，移建祠及坊，原祀與前後匯請者併入焉。

譚瑩《新建南海節孝祠募疏（代）》略云：吾邑節孝祠，現在三元宮側，九眼井旁。屋僅數椽，地無半畝。秋霜春露，誰曾爇以瓣香。上雨旁風，漸且鞠爲茂草。幸值我史父臺特扇清芬，普彰奇烈。夫旌善表，操長吏之權也。搜潛採幽，吾儒之責也。業已匯呈清冊，固當改建合祠。佇看綸綍恩隆，死存均感。庶使栴檀供爇，新舊同符。原議於南海學宮西偏隙地，特營傑構，永播芳徽。酌寒泉以薦馨，礱貞石以傳後。獨是亟宜斧木，仍待布金。莊嚴同聖女仙姑，功德過庵園塔寺。影堂一例，是所望於兒孫。行路慨然，原無分於彼此。練群縞帨，共譜神弦。月地雲階，實司陰教。恍如劉氏之闕，百詠流聞。合仿漢朝之碑，一錢臚列。殿非瀆血，宛然來往精靈。祠亦露筋，更有頌揚篇什。

譚瑩《重修南海節孝祠碑記》略云：經始於壬戌同治改元某月日，即以是年某月日落成。時設局修志，布金者眾。特撥銀二千餘兩，拓地重建此祠。住香界以修然，與玉山而不朽已。

自是年起，譚瑩親自教授譚宗浚讀《文獻通考》，並讓其安心在家讀書十年。

馬其昶《雲南糧儲道譚君墓表》：而教授君以君齒幼也，戒讀書十年，毋遽求仕，授以《文獻通考》諸書，略能成誦。

容肇祖《學海堂考》：咸豐十一年（西元 1861），中辛酉科舉人，瑩課令十年讀書乃許出仕，授以《文獻通考》，略能記誦。

按：譚宗浚於《謁京集》題注云：登公車凡四次。除此次外，譚宗浚後來分別在同治七年、同治十年、同治十三年三次入京應試，間隔時間均沒超過十年。

是年，譚瑩將家從廣州城西叢桂坊遷至廣州城西集賢里。

譚宗浚《旅寓京邸雜憶粵中舊遊得詩二十首》自注：余家以同治壬戌歲移居集賢里，里前有大觀橋，跨臨西濠，頗稱壯偉。有明碑一通，梁鬱州相國文也。

是年，譚宗浚作《出門集》

譚宗浚《荔村草堂詩集》中的《出門集》題下自注：起同治壬戌正月迄八月，詩一百首。

梁樹功卒。

廖牲卒。

勞光泰卒。

翁心存卒。

何桂清卒。

同治二年 癸亥（1863）譚瑩六十四歲 譚宗浚十八歲

一月，譚瑩作《潘鴻軒雙桐圃詩鈔序》。

譚瑩作《潘鴻軒雙桐圃詩鈔序》：同治二年，歲次昭陽大淵，南土中秋令節，連雨竟日，玉生序於滄桑小閣之樓。

二月，譚瑩作《李子黼廣文柳堂師友詩錄序》。

譚瑩《李子黼廣文柳堂師友詩錄序》略云：同治癸亥仲春展花朝日，譚瑩玉生序於豫庵。

二月，伍崇曜卒。應伍紹棠之請，譚瑩先後作《覃恩誥授通奉大夫一品封典晉授榮祿大夫布政使銜候選道紫垣伍公神道碑文》與《覃恩晉榮祿大夫紫垣伍公墓誌銘》。

譚瑩《覃恩誥授通奉大夫一品封典晉授榮祿大夫布政使銜候選道紫垣伍公神道碑文》：公生於嘉慶庚午年二月初五日酉時，卒於同治癸亥年十月二十二日亥時，年五十有四。即以同治癸亥年十二月初一日，葬於大北門外金錢嶺之原，禮也。

三月，譚瑩與何紹基、陳澧、金芑堂、林昌彝、金伯惠等集於學海堂，祭
祀阮元，作《贈何子貞太史》二首。

何紹基作《同年陳蘭浦譚玉生金芑堂門人林薇溪金伯惠招集學海堂，拜
阮太傅師木主於啓秀堂，即事作》紀其事。其詩云：

> 詁經精舍聖湖旁，嶺外仍開學海堂。節鉞幾人崇學術，典型百世永馨香。
> 新模重啓珠江秀，堂係重修，地勢雄闊。後啓彌增壁府光。諸生多來見
> 者。簪盍暫欣群彥集，海天琴思人蒼茫。薇溪畫吾兩人小像卷，余爲題
> 「海天琴思」四字。

郭明道《阮元評傳》：同治二年三月，何紹基偕同陳澧、譚瑩、金芑堂、
林昌彝、金伯惠等集會學海堂，舉行祭祀阮元的活動，於粵秀山啓秀山房奉
阮元神位於其中，榜於門曰「阮太傅祠」。每年春祭以正月二十日，秋祭以八
月二十日，以此表示對阮元的敬仰和懷念。

譚瑩《贈何子貞太史》二首自注：時修學海堂落成，邀同遊宴，君亦文
達師相門下士也。

九月初八，應倪鴻之招，譚瑩與陳澧、韓欽等人集學海堂。

倪鴻作《重陽前一日招同韓螺山舍人欽陳蘭甫學博蔣春甫司馬震舉華小
覽大令本松桂海霞茂才蔣古林少尹德銘譚玉生舍人集學海堂》紀其事。

> 按：倪鴻《退遂齋詩鈔》按年編次，此詩寫作年份爲癸亥年。

十二月二十二日，譚瑩赴柳堂參加消寒會，補祝東坡生日。

錢官俊《柳堂壽蘇七古有序》序云：南海李子黼學博長榮，風雅士也。
學博別墅名柳堂，常集嶺內外詩人作柳堂詩社，極一時唱和之盛。癸亥秋，
予自山右之嶺南，以詩識子黼。子黼因於嘉平二十二日招赴柳堂舉消寒會，
補祝東坡生日。懸《坡翁負瓢行田間像》，配以《朝雲誦偈圖》（《負瓢圖》係
順德老畫師蘇枕琴六朋繪。《誦偈圖》枕琴之妾鏡香女史余菱畫也，俱極精
妙）。同人鄭紀常別駕績、黃二山秀才承谷、王蘭汀大使家奇（鄭，新會人。
黃，合肥人。王，金華人。鄭與黃俱擅山水人物）、笑平、觀中兩長老（笑平
住獅子禪林，善山水。觀中主光孝寺，能琴）宴集賦詩，余詩既成。後至者，
又有譚玉生舍人瑩、倪雲膓少尹鴻、潘鴻軒秀才恕、顏子虛布衣薰、李伯容
少尹光表（譚、顏，南海人。潘，番禺人。倪，桂林人。伯容，子黼侄也）。
是日，在會共十一人。詩畢，各以書畫相酬答，洵足樂也。嗚呼！自桂林兵
起，東南士大夫流離瑣尾，不能樂此者比比矣。余以七千里行客，得與此樂，

且獲方外交。余曾有句云：「詩名但願入海島，何必冠軍萬戶侯。」今與嶺海諸君子詩酒唱酬，一消鄙吝，如是亦足矣！雖封侯何爲哉？

是年冬日，學海堂重修落成，譚瑩與陳澧、陳璞等集會對酒作詩。

陳璞作《癸亥冬日學海堂重修落成周秩卿大令譚玉生陳蘭甫李夢畦陳朗山四學博李恢垣員外金芑堂孝廉對酒余爲圖題詩其上諸君皆有作》紀其事。

陳澧作《題古樵學海堂重開對酒圖》，汪宗衍加按語云：先生自記：壬戌冬修學海堂落成。

黃國聲案：汪氏據東塾《自記》定此詩作於同治元年壬戌，未合。東塾集外文《重修學海堂碑記》云：「同治元年修葺堂宇，七月之朔，圮於風災。二年，重修落成。」則《自記》云云，或有誤記。又陳璞（號古樵）《尺岡草堂遺詩》卷六有《癸亥冬日，學海堂重修落成，同周秩卿大令，譚玉生、陳蘭甫、李夢畦、陳朗山四學博，李恢垣員外，金芑堂孝廉對酒，余爲圖題詩其上，諸君皆有作》詩，則東塾此篇，即當時題圖之作。癸亥爲同治二年，亦與《碑記》合。

是年，譚瑩作《徐子遠詩集序》。

譚瑩《靈洲山人詩錄序》（又名《徐子遠詩集序》）略云：瑩獲交卅年，相期千古。昌黎聯句，能擬孟郊。白傅工吟，偏推元九。嗣以壹志窮經，歷觀遍覽。鑽堅挈微，鉤元提要，成《通介堂經義》若干卷。觀王輔嗣之注《老子》，平叔爽然。閱盧子行所撰碑銘，劉松未解。殆疑其合全力以搏象，謂小技若雕蟲。何邵公無愧經神，詎世儒所企及。杜子美夙稱詩史，等余事於尋恒耳。乃今讀《靈洲山人詩集》若干卷，而竊歎其具萬夫之稟，通四部之全。乃許兼材，皆臻絕詣。……同治二年冬十二月大寒前二日，南海譚瑩玉生謹序。

自是年起至同治六年，譚宗浚作詩集《過庭集（上）》。

譚宗浚《荔村草堂詩集》中的《過庭集（上）》題下自注：起癸亥迄丁卯，詩一百三十首。

同治三年 甲子（1864）譚瑩六十五歲　譚宗浚十九歲

一月，應倪鴻之招，譚瑩與孫廷璋、桂海霞等人於文星樓宴飲。

倪鴻作《送春前三日招同譚玉生舍人孫蓮畤廷璋桂海霞茂才飲文星樓題壁》紀其事。

按：倪鴻《退遂齋詩鈔》按年編次，此詩寫作年份爲甲子年。

二月，重刻阮元修《廣東通志》蕆事。

五月，譚宗浚作《送吳少村方伯擢撫湖北序》。

　　譚宗浚《送吳少村方伯擢撫湖北序》：凡送行者皆有詩，都爲一集。時同治三年龍集甲子之夏五月也。

八月十五日，譚宗浚偕同人玩月於學海堂。

　　譚宗浚《辛巳八月十五夜學海堂詩序》：余自甲子以迄癸酉，每居中秋，恒偕同人玩月於此。

　　譚宗浚《辛巳八月十五夜學海堂詩序》：迨今歲南歸，重聯勝舉。題襟共敘，折束相招。而昔之曾與斯會者，若鄧君嘯篔維森、陳君奎垣起榮、馮君伯蓉葆廉、彭君莪村學存、趙君子韶齊嬰、梁君竹賢葆乾、梁君虞皋以虞等。

十月十五日，譚瑩作《熊笛江廣文遺詩序》。

　　譚瑩《熊笛江廣文遺詩序》：同治三年冬十月之望，譚瑩玉生序於豫庵。

是年，梁紹獻招集邑紳於南海明倫堂議定纂修《南海縣志》事，確定分纂者爲譚瑩、鄒伯奇、李徵霨與鄧翔四人。

　　李徵霨《南海縣志後序》：又明年甲子，余於科後偶至省垣。時同年梁侍御紹獻主講羊城，而同年梁教授紹訓暨區訓導光藻以勸捐京米事開局於明倫堂。區與侍御交最密，乃進言於侍御曰：「凡修志乘，刊遺書，表章先賢，嘉惠來哲，此在籍縉紳責也。廖、勞二公既啓其端，子盍竟其緒乎？」侍御亦以難籌款爲疑。訓導笑曰：「此何難，吾邑自軍興以來，各行戶之抽分，各殷富之捐輸，及紅巾亂，各村堡設公局，辦團練，捍鄉閭，公私破耗，指不勝屈矣。然則力出於吾邑，非吾邑所能盡用也，大半以濟通省之支絀，洎鄰邦之協餉耳，豈用於人者？千百萬而有餘用，於己者三五千而不足乎？」侍御憬然，乃招集邑紳於明倫堂。先議經費，眾未有以對也。……而修志經費已定，由是議總纂。僉謂：「梁侍御爲倡議之人，馮州牧、游教授爲最老宿，此二公可也。」又議分纂，侍御曰：「廖觀察前所定三人，無容更易矣。然照前議，則工夫多，宜增一人。但吾邑多才，難於抉擇，正如貧人見珠貝，晃炫不能自審矣。茲擬舉一年高者，必董率之，如鳳皇將九子可乎？」遂增鄧孝廉翔一人，時年八十餘矣。

同治四年 乙丑（1865）譚瑩六十六歲　譚宗浚二十歲

夏，譚瑩晤李光廷，後接其來書。

　　李光廷《與譚玉笙學博書》：玉笙十兄足下：夏間一晤，解維逕發，山川跋涉，時勞縈想。昨得金芑堂來書，始知文旌已旋，學使久返，乃遲遲吾行何濡滯也。邇當秋雨洗潦，金颷奏涼，伏惟起居，定多佳勝。

　　弟課士之暇，間搜端人著作。日從友人借得《溫氏家集》及德慶溫陶舟孝廉遺書，其門人高要陳扶初文學所輯，並其先德莊亭明經詩文附梓者。孝廉所著，有《宜善堂詩鈔》三卷，《文鈔》一卷，《繫辭說》一卷，《書序辨》一卷，《古本大學解》一卷，《附論大學》一卷，《經義》一卷，《冠以先集》三卷，梓於咸豐元年，板留書肆，七年夷亂毀於火。孝廉三世家學，詩文眞樸高潔，取法貴上。

四月十五日，應陳璞之請，譚宗浚作《唐駢體文鈔跋》。

　　譚宗浚《唐駢體文鈔跋》：海昌陳受笙孝廉，道光初曾作粵遊，寓阮文達公節署中最久。嘗自刻所輯《唐駢體文鈔》共十七卷，攜歸浙中。比年武林兵燹，其板不知尚存否也。竊謂駢儷之文，自以沈任徐庾爲樞則，善學沈任徐庾者，莫若唐人，雖蹊徑稍殊，而波瀾莫二。即至尋常率意之作，其氣體淵雅，自非北宋以後人所能。

　　我朝《欽定全唐文》，鴻篇巨製，裒集大成。然卷帙浩繁，下里寒儒，難於購覓。是編選擇精審，中如四傑溫李，採摭較多。要歸麗則，窺豹一斑，拾鸞片羽。學者而欲由唐人以進，窺沈任徐庾閫奧，則此爲嚆矢矣。

　　陳丈古樵重鐫是書，因囑浚讎校。魯魚亥豕，芟削逐繁。其中有原本缺誤者，據《全唐文》、《英華》、《文粹》諸書及原集原碑補正，非敢肆意臆改。後有讀者，諒無訾焉。同治癸酉四月既望南海譚宗浚識。

八月十五日，譚宗浚偕同人玩月於學海堂。

九月，應徐灝之邀，譚瑩與倪鴻、李長榮等集水南樓宴飲。

　　倪鴻作《九日徐子遠京兆招同文樹臣觀察星瑞張翰生都督譚玉生舍人李紫黼廣文林五峰參軍集水南樓》紀其事。

　　　按：倪鴻《退遂齋詩鈔》按年編次，另外，該詩題目中「九日」應
　　爲「九月」，屬印刷失誤。

是年，譚宗浚作《二十初度》。

自是年起，譚宗浚每賣文，有餘錢，則與廖廷相、梁起等人狂飲於育賢坊
之酒樓。

　　譚宗浚《旅寓京邸雜憶粵中舊遊得詩二十首》自注：余自廿歲後，每賣
文，有餘貲，輒與陳孝直、張瑞轂、王峻之、鄧嘯篔、廖澤群、梁庚生，鄭
玉山諸君釀飲於育賢坊之酒樓。對門爲陳獨漉先生故宅，杭大宗詩所謂青賢
坊。路近者也。

是年，譚宗浚長子譚祖綸生。

　　譚祖綸《清癯生漫錄》（油污衣詩）：餘光緒丁丑歲，年十三歲，由京師
隨宦至蜀道，經河南彰、衛、懷等府。

趙齊嬰卒。

梁紹獻卒。

翁同書卒。

同治五年　丙寅（1866）譚瑩六十七歲　譚宗浚二十一歲

六月九日，應倪鴻之請，譚瑩與陳澧、王拯等拜李東陽像賦詩。

　　倪鴻作《六月九日爲李文正公生日招同王定甫通政劉松堂觀察印星譚玉
生舍人陳蘭甫學博周鼎卿太史冠陳雲史孝廉文瑞鄭紀常別駕設祀寓齋拜像賦
詩》記之。

八月十五日，譚宗浚偕同人玩月於學海堂。

是年，譚瑩參與續修《南海縣志》。

　　譚瑩《胡稻香遺集序》：道光庚寅，纂修邑乘，共事者：謝里甫、鄧鑒堂
兩先生，梁雲門教授，曾勉士、熊笛江兩廣文，張問鴻孝廉，胡稻香茂才暨
余，時余年最少。故癸巳撤局，宴集酒酣，雲門教授笑謂余曰：他日重修，
惟君能與耳。是以咸豐辛酉，余題教授遺集，有職志刊成。過廿年，重修語
譏，諒無緣之句。曾幾何時，春鶗秋蟀，落鳳傷麟，良可慨已。同治丙寅，
續修邑乘，余獲與焉。

同治六年 丁卯（1867）譚瑩六十八歲　譚宗浚二十二歲

八月十五日，譚宗浚偕同人玩月於學海堂。

是年，譚瑩擔任《續修南海縣志》分纂，負責纂錄《輿地略》、《建置略》、《金石略》和《雜錄》，分纂《職官表》、《選舉制》，與李徵霨合作分纂《藝文略》。譚宗浚則擔任該志編校。

陳善圻的《續修南海縣志序》：志乘於今夥矣、賾矣。……余以丁卯仲春，攝篆南海，時邑人士方續修志乘，設局膠庠。

〔同治〕《南海縣志》（職名）：分纂：舉人內閣中書銜瓊州府教授譚瑩。編校：舉人內閣中書銜譚宗浚。

李徵蔚《續修南海縣志後序》略云：譚學博曰：世人喜考證金石，謂其可以驗棗木傳刻之訛，訂史傳時日之錯也。而風氣所尚，《邑志》多列此一門，獨不思百里區區古物有限，不得已則取神壇社廟之斷碑爛碣充之。文字既鮮雅馴，筆札尤為惡劣。如前志廣收佛山祖廟各碑，中有令人不可向邇者。況地無所得載，及家藏，豈知鑑別不精，贗鼎居半。而朝秦暮楚，轉盼不知落在何方，尚能據為吾邑金石哉？我今續此一門，慎之又慎，不敢以雜亂為宏博也。」

曾習經生。

勞崇光卒。

駱秉章卒。

同治七年 戊辰（1868）譚瑩六十九歲　譚宗浚二十三歲

是年，應禮部試，譚宗浚下第，獲挑取謄錄。

譚宗浚《荔村隨筆術驗‧呂仙祠籤》：余戊辰公車下第後，祈籤於京師琉璃廠呂祖祠。得籤云：「潛藏自有光明日，守耐無如待丙丁。龍虎兩番生運會，春風一轉漸飛驚。」竊意：「丁丑年或可望捷南宮也。」及甲戌年，射策以第二人及第。其小傳臚為丙日，大傳臚為丁日，靈應不爽如此。

錢維福撰《清秘述聞續》（卷七）：同治七年戊辰科會試

考官：吏部尚書朱鳳標字桐軒，浙江蕭山人，壬辰進士。兵部尚書董恂字韞卿，江蘇甘泉人，庚子進士。工部尚書文祥字博川，滿洲正紅旗人，乙巳進士。副都御史繼格字述堂，滿洲正白旗人，壬子進士。

題「畏大人畏」二句，「君子未有」二句，「以予觀於」二句。

賦得「千林嫩葉始藏鶯」得「藏」字。

顧廷龍主編《清代硃卷集成》中甲戌科會試《譚宗浚履歷》：趙朗甫夫子，印曾同，壬子翰林，現任浙江金華府知府，戊辰科會試同考官，蒙薦卷挑取膽錄。

八月十五日，譚宗浚偕同人玩月於學海堂。

自是年起至同治十年，譚宗浚作詩集《過庭集（下）》。

譚宗浚《荔村草堂詩集》中的《過庭集（下）》題下自注：起戊辰迄辛未，詩二百一首。

同治八年 己巳（1869）譚瑩七十歲　譚宗浚二十四歲

八月十五日，譚宗浚偕同人玩月於學海堂。

十一月，王拯歸里。

汪宗衍《陳東塾先生年譜》：十一月，王拯歸里，約先生與倪鴻（雲渠）話別，同登粵秀山學海堂探梅玩月，先生有詩贈之。

　　按：王拯為譚宗浚業師。

是年，譚瑩、譚宗浚開始參與纂修《廣州府志》。

戴肇辰《重修廣州府志序》：爰稟陳大憲，商同紳士，於同治己巳仲冬在省城府學宮開局重修，延聘史穆堂中允、李恢垣銓部為總纂，周秩卿司馬等或司分纂，或司圖說，或司採訪，究心舊志，續增新事，益前人所缺，略廣後日之見聞，庶幾哉他日按籍而稽舉十四屬之輿圖、人物，展卷了然。而自乾隆修輯以後，廣州百數十年之事蹟，燦然悉備，所以成一郡之掌故，而佐全粵之治理者，胥在是矣。

《重修廣州府志職名》：分纂：進士同知銜山東臨武縣知縣周寅清、舉人內閣中書銜化州訓導譚瑩、舉人內閣中書銜高要縣教諭李徵爵、舉人截取知縣金錫齡、舉人陞用同知江西安福縣知縣陳璞、侍講銜翰林院編修四川學政譚宗浚。

鄒伯奇卒。

梁士詒生。

陳慶龢生。

> 按：陳慶龢爲譚宗浚受業子婿，嘗校定《希古堂集》。

同治九年 庚午（1870）譚瑩七十一歲　譚宗浚二十五歲

八月十五日，譚宗浚偕同人玩月於學海堂。

是年，譚宗浚從應元書院肄業。

> 譚宗浚《學書軒記》：余素不工書，年十七初應禮部試。……越九年，肄業應元書院。

朱汝珍生。

鄧翔卒。

同治十年 辛未（1871）譚瑩七十二歲　譚宗浚二十六歲

三月，譚宗浚與馮葆廉計偕入京應禮部試，落第。

> 譚宗浚《癸酉十二月約同人計偕之京時丁外艱甫服闋登公車凡四次矣述哀感舊情見乎詞集杜句得詩五首》其二自注云：辛未歲下第南歸，旋丁先教授公憂，近始服闋。

> 譚宗浚《傷逝銘》自注：余辛未與君同計偕入京。

五月初一日，應張之洞之邀，譚宗浚在京師參與龍樹寺集會，並作《龍樹寺宴集序》與《潘伯寅侍郎祖蔭張香濤太史之洞招遊龍樹寺同集者董研秋觀察文煥胡甘伯郎中澍秦誼亭主政煥文閣□□太史乃觥王壬秋闓運趙一甫之謙李蒓客慈銘桂皓庭文燦張子余預陳一山喬森王子裳詠霓孫仲容成讓袁爽秋步蟾諸孝廉率賦長歌一首》，到者凡十六人。次日出都南歸。

> 胡鈞重編《張文襄公之洞年譜》卷一：同治年，五月初一日，與潘文勤觴客與龍樹寺，到者十六人。無錫秦誼亭作雅集圖。王代公述《清王湘綺先生闓運年譜》：同治十年五月，潘侍郎伯寅以世家高科久居京師，主持壇坫。張編修香濤新從湖北學政歸，提倡風雅。因府君入京，乃以朔日招集四方英彥，約飲龍樹寺。無錫秦誼亭主政炳文、南海桂皓庭文燦、績溪胡荄甫澍、吳縣許鶴巢賡颺、元和陳培之倬、會稽李蒓客慈銘、會稽趙爲撝叔之謙、長沙袁鶴舟啓敥、洪洞董研樵文煥、遂寧陳亦山喬森、黃岩王子裳詠霓、錢塘張子虞預、福山王蓮生懿榮、南海譚叔裕宗浚、里安孫仲容詒讓、朝邑閻進甫太史乃觥，集者十七人。

劉禺生撰《世載堂雜憶》（龍樹寺觴詠大會）：南方底平，肅黨伏誅，朝士乃不敢妄談時政，競尚文辭，詩文各樹一幟，以潘伯寅，翁瓶叟爲主盟前輩。會稽李蓴客，亦出一頭地，與南皮張香濤，互爭壇坫。時李、張二人，文字往還，猶未發生齟齬也。張，李有隙，始於香濤督湖北學政時，延蓴客入幕，蓴客爲香濤作酬應信十餘通，酬少事多，大不高興，乃揚長辭館而行。入京以後，頗對香濤有違言。時李蓴客自稱貲郎，屢試不中進士，乃遷怒於當時之翰林，謂大半皆不學之徒，有人指爲對香濤而發。不知蓴客來往最密者，如朱肯甫逌然、張子虞預等，亦皆翰林，蓴客亦不遇獨發牢騷而已。但彼最恨者；前爲周季貺，後爲趙撝叔。周曾蕩其京官捐納之貲，趙又奪其潘門入幕之席，文人心仄，私恨遂深。同治十年辛未，香濤湖北學政任滿回京，與潘伯寅觴客於龍樹寺，其周旋於李蓴客、趙撝叔之間者，仍無微不至。足徵張、李二人，直至斯時，尚未顯裂痕也。

同治末造，朝官名士，氣習甚盛，摧奉祭酒。當時香濤發起觴客於龍尉寺，刻意邀集蓴客，蓴客亦以潘伯寅爲盟主之故，許來參與，並允與趙撝叔不當筵爲難。此咸、同以來，朝官名宿第一次大會也。今取龍樹寺大會之人物及其始末，補錄於後，斯亦一靈掌故也。

香濤發起龍樹寺大會，先致潘伯寅一函云：「四方勝流，尙集都下，不可無一絕大雅集。晚本有此意，陶然亭背窗而置坐，謝公祠不能自攜行廚，天寧寺稍遠，以龍樹寺爲佳。」又函云：「承教命名續萬柳堂，有大雅在，人無敢議，晚等爲政，恐不免耳。方今人少見多怪，使出自晚一人，則必姍笑隨之。若翁叔平丈能出領名，則更妙矣；晚只可爲疏附之人耳。」

又調停李（蓴客）、趙（撝叔）之間，覆函潘伯寅謂：「李、趙同局，卻無所嫌，兩君不到，則此局無色矣。蓴客，晚囑其不必忿爭，彼已許納鄙言；孰事能使撝叔勿決裂，度萬不至此，則無害矣。若清辯既作，設疑問難，亦是韻事。毛西河、李天生曾於益都坐上喧爭，又某某在徐健庵處論詩，至於攻擊，豈不更覺嫵媚乎？想李、趙二君，亦當諒晚奔走之苦心也。」

是日興會者，有無錫秦炳文，南海桂文燦，元和陳倬，績溪胡樹，會稽趙之謙、李慈銘、吳虔揚，湘潭王闓運，遂溪陳喬森，黃岩王詠霓，錢唐張預，朝邑巴閻乃堎，南海譚宗浚，福山王懿榮，里安孫詒讓，洪洞董文煥，由秦炳文繪圖，王壬秋題詩，桂文燦作記：李蓴客、趙撝叔，均未著一字。炳文題圖云：「時雨乍晴，青蘆瑟瑟，縱論古今，竟日流連，歸作此陶，以紀鴻爪。」

　　當日置酒宴客，潘伯寅以爲張香濤必備酒宴，張香濤以爲潘伯寅必攜行廚；不意賓主齊集，笑談至暮，酒食未具，仍各枵腹。故葉鞠裳即席賦詩，有「絕似東坡毳字謎，清談枵腹生槐龍」之句（自注：未攜行廚，客至無饌，嗣召慶餘堂，咄嗟立辦）。

　　同治末造，時局大定，朝中諸老輩，以宏獎風流自任，所謂各懷意見，亦皆學術文字之攻擊，初非植黨逞私之傾軋也。觀龍樹寺大會，尚有承平氣象。

　　自同治末迄光緒初，此數年間，乃爲南北清流發生最大磨擦之關鍵。聞之樊樊山曰：南派以李蒓客爲魁首，北派以張之洞爲領袖，南派推尊潘伯寅，北派推尊李鴻藻，實則潘李二人，未居黨首，不過李越縵與張之洞私見不相洽，附和者遇事生風，演成此種局面耳。越縵與予（樊山自稱）最善，予以翰林院庶吉士從彼受學，知予亦香濤門人，對予大起違言，由其滿腹牢騷，逼仄所至，不知實有害於當時朝士之風氣也。按兩派之爭，越縵殊鬱鬱不得志，科名遠不如香濤，所以執名流之牛耳者，不過本其經史百家詩文之學，號召同儔。至於體國經野，中外形勢，國家大政，則所知有限，實一純粹讀書之儒，不能守其所長，乃以己一見侈談國事，宜香濤諸人不敢親近，但越縵別自以爲可以左右朝政，乃與鄧承修諸御史主持彈章，聲應氣求，藉泄其憤。乃身爲御史，反無絲毫建樹，譏之者，謂越縵得此官，願望已足矣。綜觀《越縵日記》，大略可徵。

　　張之洞於同治九年，始與陳弢庵寶琛、王廉生懿榮訂交，皆一時文學侍從之臣。十二年，即任四川學政。光緒二年回京，乃與豐潤張佩綸，因穆宗升祔位次一折相識而論交，自此以後，李，張更勢成水火，不復有迴旋餘地，清流名號，遂爲越縵攻擊之口頭禪。清流黨者，呼李鴻藻爲青牛（清流同音）頭，張佩綸、張之洞爲青牛角，用以觸人；陳寶琛爲青牛尾，寶廷爲青牛鞭，王懿榮爲青牛肚，其餘牛皮、牛毛甚多。張樹聲之子，爲牛毛上之跳蚤（此亦樊山述越縵之批評）。香濤、弢庵諸人，連同一氣，封事交上，奏彈國家大政，立國本末，此越縵派人所不能爲，故嫉忌愈甚。

　　二張與陳所上奏摺，如：穆宗升祔疏，黃漱蘭陳時政得失疏，抑宦官疏，四川誣民爲逆疏，直言不宜沮抑奏請修省弭災疏，陳俄約貽害請修武備疏，治崇厚罪疏，請派曾紀澤赴俄另議疏；奏陳練兵籌餉策，奏陳邊防疏，中俄割界疏，海防江防疏，劾劉坤一疏，慎重東南疆寄西北界務疏等，多香濤、

弢庵諸人合議之作。未幾，香濤任山西巡撫，後調兩廣總督，弢庵任南洋軍務會辦，降級。清流黨皆出京，攻擊者亦從此告止。越縵則交接言官，主持朝政，氣量狹小，終無所建白。

譚宗浚《潘伯寅侍郎祖蔭張香濤太史之洞招遊龍樹寺同集者董研秋觀察文煥胡甘伯郎中澍秦誼亭主政煥文閣□□太史乃兆王壬秋闓運趙一甫之謙李菀客慈銘桂皓庭文燦張子余預陳一山喬森王子裳詠霓孫仲容成讓袁爽秋步蟾諸孝廉率賦長歌一首》自注：余以翌日出都。

八月十五日，譚宗浚偕同人玩月於學海堂。

九月，譚瑩病卒。

譚祖綸《清癯生漫錄·先兆》：事有先兆，莫知其然。先大父教授公於咸豐辛亥除夕祭灶文有云：無患無災，更保二十年之算。是時，先大父五十二歲矣，竟於同治辛未九月棄養，恰值二十年豈非氣機已伏於廿年前歟？

朱彭壽《清代人物生卒年表》：譚瑩，內閣中書銜，原任化州訓導。九月卒，年七十二。入國史館文苑傳。

是年，譚宗浚作《擲硯亭弔李子長先生文》。

譚宗浚《擲硯亭弔李子長先生文》：先生，諱孔修，字子長，南海人。明白沙陳文恭公高弟子。嘗應試至貢院，苦搜撿苛碎，因擲硯而去，遁隱西樵山中，以畫自給，方文襄、霍文敏皆重其為人。今山中有高士祠，即先生讀書處也。余辛未歲，被擯春官，返里後踟躇。北城有亭巋然，云先生擲硯遺跡。意有所感，遂發憤而獻弔云爾。

同治十一年　壬申（1872）譚宗浚二十七歲

七月十五日，譚宗浚作《梅窩詞鈔序》。

譚宗浚《梅窩詞鈔序》：同治壬申七月既望，南海譚宗浚序。

八月十五日，譚宗浚偕同人玩月於學海堂。

十二月，譚瑩被安葬於廣州城東荔支岡，其墓誌銘由陳澧撰、李文田書、史澄篆蓋。

陳澧《內閣中書銜韶州府學教授加一級譚君墓碣銘》：嶺南自古多詩人，而少文人。阮文達公開學海堂，雅材好博之士蔚然並起，而南海譚君瑩最善駢體文，才名大震。君之字曰兆仁，別字玉生。少時，宴集粵秀山寺，為文

懸壁上。阮公見而奇之。時方考縣試，公告縣令曰：「縣有才人，宜得之。」令問姓名，公不答。已而得君所為賦，以告公。公曰：「得之矣！」取第一人入縣學。翁文端公督學政時，回部叛亂，公以克復回城賀表命題，君文千餘言，援筆立就，公評其卷曰：「粵東雋才第一」。後督學徐公士芬以君優行貢入國子監，未赴，捐納為教官，學海堂推為學長。

　　道光二十四年，中舉人。咸豐九年，上官委勸捐出力，奏加內閣中書銜。前後署肇慶府學教授，曲江、博羅縣學教諭，嘉應州學訓導，選授化州學訓導，升授瓊州府學教授，以老病不赴。

　　生平博考粵中文獻，凡粵人著述，搜羅而盡讀之，其罕見者，告其友伍君崇曜匯刻之，曰《嶺南遺書》五十九種，三百四十三卷；曰《粵十三家集》一百八十二卷，選刻近人詩曰《楚庭耆舊遺詩》七十四卷。又博採海內書籍罕見者匯刻之，曰《粵雅堂叢書》一百八十種，共千餘卷。凡君為伍氏校刻書二千四百餘卷，為跋尾二百餘篇。君之淹博，略見於此。

　　所為詩文有《樂志堂集》三十三卷，初以華贍勝，晚年感慨時事，為激壯淒切之音。性真率不羈，飲噉兼人，杯酒間談笑無所避。晚年目疾，頹然靜坐，默誦生平所讀古詩文，日恒數十百篇，其強記如此。

　　同治十年九月卒，年七十二。有子五人：鴻安、崇安、宗浚、宗翰、宗熙；孫三人：祖貽、祖綸、祖沅。明年十二月，奉君柩葬於廣州城東荔支岡之原。

　　君與瀅同舉優貢，同為學海堂學長，交好數十年。君之子請為銘，銘曰：
　　　文人之福，惟君獨全。生於富家，慧於童年。才名震暴，文酒流連。
　　　聚書校刊，其卷盈千。自為詩文，其集必傳。壽逾七十，其子又賢。
　　　飽食坐化，泊如登仙。我不諛墓，此皆實言。酹君斗酒，質君九泉。

十二月初十日，譚氏族人重修廣州城內遷粵始祖祠落成，譚宗浚為之撰《重建譚氏宏岍公祖祠碑記》。

　　譚宗浚《重建譚氏宏岍公祖祠碑記》略云：是役也，經始於辛末八月丁丑日，落成於壬申十二月庚申日，又用形家言，改建文昌方閣上。其前壁之未正者拓之，其正殿之稍庫者增之，其祠旁之渠舊由祠東去者，疏匯而瀦蓄之。並建試館數十間，俾子孫應試者，咸有所集處。先後糜白金二萬餘兩，倡建者：裔孫海觀、伯筠、國恩、若珠、時珍，錫鵬、汝舟。董役者：裔孫訓詁、紹勳、啟賢、國恩、曦光、耀堃、繼楨、秩然、灼文、錫齡、炳章、

蓬坤、澤南、湛瀛、仁定、衡汝、信世、然樹、聲金、釗以、忠瀚、文信。其尤出力者：訓詁、紹勳、啓賢、澤南也。

宗浚愚憨不能文，謹述其緣起，以紹來者。銘曰：

水流以涓，木壯以枑。厥勢孔長，歲祀綿曖。

圖籍散佚，罔知厥綱。末俗寢薄，各驚而散。

近識遠忘，厥有祠祀。追孝敦睦，古誼用彰。

猗我先祖，清爽欲忽。肇安斯堂，新之營之。

棟宇華炳，䖃然有章。春秋吉日，酒旨殽腶。

嘉穀苾薌，靈兮來下。周覽慰懌，攡彎卷裳。

凡在裔姓，仰瞻在上。屑若在旁，自今以始。

滂福溶祉，俾蕃且昌。各恭爾事，無作神恫。

以迓吉羊，敢銘豐碑。昭告來禩，壽之麋疆。

是年，因續修縣志的主要參與者相繼去世，應李徵霨之請，譚宗浚為之贊助，〔同治〕《南海縣志》告竣。

李徵霨《續修南海縣志後序》略云：商榷既成，自揆四年全書可畢。不料丁卯開局至戊辰兩年間，諸採訪之以冊來者，十無一二。而梁侍御先於丙寅十月卒，馮州牧於丁卯十月卒，游教授於戊辰四月卒。明年己巳五月，鄒徵君卒矣。其十月，鄧孝廉以老病辭館。庚午三月則又卒矣。余乃將鄒君未成之書代爲編排，而鄧書之凌亂者，屬譚君力爲釐定。而譚君以景迫桑榆，恒有時不再來之歎，而譚果以辛未九月卒。並先後管理局務諸君如梁教授、盧明經皆以是歿捐館矣。余時孤鳴嘐嘐，胸懷作惡，加以神疲目眊，校讎之審，非所克堪，乃請譚君哲嗣叔裕爲之贊助。全書乃告成焉。然是役也，余分題得列傳，故所撰獨多，而寧繁毋簡，寧華毋樸，疏於考古，詳於述今，多竊取文史通義之恉。雖不敢自信其無可譏也，然余之從役於斯也，固盡心焉耳矣。

書共二十六卷，外有《氏族紀》若干卷，乃欲編《氏族志》而未成者。然吾邑土著之民某家閥閱最盛，某姓丁口繁滋，亦考見涯略，不忍焚棄，故附於志書以行，而另爲卷帙焉。同治十一年十月李徵霨識。

鄭獻甫卒。

何曰愈卒。

曾國藩卒。

同治十二年 癸酉（1873）譚宗浚二十八歲

八月十五日，譚宗浚偕同人玩月於學海堂。

十二月，譚宗浚作《癸酉十二月約同人計偕入京時丁外艱甫服闋登公車凡四次矣述哀感舊情見乎詞集杜句得詩五首》。

歲末，譚宗浚與廖廷相、梁金韜、何濟芳及鍾礦幹五人一起北上應試。

　　廖廷相撰《愛古堂文集詩集序》：及癸酉歲冬，計偕北上。君與余皆憚海行之險，相約取途內地，籍覽山川之體勢，訪區域之名勝。同行者則譚君叔裕、何君濟芳、鍾君礦幹也。溯滇水而上，度庾嶺、下贛江，泛棹吳越之區，驅馬燕趙之野。凡百有餘日，始抵都門。五人者，舟車無事，晨夕縱談。

自是年十二月迄光緒元年七月，譚宗浚作詩集《謁京集》。

　　譚宗浚《荔村草堂詩鈔》之《謁京集》自注：起癸酉十二月迄乙亥七月，詩一百五首。

何紹基卒。

同治十三年 甲戌（1874）譚宗浚二十九歲

二月，譚宗浚應禮部會試，中試第二百七十五名，覆試中一等第十五名。

　　《清代硃卷集成》中《譚宗浚履歷》：甲戌科會試中試第二百七十五名，覆試一等第十五名。

　　錢維福撰《清秘述聞續》（卷七）：

　　考官：禮部尚書萬青藜字藕黔，江西德化人，庚子進士。刑部尚書崇實字樸山，滿洲鑲黃旗人，庚戌進士。工部尚書李鴻藻字蘭生，直隸高陽人，壬子進士。吏部侍郎魁齡字華峰，滿洲正紅旗人，壬子進士。

　　題「子曰君子坦」一句，「自誠明謂之性」，「孟子曰君不義」。

　　賦得「無逸圖」得「勤」字。

　　會元秦應逵字鴻軒，湖北孝感人。

　　狀元陸潤庠字鳳石，江蘇元和人。榜眼譚宗浚字叔裕，廣東南海人。探花黃貽楫字濟川，福建晉江人。

　　陳義傑點校《翁同龢日記》：同治十三年甲戌（1874 年）三月廿九日（5月14日）陰。題次侯《舊山樓圖》，作一詞。得籌兒三月十七日函，場中安靜，試作未寄來。得仲復賻函。任福來。夜寶生，詠春在此小飲，另款厚齋、雲亭、

士吉等三昆仲。是日蔡孟雲送席，錢稚庵兄弟送席，故分餉客也。夜小雨。
會試頭場題：「君子坦蕩蕩」，「自誠明」二句；「孟子曰君仁莫不仁」一句。

四月，譚宗浚在保和殿應殿試，舉進士，以一甲第二人及第，授翰林院編修，加侍讀銜。

　　商衍鎏《清代科舉考試述錄及有關著作》：清初二月會試，三月放榜，四月初殿試；後改三月會試，四月放榜，五月初殿試。乾隆十年改四月二十六日殿試，五月初十傳臚，二十六年定四月二十一日殿試，二十五日傳臚，遂為永制。光緒癸卯、甲辰兩科會試，因借闈河南，改為五月二十一日殿試。若康熙癸巳（〔校注：五十二年〕）及雍正元、二年於十月殿試，則皆因恩科、春鄉試秋會試之故，

　　非常例也。殿試初試於天安門外，順治十四年禮部梁上國等請試於太和殿之東西閣階下，遇風雨試於殿東西兩廡。雍正元年殿試在十月二十七日，時天甚寒，因命試於殿內，令鑾儀衛軍校代攜考具，並賜食物與爐火，策士列坐殿內，蓋昉於此。乾隆五十四年始試於保和殿，後沿為例。

　　《清代硃卷集成》同治甲戌科《譚宗浚履歷》：甲戌科殿試一甲第二名，欽授翰林院編修。

　　唐文治《雲南糧儲道署按察使譚叔裕先生墓碑》：甲戌，應禮部試，舉進士，以第二人及第，授職編修。

　　商衍鎏《清代科舉考試述錄及有關著作》：二十五日在太和殿傳臚，典禮甚為隆重。……傳臚後，頒上諭第一甲第一名某授職翰林院修撰，第二名某、第三名某授職翰林院編修，俗稱第一為狀元，第二為榜眼，第三為探花。

　　譚宗浚《四月二十四日引見蒙恩以第二人及第恭紀》：玉殿句臚唱奏終，丹墀拜舞十人同。煙痕細泡螭頭碧，日綵高懸雉尾紅。敢詡巍峨登上第，勉期獻替效微忠。天門詄蕩人親到，始識熙朝養士隆。

　　譚宗浚《（四月）二十五日臚唱紀恩詩四首》：

　　《傳臚》：麗日開三殿，祥雲捧九霄。鳴鐘聽漢蹕，按曲奏虞韶（是日殿上奏樂）。伏地兢惶切，瞻天拜舞遙（是日禮部官宣詔：狀元等三人聞唱名即出班謝恩。狀元、探花在東班，榜眼在西班，行三跪九叩禮）。不才疲茶甚，何以慰嘉招。

　　《送榜》：送榜中門出，駢闐萬象看。貼黃傳已遍，淡墨寫才幹。水闊魚龍迅，風高鵬鷃搏。撫衷彌自懍，勿愧讀書官。

《賜宴》：獻爵儀才肅，張筵意未闌（三鼎甲出午門時，禮部尚書及順天府尹丞結綵棚於長安門外，行獻爵禮，隨即上馬到順天府尹衙門赴宴。翌日二十六，復賜宴於禮部衙門，名「恩榮宴」）。何期小人腹，頻饜大官餐。法酒香浮斝，仙梨重釘盤。轉思貧賤日，粗糲耐儒酸。

《歸第》：駿馬健嘶風，憑鞍意氣雄。才辭雙闕下，倐走六街中。官道鳴騶過，宮花插帽紅。眷懷主恩厚，歸騎莫匆匆。

五月，譚宗浚被蒙恩召對。

譚宗浚《五月十七日蒙恩特旨召對乾清宮恭紀》：雞籌曉唱侍楓宸，伏陛親聆聖訓詢（召見時，垂詢家世甚詳，並詢及臣身子結實不結實）。清白夙承先世訓，駑駘敢效壯年身。幸叨異數真稠渥，愧乏嘉謨效矢陳。歸向田園誇盛事，獲瞻堯顙似高辛。

七月，譚宗浚作《送李若農前輩乞假終養序》。

譚宗浚《送李若農前輩乞假終養序》：同治十三年七月，翰林院侍讀學士前輩若農李公乞假終養。

是年，譚宗浚探花及第喜報傳粵後，陳澧作書及聯語以賀之。

陳澧《與譚叔裕書（一）》：自喜報到粵，士林翕然均慶，非獨世交私心歡抃也。老拙手書一聯，命兒子送府上為賀，其句云：「手筆真能學燕許，科名不愧似洪孫。」又閱邸鈔，知蒙召對，此似昔時鼎甲所未有，從此渥承聖眷可知矣。近得來函，禮恭詞摯，無異晤言。秋冬間榮歸，把晤不遠。僕自春間腹疾，入夏漸止，而腳腫氣喘，轉加氣痛，今通亦止，而腫處時消時長。薑桂之藥，日日不離，羸弱不堪。草此奉覆，不能多述，遙頌大喜不盡。

澧再拜。僕購求《陳後山文集》，久不得，都中如有之，祈代買為荷。《水道提綱》粵中近日無之，都中想不難得，亦祈買歸。

楊榮緒卒。

羅惇衍卒。

瑞麟卒。

蔣益澧卒。

德宗光緒元年　乙亥（1875）譚宗浚三十歲

十月，譚宗浚所送譚瑩駢體文及廣東新刊《古經解匯函》八套為翁同龢收到。

　　陳義傑點校《翁同龢日記》：光緒元年乙亥（1875 年）十月初九日（11 月 6 日）晴。晨到閣批本，五件。出訪烏達峰拉喜崇阿談，歸寓始憶今日是先祖妣許太夫人忌，馳歸橫街設奠，畢，訪晤黃孝侯，又訪蘭孫，值其睡，未見。入城，倦極，張同年元益來，辭之。始裱糊廳東廂為書室，於我已侈矣。譚君宗浚，甲戌榜眼，玉生之子。送玉生駢體文並廣東新刊《古經解匯函》八套。

是年，譚宗浚為父母請封贈。

　　譚宗浚《荔村隨筆·術驗》：先教授公年十八，嘗詣里中石秀才推算祿命。石顰蹙曰：「君科第遲滯，須七十六歲，乃入詞林。」聞者咸笑之。時熊笛江孝廉景星亦在座，戲曰：「姜西溟、沈歸愚，後得子鼎足而三矣。」迨同治辛未，教授公見背，年七十二。越三年，甲戌，宗浚登第。旋值乙亥年，今上龍飛大慶，始為父母請贈文林郎、翰林院編修，得領恩軸，計之適七十六歲也。然則身後褒贈，亦可推測而知耶？噫！異矣！

是年，譚宗浚乞假南歸，經由上海、香港抵廣東廣州。

　　譚宗浚《止菴筆語》：余新得鼎甲，同人或勸余往上海、香港措貲，可得數千金，余笑而不答。過上海時，只留數日，投刺者僅舊識一二人。抵香港，住船中，並不上岸，足不踐其地。同鄉或怪余以拘傲者，不恤也。

是年，譚宗浚請陳澧為其父《樂志堂文略》、《樂志堂詩略》作序。

　　陳澧《樂志堂詩略序》：譚玉生舍人《樂志堂文集》十八卷、《詩集》十二卷暨《續集》三卷，嘗自言在精不在多，欲刪汰之，別為一集。年既老，未及為之而沒矣。有子五人，皆能讀父書。叔子以進士及第，乞假歸與昆弟聚，謀成先人之志，錄集中文若干首為四卷，詩若干首為二卷，題之曰《文略》、《詩略》，奉以來請商榷之。余與舍人交好四十年，不可辭。舍人之才，沉博絕麗，晚年憂時感事，愈鬱勃而不可遏，讀此集足以見之矣。欲覽其全，則有十八卷、十二卷暨續集三卷者在。光緒元年六月陳澧序。

自是年八月起，至次年八月，譚宗浚創作《散館集》。

　　譚宗浚《荔村草堂詩鈔》之《散館集》自注：起乙亥八月至丙子八月，詩五十五首。

光緒二年 丙子（1876）譚宗浚三十一歲

正月，廣東三水王乃棠生病，譚宗浚親往探視。

譚宗浚《傷逝銘》自注：君病喉症，卒於丙子年正月。余往視，君猶拱手致謝。翌日，而君卒矣。

四月，譚宗浚散館考試，獲一等。

秦國經主編《清代官員履歷檔案全編》：譚宗浚：光緒二年四月，散館一等。

趙爾巽等撰《清史稿》卷一百八：凡用庶吉士曰館選。……三年考試散館，優者留翰林為編修、檢討，次者改給事中、御史、主事、中書、推官、知縣、教職。其例先後不一，間有未散館而授職編、檢者。或供奉內廷，或宣諭外省，或校書議敘，或召試詞科，皆得免其考試。凡留館者，遷調異他官。有清一代宰輔多由此選，其餘列卿尹膺疆寄者，不可勝數。士子咸以預選為榮，而鼎甲尤所企望。

王德昭《清代科舉制度研究》：庶吉士肄業三年期滿，經考試散館，三鼎元已授編修、修撰者亦須與考。考在前列者留館，內二甲出身者授翰林院編修，三甲出身者授翰林院檢討，其餘改用部屬或知縣。

商衍鎏《清代科舉考試述錄及有關著作》：定制庶吉士肄業三年期滿，於下科考試、舊在體仁閣，後皆在保和殿，謂之散館，若逢恩科，則散館之期提前。……文理優者留館，二甲授翰林院編修，三甲授翰林院檢討，散館第一者，並保送派武英殿協修。余改用部屬與知縣。

六月十五日，譚宗浚邀同潘衍桐、陳序球、呂紹端，麥寶常、鍾文藻、羅家勤，王國瑞集陶然亭賦詩，並作《六月十五日邀同潘嶧琴衍桐陳天如序球呂冕士紹端諸前輩麥蘊碩銓部同年寶常鍾祖香農部文藻羅獎朋舍人家勤王峻之孝廉國瑞集是年陶然亭遲蔡呂房宗瀛易蘭池學清兩農部不至》。

七月二十七日，譚宗浚接待郭嵩燾來訪。

郭嵩燾《郭嵩燾日記》第三卷：七月廿七日。詣吳春海賀壽。便過萬藕齡、陳小舫，桑柏齋三前輩、許竹篔、譚叔裕、吳子章、喻筱舫、蕭屺山、唐斐泉、黃瑟庵、蔡與循、蔣少穆、易漢喬、潘孺初、繆小珊、陳伯平，李少卿（旁注：安徽通判）、陳伯平（三字重出）、吳子重。其夏寶生、陳仲英、陳蓀石、黃再同四君，則皆已出京矣。

八月，譚宗浚結束散館，蒙恩督學四川，充四川學政，郭嵩燾為其餞行。

《清實錄・德宗景皇帝實錄》卷三十八：光緒二年丙子八月己丑朔：命工部左侍郎何廷謙提督順天學政，大理寺少卿楊鴻吉提督安徽學政，國子監祭酒吳仁傑提督江西學政，禮部左侍郎黃倬提督浙江學政，詹事府詹事孫詒經提督福建學政，翰林院修撰梁耀樞提督湖北學政，翰林院侍講朱逌然提督湖南學政，翰林院侍講學士瞿鴻禨提督河南學政，詹事府右春坊右庶子鈕玉庚提督山東學政，翰林院編修朱福基提督山西學政，編修陳翼提督陝西學政，編修譚宗浚提督四川學政，編修張登瀛提督貴州學政，甘肅學政許應騤、雲南學政李岷琛、江蘇學政林天齡、廣東學政吳寶恕、廣西學政歐陽保極、奉天府府丞兼學政楊書香俱留任。（現月）

秦國經主編《清代官員履歷檔案》：光緒二年八月，充四川學政。

譚宗浚《江南鄉試錄後序》：自丙子散館後，即蒙恩命視學蜀中。

譚祖綸《清癯生漫錄・火浣布》：先大夫光緒丙子年督學四川，余曾隨任。

陳義傑點校《翁同龢日記》：光緒二年丙子（1876 年）八月朔（9 月 18 日）竟日大風，甚寒。照常入，卯正二刻上至書房，辰初入，巳初二退，讀寫皆好，余稍有倦色。退至署治事，廣西司邵夢善者屢以銅事牴牾，今因錢局請發原奏，竟稱此係雲南司事，極不堪矣。午訪王孝鳳談。詣蔭軒處飯，陪汪泉孫，坐有袁小午兄弟、黃濟川，薄暮散。夜廣西司主稿文琦來畫稿，催雲南銅批，此稿余以先行未畫，今以各堂畫齊來，仍駁之，因與原奏內專備採銅一語不符，且此等索錢事徒貽笑外省，故不欲行。文琦屢磨，乃勉強改數語，今其於第二起二批再解。

各省學政：雲南李岷琛；江蘇林天齡；廣東吳寶恕；廣西歐陽保極、奉天楊書香，均無庸更換。順天何廷謙、安徽楊鴻吉、江西吳仁傑、浙江黃倬、福建孫詒經、湖北梁耀樞、湖南朱逌然，河南瞿鴻禨，山東鈕玉庚，山西朱福基、陝西陳翼、四川譚宗浚、貴州張登瀛。

趙爾巽等撰《清史稿》卷一百十六：提督學政，省各一人。以侍郎、京堂、翰、詹、科、道、部屬等官進士出身人員內簡用。各帶原銜品級。掌學校政令，歲、科兩試。巡歷所至，察師儒優劣，生員勤惰，升其賢者能者，斥其不帥教者。凡有興革，會督、撫行之。

郭嵩燾《郭嵩燾日記》第三卷：八月廿六日。為黃恕皆、朱肯甫，梁斗南、譚叔裕，瞿子久餞行，恕皆、肯甫、鬥甫俱不至。

十一月二十日，譚宗浚到任。

中國第一歷史檔案館編《光緒朝朱批奏摺》第二輯《內政職官》‧：光緒二年十二月，時任四川總督文格奏稱：

再查各省學政考試有無劣跡應由督撫□年□陳奏：茲查四川學政臣譚宗浚於本年十一月二十日甫經到任，尚未考試，現無事蹟可陳，容俟該學政開考後留心查察核辦，理合附片陳明，伏乞聖鑒，謹奏！

朱批：軍機大臣奉旨知道了，欽此。

是年，譚宗浚作《重刻真氏大學衍義邱氏大學衍義補序》。

譚宗浚《重刻眞氏大學衍義邱氏大學衍義補序》：宗浚束髮入塾，先君子即授之以《眞氏大學衍義》、《邱氏大學衍義補》，曰：「此體用兼備之學也。」既而南北往返，或索其書於坊肆，則有不能盡得者，嗚呼！蓋正學之不明久矣。今年督學來蜀，晤雲陽大令葉君誠齋，知邑人郭部曹方擬刻是書，而乞余爲序。

是年，譚宗浚收到陳澧來信。

陳澧《與譚叔裕書（二）》：話別以來，悠然遠想，此際瀛洲已到，翔步蓬山，堪爲慰抃。茲有懇者，郭筠仙侍郎去秋見寄一函，方欲寄復，而聞已入都，旋又外放，又擢侍郎，將出使者。今草一函，祈爲代致，想尚可及也。僕所著《讀書記》，近得劉融齋中允書，勸以即所成者先刻，未成者將來爲續編。今從其說，近日修改得一二卷付梓矣。余無可道矣。病軀如常，惟科場後又有閱卷之事，不能不食其田而芸人之田矣。專此奉懇，即頌佳祉不盡。

趙爾巽等撰《清史稿》卷四百四十六《郭嵩燾列傳》：光緒元年，授福建按察使，未上，命直總署。擢兵部侍郎，出使英國大臣，兼使法。

郭嵩燾《郭嵩燾日記》第三卷：光緒二年九月十五日。具摺請訓，並保舉出洋隨員：參贊二人：張自牧、黎庶昌；翻譯二人：德明、鳳儀；文案四人：汪樹堂、張斯栒、李荆門、羅世琨，其英人馬格瑪（理）及曾恒忠、舒文標、、張詠清、羅照滄應行諮調各員不另開列。已蒙召對，六額駙景壽帶見。太后問：「何日啓程？」對：「約以十日爲期，不出廿五日。」問；「幾時可到？」對；「由天津而上海而香港，始放大洋，計期四十五日可抵英國。」問：「此事當爲國家任勞任怨。」對：「謹遵聖旨。」問：「汝二人須要和衷。」對：「是。」問：「到英國一切當詳悉考究。」對：「英國無多事可辦，專在考求一切，此是最要緊事。」

是年，譚宗浚就成都尊經書院事與張之洞書信往來。

張之洞《致譚叔裕》（光緒二年十一月□日）：一再談宴，溫克過人。淺學粗材，不覺傾倒。頃奉到駢文兩冊，即亟秉燭展讀數首。閎麗之觀，方駕芥子，宕逸之氣，足藥谷人。近世當家，已足高參一坐。明日早起，從容卒業，瞠目撟舌，抑可知也。惜會辦嚴，未獲款治，相見殊晚，蘊結而已。

張之洞《致譚叔裕》（光緒二年十一月二十四日）：束裝悾傯，未得盡言，寸心耿耿。到新都縣，爲瑣事勾留一日。余日皆夜半抵寓，籌鐙倦眼，不能竟書。今始作就奉覽。

凡七單，原交單三，原交單面典吏經制字單內批抹，皆夏書也，續出單一，公事單一，碎事單一，涇渭單一，皆紅折也。續出單者，前人未言及，本任始查出。路門同年除付原交三單外，更無一字一語。今辱下問，竭誠奉獻。行旅疲苶，搜索輳集，想不責其遲也。其實公私一應事體，皆在高明裁決，此荃蹄耳。「涇渭」云云所不言者，非不記也，秘密爲要，請一一見而試之，參以諮訪，鄙說不足據也。涇渭無定，在上轉移。裁汰各條，當時蓋有所不得已而然，亦知過當。然有明文者，皆指本任而言，文無定法，惟其是耳。

執事家學淵源，文章淹雅，海內曾有幾人？前聞旌節之來，逢人輒道蜀士有福。所望大雅宏達，爲弟彌闕救過，滌煩除苛，實爲原幸。身雖去蜀，獨一尊經書院倦倦不忘。此事建議造端，經營規畫，鄙人與焉。根底淺薄而欲有所建立，誠知其妄。今日略有規模，未臻堅定；章程學規，具在精鑒；章程有稿存案，《書院記》即學規。斟酌損益，端賴神力。他年院內生徒各讀數百卷書，蜀中通經學古者能得數百人，執事之賜也，此次語言文字不能盡者，具在三年案牘，如不嫌污穢澄觀，六寸之簿，兩日可畢。各房稿簿，有牌票簿，諮揭簿、箚文簿、同詳簿、呈詞簿，掛牌告示簿、題目簿之屬。弟於文學，雅非所長，獨於吏事，頗爲究心。然以鈍根人辦細碎事，自知可笑。亦如歐公在夷陵，通閱舊時案牘，聊爲執事遣日之助耳。

三月條奏，請向五、六月邸鈔中尋之，便以存案。行篋不能檢，檢得亦不能鈔也。舊稿有不能載者，或事體繁碎，或原委曲折，或規矩、法令不能形諸筆墨者。吏問之賴何；書問之龔煥然、陳肇仁、譚玉昆、謝思澤、呂友仁；經問之劉級升、車積章。此數人皆常侍側承令而較明瞭者也。通省佳士豈能搜拔無遺，就目力所及者言之，大率心賞者盡在書院，請飭吏將歷年調院者，無論正、備，總開一折，分注籍貫，隨棚驗之。惟涪州陳驤瀚能文通算，因知其處館未調。

丁稚翁前輩到鎮後，必謀山長，可仍舊委員，或定議延聘，或議而未決，敢請馳書相告，幸甚幸甚。此爲官也，非爲私也。

更有兩細事，極不能忘。院署本甚湫隘，廳事之前則臺樹障蔽，內衙之後則朽壤山積。弟銳意劃除，勞人傷財，頓爲一快，遍種棕花竹數百本，充塞無罅，四時芳馥，稍有佳趣。房廊池亭，略有改作，灌漑培植，是所翹望。廳事東偏新造碑廊，以庋弟訪得石刻三種，漢一唐二，漢石尤希異足珍。若得時一按行，勿令殘毀？何幸如之？

舍親朱必祿，廣西臨桂人。試用典史，無以爲家，前已縷陳懇派巡捕，此事乃本衙門爲政者。渠與弟至戚，非若葭莩之比，東西兩粵亦同附鄉。幸惟推愛，感何可言？如可，便請速定；如必不可，亦請明白告彼知之，以便報弟早爲設法，拜禱拜禱。入署想已諏吉，遙賀遷喜。

十一（年）（月），二十四日亥正左綿公館作

再啓者，劉步雲事已更正否？經制因此人差事出色、場內公事弟多令其指揮，遂慚嫉而惡之。典史糊塗，公然聽從，其他皆飾說也。昨在新都，詢問林肇棠情形，桀驁答云：「早年無此名目，課續房乃照舊案開造。」試思天下衙門，豈有捨現行事例不用而遠引數十年前之老例舊案者哉？若必以例言報部，止有承差，何從別有經制耶？何朝俊者，乃何子貞前輩時考列四等革逐之人，即係交替時蒙混擅自添入，弟早已查出。始念其老房，又無多事，勉令備員。乃渠因素不爲弟所喜，遂敢如此。乃悟五鼓送冊職是之由天下之惡一也。若交替時一切如此，國無政矣。但此兩人，林、何。本屬糊塗，或由無心，弟所望於報事者更正而已，不望深究也。萬勿深究，切禱切禱。深究則若輩積怒，必一切陰壞弟之成法舊案、沮撓新政矣。

再，本日翻經承冊，又得一誤。承差尹國藩，乃弟於九月半親筆諭令提升、名列第四者，爲其穩練差使勤，以頂戴鼓勵之也。今底冊仍在原處，殊不可解。是弊是誤，均不可知。特將九月由弟親筆更改名次之冊封呈，請查詢眾經承便知。但問尹國藩何以頂戴入謝，顧文煥何以並無頂戴，即顯然矣。種種疏舛，實深愧報，惟希更正。若原無此說，弟盡可稱薦其人，懇提名次，不致誣吏書也，年鑒之。

是年，譚宗浚作《眉州謁三蘇祠八首》。

譚宗浚《眉州謁三蘇祠八首》：八歲誦蘇策，十歲吟蘇詩。侵尋今廿載，鞠瞻崇祠。

自是年八月迄戊寅十二月，譚宗浚作《使蜀集（上）》詩歌二百四十首。

譚宗浚《荔村草堂詩鈔》之《使蜀集》（上）題注：起丙子八月，迄戊寅十二月，詩歌二百四十首。

是年，譚宗浚接陳澧來信，得悉《東塾讀書記》一、二卷已刻成。

陳澧《與譚叔裕書（二）》：話別以來，悠然遠想，此際瀛洲已到，翔步蓬山，堪爲慰抃。茲有懇者，郭筠仙侍郎去秋見寄一函，方欲寄覆，而聞已入都，旋又外放，又擢侍郎，將出使者。今草一函，祈爲代致，想尚可及也。僕所著《讀書記》，盡得劉融齋中允書，勸以即所成者先刻，未成者將來爲續集。今從其說，近日修改得一、二卷付梓矣。餘無可道矣。病軀如常，惟科場後又有閱卷之事，不能不食其田而芸人之田矣。

汪宗衍《陳東塾先生年譜》：是年，劉熙載來書，勸以將《東塾讀書記》已成者先刻，未成者爲續編，先生從其說，修改一二卷付梓。（《與譚叔裕手札》）

是年，三子譚祖任生。

江慶柏編著《清代人物生卒年表》：譚祖任（1876～？）

朱彭壽《清代人物大事紀年》：光緒二年譚祖任，九月二十五日生，享年六十八。

按：容肇祖在《學海堂考》中認爲譚祖任生於光緒四年。有誤。

是年，譚宗浚一女卒。

譚宗浚《哭幼弟一百四十韻》略云：前年小女亡，我淚甫盈睫。君時相慰存，勸我善解撥。

樊封卒。

王拯卒。

光緒三年　丁丑（1877）譚宗浚三十二歲

十二月，四川總督丁寶楨對譚宗浚一年政績予以評定，並上奏。

中國第一歷史檔案館編《光緒朝朱批奏摺》第二輯《內政職官》：光緒三年十二月，四川總督丁寶楨奏稱：謹將四川省學政譚宗浚政績開列清單敬呈御覽：一、該學政衡文以清眞雅正爲主，去取公允，士論翕然。一、該學政校閱認眞，衡文每夜以繼日，不辭勞苦，克盡厥職。一、該學政共延幕友六

人，俱係品端學裕之士，分校甚爲勤速，去取仍自主持。一、該學政按試各屬，輕車簡從，地方一切毫無滋擾需索之弊。

是年，譚宗浚接獲張之洞來信。

張之洞《致譚叔裕》（光緒三年正月初六日）：綿州奉布一箋，諒登簽掌。辰維春和煦物，衡鑒延釐。即迓芝綸，良殷藻頌。

弟北行以來，天寒晷短。入秦境後，時有風雪，祀灶後方達西安。開正六日換車前發，承派護送承差、快手等一路極爲勤愼，甚覺得力。長途畋瘃，勞勤備嘗。茲令其回蜀銷差，務祈錄其微勞，酌加鼓勵，以爲激勸之助，是所感禱，緣向來陸路送差，未有如此達行者耳。

至承差尹國藩卯冊錯誤一節，前函業已縷布，伏望俯賜更正，幸甚。蓋承差名次先後，無關實際，其頂缺不繫乎此。渠經拔升後頂出入，眾目共睹，務望飭還其原列第四之名次，免致弟以口惠抱慚，則幸甚矣。

光緒三年正月初六日西安倚裝

補錄前三單未及數條：

一、幕友斷不必用本省候補人員。

一、內巡捕、常巡捕，斷水必用。

一、夔州府三節皆有節禮。

蜀才甚盛，一經衡鑒，定入網羅。茲姑就素所欣賞者，略舉一隅。

五少年：

楊銳：綿竹學生。才英邁而品清潔，不染蜀人習氣，穎悟好學，文章雅贍，史事頗熟，於經學、小學，皆有究心。

廖登廷：井研學生。天資最高，文筆雄奇拔俗，於經學、小學極能挈索，一說即解，實爲僅見，他日必有成就。

張祥齡：漢州學生。敏悟有志，好古不俗，文辭秀發，獨嗜經學、小學、《書》篤信古學，不爲俗說所惑。

彭毓嵩：宜賓學生。安雅聰悟，文藻清麗，甚能探索經學、小學。

毛瀚豐：仁壽學生。深穩勤學，文筆茂美。

以上五人，皆時文、詩賦兼工，皆在書院。美才甚多，好用功者亦不少，但講根柢者，實難其人。此五人未能深造，尚有志耳，已不易矣。此五人皆美質好學而皆少年、皆有志古學者，實蜀士一時之秀。洞令其結一課互相砥礪，冀其他日必有成就，幸執事鼓舞而教育之，所成必有可觀。

四校官：

楊　聰：酆都教諭，楊銳之兄，博雅好學，文章遒麗。

蕭□□：雅安縣教諭，尚屬博洽，好學不倦，讀書細心，

李星根：署茂州訓導，讀書不俗，好古能文，詩才尤佳。

譚煥廷：梁山教諭，風雅善畫，其尊人石門先生是續學。

是年，譚宗浚在四川酉陽督察考試。

譚宗浚《試院無事購菊數百本迭成屏風九層絢爛可愛戲作詩三首》其三自注：余自丙子出都，丁丑試酉陽。

光緒四年　戊寅（1878）譚宗浚三十三歲

十二月，四川總督丁寶楨對其一年政績，出具評語，並密繕上奏。

中國第一歷史檔案館編《光緒朝朱批奏摺》第二輯《內政職官》：光緒三年十二月，四川總督丁寶楨奏稱：謹將四川省學政譚宗浚政績出具考語密繕清單恭陳御覽：一、該學政衡文以清眞雅正爲主，去取公允，績學之士論翕然心服。一、該學政勤於閱卷，每夜以繼日，不遺餘力。一、該學政所延幕友六人襄校文藝，均係品端學裕之士，一切去取，仍自主持。一、該學政按臨各屬，均輕車簡從，地方一切毫無擾需索之弊累。

是年，譚宗浚在四川寧遠督察考試。

譚宗浚《試院無事購菊數百本迭成屏風九層絢爛可愛戲作詩三首》其三自注：余自丙子出都，丁丑試酉陽，戊寅試寧遠，蓋不見黃花已三年矣。

　　按：譚祖綸《清癯生漫錄·古槐》載：光緒戊寅，余隨先大夫由蜀
　返都。

　　譚耀華主編《譚氏志》載：清光緒四年戊寅，裔孫宗浚、見田、金
　銘、沃君、國健等，將翁墓重修。此兩處時間記載有誤。

是年，以幼弟病卒，譚宗浚傷心不已。

譚宗浚《答梁庚生茂才書》略云：去歲舍弟亡殂，彌增憫惻。鵲飛玉碎，蜯裂珠沈。昔同帟帷，今隔泉壤。垣山之鳥，甫振其羽，遽戞其羣。寒谷之條，既披其枝，又悴其幹。凡在識面猶切慘悲，矧在同氣，能無酸鼻。每至寒日凄沮，獰飆怒號。窗外竹梧，蕭騷作響。鬼車鳴於座側，陰火出於簷端。四顧屛營，潸然淚下。當此之時，雖復陳絲竹，臠牲牢，加我以五釜之榮，炫我以七貂之貴，亦奚味哉！亦奚味哉已矣。……此余己卯作也。

潘曾瑩卒。

馮焌光卒。

魁齡卒。

光緒五年 己卯（1879）譚宗浚三十四歲

正月，譚宗浚作《哭幼弟一百四十韻》與《法雲庵詣亡弟厝棺處》。

二月，為祝陳澧七十壽辰，譚宗浚作《陳蘭甫夫子七十壽序》。

汪宗衍《陳東塾先生年譜》：為先生七十壽辰，譚宗浚自四川寄駢體壽序一篇。

十月，譚宗浚編選《蜀秀集》，由成都試院刻印出版，並作《蜀秀集序》。

譚宗浚《蜀秀集序》：光緒五年十月提督四川學政侍讀銜翰林院編修譚宗浚序。

十二月，新任四川學政陳懋候到任，譚宗浚離任回京，作《將解任留別蜀中士子八首》

中國第一歷史檔案館編《光緒朝朱批奏摺》第三輯《內政職官》：光緒五年十二月，四川總督丁寶楨奏稱：再向例各省學臣考試政績均由督撫於年底開具清單，恭呈御覽：茲四川學政陳懋候於十一月底甫經到任，尚未按臨考試，無憑開具政績，謹附片具陳，伏乞聖鑒。謹奏。

譚宗浚《四川試牘序》：宗浚以光緒二年秋八月，奉命視學四川。抵任後，凡試府十二、直隸州八、直隸廳四。迨五年秋七月，歲科皆畢。

按：秦國經主編的《清代官員履歷檔案全編》載：六年三月，差竣。

此處記載當有誤。

是年，在四川捐助賑項，譚宗浚獲賞加侍讀銜。

秦國經主編《清代官員履歷檔案全編》：（光緒）五年，因在川捐助賑項，奉旨賞加侍讀銜。

是年，譚宗浚在試院疊菊花屏風，邀朋僚作賞菊之會，並作《試院無事購菊數百本迭成屏風九層絢爛可愛戲作詩三首》。

譚祖綸《清癯生漫錄》卷二《菊花》：先君子嘗在蜀試院中購菊數千，疊為屏風，邀朋僚作賞菊之會，並有詩紀之。

是年，譚宗浚晤黎培敬前輩於雲陽舟中，作《過清江浦見營堠整肅云皆前漕師黎簡堂前輩培敬舊規也憶己卯歲晤前輩於雲陽舟此辱託下交聞於前月溘逝感念存死情見乎詞》以紀之。

是年，譚宗浚作《尊經書院十六少年歌》。

　　譚宗浚《尊經書院十六少年歌序》：余甫至蜀，張香濤前輩之洞語余云：蜀才甚盛，當以五少年爲最。謂綿竹楊銳、井研廖登廷、漢州張祥齡、仁壽毛瀚豐、宜賓彭毓嵩也。嗣余校閱所及，又得十一人。因仿古人八仙九友之例，爲尊經書院十六少年歌，其有績學能文而年過三十者，均不在此數。凡諸生所作文字，具見余近刻《蜀秀集》中。

是年，譚宗浚作《答梁庚生茂才書》。

　　譚宗浚《答梁庚生茂才書》自記：此余己卯作也。越歲乞假南歸，有終焉之志，卒以人事牽迫孟浪出山。初志不堅，當爲良朋所訕笑矣。存之以誌吾過。

是年，譚宗浚作《周福陔中丞夫子六十壽序》。

　　譚宗浚《周福陔中丞夫子六十壽序》：時值聖天子嗣服之五載，萬物芄蘭，八方清晏。繄維秦晉，迭告祲饑。山東僻近災區，毗連畿輔。俗成皆窳，吏習惰偷。

　　《清實錄・德宗景皇帝實錄》：光緒五年閏三月，以直隸布政使周恒祺、爲山東巡撫。

　　錢實甫《清代職官年表》：光緒五年山東巡撫：周恒祺，閏三，甲申，直布遷。

自是年正月迄庚辰六月，譚宗浚作《使蜀集（下）》詩歌七十一首。

　　譚宗浚《荔村草堂詩鈔》之《使蜀集（下）》自注：起己卯正月，迄庚辰六月，詩七十一首。

是年，譚瑩、譚宗浚參與纂修的《廣東府志》告竣並刊刻。

徐灝卒。

光緒六年　庚辰（1880）譚宗浚三十五歲

七月，應馮栻宗之請，譚宗浚作《海目廬詩草序》。

　　譚宗浚《海目廬詩草序》：光緒六年七月，同邑年愚弟譚宗浚序。

八月，應同人之邀，譚宗浚遊西湖，並作《八月初一日同人招遊西湖歸途遇驟雨作歌》。

十月，譚宗浚補為學海堂學長。

容肇祖《學海堂考》：光緒六年十月（西元 1880），（譚宗浚）補為學海堂學長。

是年，譚宗浚自四川抵京後，寓米市胡同，作《抵京寓米市胡同庭前隙地頗多遍栽花木紅紫爛然因取東坡語自署所居曰最堪隱齋》

譚宗浚《抵京寓米市胡同庭前隙地頗多遍栽花木紅紫爛然因取東坡語自署所居曰最堪隱齋》：平生傲睨忘華簪，城居境比山居深。近除礓礫草三徑，忽放紅紫花滿林。賞玩轉添留客局，護持猶是愛才心。攜鋤賴有吳剛共（時與吳星樓比部同寓），不用東籬步屧尋。

是年，譚宗浚充本科會試磨勘。

唐文治《雲南糧儲道署按察使譚叔裕先生墓碑》：庚辰、癸未兩科會試磨勘官，教習庶吉士。

是年，譚宗浚與陳澧書信往來，告知由水路至上海。

陳澧《與譚叔裕書（三）》：近得手書，知由水路至上海，想彩雲千里已過萬重山矣。寶眷亦俱安善為頌。三年來教士掄才，蜀人何幸而得此大宗師。又聞小兒云：來函有「作文更有進境」之語，此得江山之助也。僕去年有胃氣痛之病，時發時止。今春幸不發作。所著《讀書記》刻成九卷，惟《三禮》及《鄭學》各卷，取材既博，用力倍勞，不知今年能寫定否。又《切韻考外篇》三卷，亦刻成，宗侃到京時可送閱，祈將疏誤處示知改定，為望，不可存客氣也。時事不勝憂歎，孟子所云「明其政刑，制挺可撻堅甲利兵」，斯為根本之計，然聞此論者必笑其迂拙。彼之所為，吾亦笑之。彼亦一是非，此亦一是非，此之謂也。余不多及，敢問安祺不一一。澧頓首。

作此書，久未寄，昨閱邸抄。知己到京為慰。

是年，龔義門卒，譚宗浚作《故處士義門龔先生墓誌銘》。

譚宗浚《故處士義門龔先生墓誌銘》：光緒六年某月某日，南海處士龔義門先生卒於里第，春秋五十有九，其受業弟子譚宗浚為志其墓。

自是年八月起至次年九月止，譚宗浚作詩集《看山集》。

　　譚宗浚《荔村草堂詩鈔》之《看山集》自注：起庚辰八月，至辛巳九月，詩五十六首。

李光廷卒。

光緒七年　辛巳（1881）譚宗浚三十六歲

三月初六日，譚宗浚邀陳澧、陳宗侃、陳宗恂、陳宗穎等泛舟大灘尾，看桃花，並作《三月初六日邀陳蘭甫師暨孝直宗侃孝彬宗恂孝堅宗穎三世兄劉星南昌齡梁庚生起陶春海福祥王峻之國瑞姚峻卿筠泛舟大灘尾看桃花作歌》。

是年，譚宗浚遊羅浮山，寓酥醪觀數日，作《羅浮雜詠》與《酥醪酒歌》等詩。

八月十五日，譚宗浚招張嘉澍、李啟隆、俞守義等集山堂玩月，並作《八月十五日招同張瑞轂嘉澍李湘文農部啟隆俞秀珊孝廉守義劉星南昌齡李邵初肇沆陳孝彬宗恂孝堅宗穎諸茂才集山堂玩月》。

是年，譚宗浚作《辛巳八月十五夜學海堂詩序》。

　　譚宗浚《辛巳八月十五夜學海堂詩序》：迨今歲南歸。

　　　按：譚宗浚已自去年八月南歸。

是年，陳澧囑譚宗浚從伍崇曜之子處借觀《金文最》。

　　陳澧《金文最序》：昔譚玉生舍人告余，昭文張月霄氏有《金文最》一書，南海伍紫垣方伯得之甚喜，欲刻版而遽沒。

　　余屬舍人之子叔裕侍讀從方伯之子子升比部借觀，既而劉星南秀才來，以此書見示，且曰比部今將付刻，請為序。余閱之數日，歎張氏此書必傳於世，得伍氏父子傳之，其名亦與張氏俱傳矣。張氏為此書，勞且久而後成，其搜羅編次之詳審，見其自為序例及阮文達公以下序四首，不必贅論。獨慨夫庸俗之書，多為世人所喜，金源一代之文，自一二大手筆外，其餘無過而問者。張氏乃致力於此，為世人所不為之書，固難得矣；伍氏父子刻世人所不刻之書，又難得也。余草草閱此，但知其梗概，比部刻成，必以印本見贈。余雖衰老，尚欲讀一過，惜譚舍人已作古人，不得與共欣賞，因作序而三歎也。光緒七年九月番禺陳澧序。

是年，譚宗浚與馬其昶定交。

　　陳祖任編《桐城馬先生年譜》：光緒七年辛巳，先生二十七歲，始遊京師，痛世風之偷靡。由於在上者不能化民成俗，作《風俗論》以箴之。與鄭東父、孫佩蘭（仲垣）、譚叔裕、吳季白定交。鄭名果，直隸遷安人，光緒庚申進士，刑部主事；孫名葆田，山東榮城人，進士，刑部主事；譚名宗浚，廣東南海人。

是年，沈桂芬卒。譚宗浚作《祭座主故相國沈文定公文》。

　　譚宗浚《祭座主故相國沈文定公文》：維光緒七年，歲次辛巳仲春月，受業弟子南海譚宗浚謹以庶羞清酌致祭於中堂夫子諡文定沈公之靈。

朱次琦卒。

陳良玉卒。

光緒八年 壬午（1882）譚宗浚三十七歲

六月，譚宗浚充江南鄉試副主考官。

　　秦國經主編《清代官員履歷檔案全編》：（光緒）八年六月，充江南副考官。

七月初二日，譚宗浚出都，典試江南，所拔多知名士，作《蒙恩典試江南七月初二出都口述》。後編選是科江南士子試卷為《江南鄉試錄》，並作《江南鄉試錄後序》。

　　譚宗浚《江南鄉試錄後序》：光緒八年壬午，直省鄉試，禮臣以江南考官請，得旨命臣許庚身往典厥事，而以臣譚宗浚副之。伏念臣嶺南下士，學識迂疏。自丙子散館後，即蒙恩視學蜀中。茲復渥荷絲綸，持衡江左，謹偕臣許庚身駷徵就道，齋祓入闈，矢慎矢公，得士如額，擇其言尤雅者，繕呈御覽，臣例得綴言簡末。

　　唐文治《雲南糧儲道署按察使譚叔裕先生墓碑》：壬午，與仁和許恭慎公同奉命典試江南，甄拔多知名士。

　　陳衍《遼史紀事本末諸論序》：旋典試江南，所拔皆知名士，若馮夢華、朱曼君輩，未易悉數。蔚芝唐先生，尤其年最少者也。

　　陳融《讀嶺南人詩絕句》帙之十二：典試江南，亦稱得士。馮夢華、袁渭樵、張仲仁等皆出其門。

九月十八日，應左宗棠等招飲莫愁湖，譚宗浚作《九月十八日左湘陰師相宗棠、希贊臣將軍元將暨諸僚屬招飲莫愁湖賦呈五古》以記之。

自是年正月至甲申十二月，譚宗浚作詩集《傲屋集》。

　　譚宗浚《荔村草堂詩鈔》之《傲屋集》自注：起壬午正月，迄甲申十二月，詩九十六首。

是年，徐桐充翰林院掌院學士。

　　《靜海徐相國傳》：八年，充翰林院掌院學士，稽察京通十七倉，順天鄉試正考官。

陳澧卒。

丁日昌卒。

全慶卒。

光緒九年　癸未（1883）譚宗浚三十八歲

是年，譚宗浚充本科會試磨勘官。

　　唐文治《雲南糧儲道署按察使譚叔裕先生墓碑》：庚辰、癸未兩科會試磨勘官，教習庶吉士。

　　劉啓瑞著《續修四庫全書總目提要（稿本）》中《蜀秀集》：庚辰、癸未兩科會試磨勘官。

是年，譚宗浚與繆荃孫派充國史館總纂，作《擬續修儒林文苑傳條例》。

　　繆荃孫《藝風老人年譜》：自辛巳潘文勤師總裁，廖穀似壽豐爲提調，奏辦《儒林》、《文苑》、《循良》、《孝友》、《隱逸》五傳，張幼樵佩倫、陳伯潛寶琛爲總辦。壬午荃孫傳到，即充分纂。穀似外簡，王小雲貽清爲提調，幼樵署副憲，改派錢馨伯。伯潛出爲江西學政，改派汪柳門鳴鑾。癸未潘文勤師丁憂，徐相國桐爲總裁。小雲丁憂，柳門出爲山東學政，馨伯辭退，改派李苾園端棻、鄧蓮裳蓉鏡爲提調，譚叔裕宗浚及荃孫爲總纂。

　　繆荃孫《繆荃孫日記》中《戊子日記》：自辛巳總裁潘伯蔭師、提調廖穀似奏辦《儒林》、《文苑》、《循良》、《孝友》、《隱逸》五傳，派張幼樵、陳伯潛屬總辦。壬午荃孫傳到，即派分纂。穀似外簡，換王小雲爲提調。幼樵署副憲，改派錢馨伯。伯潛得江西學政，改派汪柳門。癸未潘師丁憂，換徐蔭

軒爲總裁。小雲丁憂，柳朗得山東學政，馨伯辭退，改派李芯園、鄧蓮裳屬提調，譚叔裕及荃孫爲總纂。

〔宣統〕《南海縣志》卷十四：時方奏修國史儒林、文苑傳，派充總纂，手定條例，博訪遺書，闡揚幽隱。以前傳所錄多大江南北、兩浙、山左諸人。因採山陝、河南、四川、兩廣、滇黔等省文學出眾者，補入傳中，以著熙朝文治之盛。

是年，譚宗浚整理藏書，藏書數量達十二萬餘卷。

譚宗浚《後希古堂書目自序》：余癸未歲，既自編所藏書，凡十二萬餘卷。

是年，庶常館開課，譚宗浚任分教。

陳義傑點校《翁同龢日記》：光緒九年癸未（1883年）七月初一日（8月5日）陰欲雨，傍晚西南風甚大，雨數點。軍機一起，放三道缺。給事中鄧承修請爲陳國瑞建祠，並開復原官，其折有應迴避字，今日尚在花衣期內，邸意頗怒？費唇舌矣。退後即詣庶常館開課，睦莘出題，史有三長賦；川廣同源，川。自辰正抵未正始畢，實到七十八人，丁仁長報感冒。翻譯二人，分教：王文錦雲舫、屠仁守梅君、鄭嵩齡芝岩、陳文騄仲英、譚宗浚叔荃、鮑臨敦大、黃國瑾再桐、吳樹梅孌臣。翻譯分教長麟石農。庶常館提調國炳星垣，其一即王雲舫也。飯兩桌，其餘約十餘桌，共六十金，交堂館李姓承辦。此次睦莘出，他日關門課乃余作主。從前皆五十金，近來添。歸後甚乏。

按：《翁同龢日記》中的「譚宗浚叔荃」應爲「譚宗浚叔裕」。

是年，譚宗浚作《重修粵東義園記》。

譚宗浚《重修粵東義園記》略云：今去同治甲子僅二十載，而義園傾圮已如是，然則所望於後人踵修勿替者爲何如乎？是役也，糜白金若干兩，其費皆同鄉人之宦於京朝，及各行省者釀助之.又以見吾粵人敦任恤之誼，宏施濟之仁，有非他處所及也，故樂爲書之。凡所有出錢姓氏，具列如左。

光緒十年 甲申（1884）譚宗浚三十九歲

六月，譚宗浚作《書內閣擬駁請開藝學科奏稿後》和《記夢詩》。

譚宗浚《書內閣擬駁請開藝學科奏稿後》：此內閣某君所擬駁同年潘嶧琴前輩《請開藝學科奏稿》。近世士大夫溺於時文科，只以科名自尊，不肯究心時事，故持論如此。

　　夫政治爲本，技藝爲末，是說也，余往年亦篤信之，後始知其空言無實
也。今試問所爲本者，不過曰明政刑、曰練軍實、曰振士氣、曰固民心而已，
方今朝政清明，各省刑案亦皆詳愼，政刑豈有不明乎？自平髮撚以來，悍卒
勁兵，所在多有，軍實豈有不練乎？國家二百年來，厚澤深仁，淪肌浹髓，
雖閭里小民，無不激昂忠義，敵愾同仇，士氣豈有不振，人心豈有不固乎？
然將卒怯懦，甘受外人之要求恫喝不敢輕戰者，何也？船炮未精故也。或又
謂，宜用計謀破敵，不專恃船炮者，此說較爲近理。然狹徑深林，可用計謀
之地少，巨川曠野，不能用計謀之地多，且沿海口岸數十區員弁將官，豈能
人人皆有奇策。即使計謀已定，將遂徒手搏之耶？抑仍有藉於船炮耶？至開
科一節，輒以「背聖學，更祖制」爲言，尤非事實。

　　夫文事必有武備，尼山之言也。膺狄懲荊，子輿之論也。使孔孟復生，
睹夷狄之橫恣，亦必思所以製之，不徒以帖括自詡而已。余見原折，但比照
翻譯科之文字，果足於聖學並尊乎？如謂人心見異思遷，恐藝學興而聖學遂
廢，則吾未聞。武科之一談，亦深文巧詆矣。

　　又恭查國初造船於吉林，至今地名船廠，又嘗鑄紅衣大炮？煌煌祖制，
原無不許造船明文，第非如西洋式樣耳。然精益求精，何妨集思廣益。議者
又謂藝學科爲列聖所未設，不宜妄增。不知從前海內又安，西洋未嘗爲患，
奚必置此科，以滋紛擾哉？今强鄰狡寇，近在戶庭，豈可不因時制宜，以精
製造者，爲練兵之用。

　　考武科，始於唐，推廣於明，國朝特因其舊制。若翻譯科，則從古所未
有，國朝始創行之。當時用兵西陲，恐文報往來，廷臣不能盡識，故不特創
爲科目，兵詞臣之聰雋者，亦必令肄習之，蓋大聖人之視軍務如此其重也。
今西洋之患，劇於西陲，船炮之致用，急於文報。然則仿照武科、翻譯科，
特開藝學科，正所以善法祖謨，並非變更祖制也。至近時同文館、機器局、
船政局、出洋大臣、全權大臣，亦皆祖制所未有，奚獨於藝學科之有裨軍政
者，而必痛詆之哉？

　　至疏末謂責成同文館考試，可無遺才，試思考於南北洋，尙無善法，考
於同文館有善法耶？亦相率爲敷衍而已矣。

　　總之，以政治禦敵者，此探本之論也，然空言也，非實事也。以技藝禦
敵者，此逐末之論也，然實事也，非空言也。禦敵不徒恃船炮，然禦敵亦斷
未有捨船炮者也。時宿雨初晴，又聞南洋議欵，齟齬未定，慨然感歎，爰雜
書鄙見於後，以俟識者折衷焉。光緒甲申六月既望荔村農後識於槐市寓齋

譚宗浚《荔村隨筆‧術驗》：余於甲申六月，夢人示一詩卷，讀之頗不愜意。其人曰：「此君前生所作也。」余問：「僕前生是何人？」其人曰：「江南鄧孝威。」按：鄧漢儀，字孝威，江都人，康熙中薦舉鴻博，以年老改中書舍人。著有《詩觀》等集。嘗有「人馬盤空小，煙霞返照濃」之句，為王漁洋所稱，然亦未見大過人處，豈余前生即此君耶？醒後記以詩云：「衰衰飆輪度劫塵，忽從絮果證緣因。分明記得前身事，頭自江南老舍人。」

是年，譚宗浚代作《贈資政大夫吉公暨繼配王夫人合葬墓誌銘》。

譚宗浚《贈資政大夫吉公暨繼配王夫人合葬墓誌銘（代）》略云：韓城縣北門外某某山之原，有墳翼然者，曰贈資政大夫吉公之墓。公卒在咸豐元年四月二日，葬在某年某月某日，年五十有六。越三十三載，而公繼配王夫人卒於里第，實光緒十年閏五月十八日，年七十有九。公子觀察君燦升將啓公窆而合葬焉，禮也。余曩撫山東，觀察君嘗襄軍務，又稔其迭膺劇任，有循聲。今辱以壙中之文請，不敢辭，為序而銘之。

是年，應繆荃孫之請，譚宗浚作《翰林院編修繆君妻莊宜人誄》。

譚宗浚《翰林院編修繆君妻莊宜人誄》：維年月日，江陰繆君筱珊淑配莊宜人，卒於京師，春秋三十有七。越數日，筱珊以所撰事略見示，且言曰：「願有紀也。」宗浚騃仰芳徽，備聆懿行。表德之制，所不敢辭。

繆荃孫《藝風老人年譜》：十年甲申，年四十一歲。五月，莊宜人中痰，一昔而逝。十七年夫婦頃刻分別，並無一語，傷哉！

是年，譚宗浚寓北京宣武門外槐市斜街，作《移寓槐市斜街得詩六首》。後有感於院內野鴉攫雛鵲，與鬥不勝，雄鵲飛走，雌鵲因護雛而戰死，作《瘞鵲銘》、《悼鵲》以誌之。

譚宗浚《瘞鵲銘》：光緒甲申，余寓宣武門外槐市斜街，相傳汪雲壑先生故宅。近時，則王小山侍郎發桂亦嘗寓此焉。庭中有三大槐，鬱鬱森森，連陰彌畝，皆數百年物。夏月坐此，如張翠帷。樹故有雙鵲巢其間，一日，野鴉來攫雛，與鬥不勝。雄者飛去，雌者以護雛死焉。嗟夫！棲不亂群，義也；庇雛以徇，仁也；奮爭格鬥，勇也；捨命不渝，貞也。有是四德，又可訾乎。雖慧遜智禽，而憤愈義鶻。余命童子瘞於宅之東隅，弁繫以銘。

是年，譚宗浚被翰林院掌院徐桐薦為京察一等，並作《釋譏》。

譚宗浚《釋譏序》：光緒十年，舉行京察大典。時翰林院漢學院學士徐公

以余名薦，余再三辭焉，弗允。定章：凡京察記名皆外任。時談者多譏余讀書雖博，而不能通於政事，因撰《釋譏》以解之。

是年，譚宗浚與時任直隸總督兼通商大臣李鴻章書信來往。

李鴻章《致翰林院編修譚宗浚》：桃符餞臘，瞻燕寢之祥凝；梅鼎調元，喜鳳城之春早。敬維叔裕世兄老夫子大人履端篤祜，泰始延釐。珥筆西清，春滿瀛洲之草；宣綸北闕，人簪禁苑之花。引企喬暉，式孚藻頌。弟畿符忝領，歲鑰頻更。跋浪千尋，竊願滄溟息警；朝正萬國，遙知綺閣熙春。專泐敬賀年禧，祇頌臺祺，諸惟霽鑒。不具。通家世愚弟。光緒十年十二月初八日。

趙之謙卒。

桂文燦卒。

光緒十一年　乙酉（1885）譚宗浚四十歲

二月十四日，譚宗浚夜夢遷居，始以「止菴」自號。

譚宗浚《止菴筆語》：余於乙酉二月十四日夜夢遷居，頗有園池之勝，旋有饋紙百番者。覺而占之曰：「遷居者，遷秩也。紙者，止也。言當知止而休也。」翌日，即蒙恩記名以道府用。自惟官至四品，亦不爲不顯。惟未能報稱涓埃，斯可愧耳。與其尸位素餐，不如守周任陳力就列之訓。潔身早退，或不至妨賢路乎？余以止菴自號，自是年始。

二月二十五日，譚宗浚任京察一等，蒙恩記名以道府用，出任雲南糧儲道。

《清實錄‧德宗景皇帝實錄》卷二百三：光緒十一年乙酉二月：引見京察一等圈出人員得旨除慶薰、彭鑾、韓文鈞、王廉、李培元、劉宗標、涂慶瀾、繆荃孫、周信之、良弼、凌行均、世傑、王景賢、徐樹鈞、錫光、堃岫、福善、王遵文、隆斌、倫五常、宗室溥善、慶秀、阿彥泰、丁振鐸、恩霖、陳維周、吳傳緒毋庸記名外，宗室壽蔭著以四五品京堂補用，宗室松安著仍以五品京堂補用，鶴山、馬恩培、裕祥、鄧蓉鏡、陳秉和、張曾揚、譚宗浚、陳才芳、吳錫璋、張仁黼、慶熙、成治、善承、李端遇、文悌、塔奇魁、奎順、高梧、吳協中、李耀奎、恩良、英文、耆安、榮塋、舒惠、王鴻年、黨吉新、普津、承厚、德泰、雷榜榮、趙舒翹、陳惺訓、廷傑、成桂、三音布、邁拉遜、啓紹、鳳林、夏玉瑚、覺羅存振、達崇阿、吉慶、安祥、文海、陳

錦譚、承祖、趙爾巽、鐸洛侖、誠勳均著交軍機處記名以道府用，長有著記名以關差道府用。（現月）

唐文治《雲南糧儲道署按察使譚叔裕先生墓碑》：乙酉，京察一等，記名以道府用。初，尚書吳縣潘文勤公祖蔭總裁國史館，屬先生纂修《儒林》、《文苑》兩傳，先生博稽掌故，闡揚幽隱，方脫稿而簡放雲南糧儲道命下。

容肇祖《學海堂考》：光緒十一年（西元 1885），京察一等，記名道府。時方奏修國史儒林文苑傳，派充總纂，因採山、陜、河南、四川、兩廣、滇、黔等省文學出眾者，補入傳中。以伉直為掌院所惡。

五月初六日，譚宗浚奉上諭，蒙恩召見養心殿。

譚宗浚《於滇日記》：奉上諭：雲南糧儲道員缺，著譚宗浚補授，欽此。

臣聞命之下，感悚難名，當於初七日趨詣謝恩，蒙召見養心殿。皇太后首垂詢：「汝到過四川否？」臣謹對：「從前曾任四川學政。」又問：「四川考試弊竇甚詳。」又云：「聞汝能整頓否？」臣謹對曰：「試場作弊，防不勝防，惟能弊去其太甚而已。」又問：「雲南路程極遠？」臣未敢對。又問：「到雲南是否皆陸道？」臣謹對：「官站皆陸路。若走辰沅一帶，水道亦通。」又諭云：「邇來官場習氣甚深，汝到時務宜力加整頓，事事皆當認真，以期共濟時艱，毋得因循貽誤。」臣謹對：「以當恪遵。」聖諭又問：「起程在何日？」臣謹對：「以領憑後即起程。」少頃，諭令退出。

五月初七日，譚宗浚被光緒帝召對養心殿，並上摺奏謝。

譚宗浚《於滇日記》：召對養心殿，恭紀：光緒乙酉夏六合咸雍熙。帝曰：「汝宗浚督儲西南陲。」臣浚九稽首，鞠跽升玉墀。臣質實檮昧，恐復瘝厥司。帝曰：「籲汝往撟捖，毋固辭。汝昔督蜀學，聲名朕所知。莘莘縫掖輩，至今口碑垂。汝才實幹濟，自可持旄麾。」臣聞六詔地，古號邛筰夷。開道始漢武，神駒產雄姿。六朝暨唐宋，馴叛恒羈縻。完顏始隸籍，拓畝耕畬菑。國家大德廣，文軫通滇池。華顛及韶稚，沐化咸娛嬉。嗚呼咸同際，戶限生貙貎。探丸互仇殺，白刃鋒差差。縣官不敢問，養癰蔓自始。奸民村社聚，悍帥山澤貲。幾成藩鎮勢，部署由偏裨。王師迅電埽，鼓勢擒蛇豨。手持日月鏡，再燭西南維。七擒孟獲陣，三冢蚩尤屍。邊氓稍蘇息，忭頌歌聖涯。邇來島夷狡，又復窺藩籬。越裳既被紿，有類口由欺。邊關近合市，販鬻來侏離。縱雲被純繢，豈易防漏卮。自古馭邊吏，所重清節持。黃金縱如粟，詎可渝素絲。災黎當拯恤，猾吏當窮治。羸兵當減汰，遠裔當撫綏。宸衷夕

厓注，縷析詢無遺。懸知苴蘭外，若戴春臺曦。玉音復垂問，抵任當何時。長途犯霜露，谷嶺多險巇。小臣聽天語，涕下交頦頤。誓捐肝腦報，遑恤頂踵私。馳驅萬程驛，一一皆聖慈。昔臣侍禁近，稠疊承恩施。（誓將宣主德，鋪藻攤鴻詞。勉成一代制，高義述皇羲。上之陳愔史，俾補金匱貽。下之諭愚魯，刻頌同籀斯。汗青苦未就，叢稿多嶙離。）忽持繡衣斧，四牡行逶迤。睠睠望紫闕，喜極翻成悲。菲材實駑鈍，敢詡追鋒馳。文章矢報國，致效惟毛錐。願陳聖功德，永勒鍾鼎彝。試摹出師頌，並廣盤木詩。

譚宗浚《奏謝奉旨補授糧儲道員摺》：新授雲南糧儲道臣譚宗浚跪奏：為恭謝天恩，仰祈聖鑒，本月初六日內閣奉上諭：雲南糧儲道員缺，著譚宗浚補授，欽此。竊臣粵東下士，知識庸愚，詞館備員，濫廁上考。涓埃未報，兢惕方深。茲復渥荷溫綸，補授今職，自天聞命，倍切悚惶。伏念滇省為邊要之區，道員有監司之責，如臣樗昧，懼弗克勝，惟有顧求宸訓，敬謹遵循。俾到任後，於一切應辦事宜，矢慎矢勤，以冀仰答高厚鴻慈於萬一，所有微臣感激下忱，謹繕摺叩謝天恩，伏乞皇太后、皇上聖鑒。謹奏。光緒十一年五月初七日

五月初八日，譚宗浚謁見樞府各位。

譚宗浚《於滇日記》：越日謁樞府各位。閻丹初協揆迎謂余曰：「君作外吏，京城少一博古之人，外省多一辦事之人矣。」先是余在翰林，資俸已深，計今年可得坊局。曾向掌院力辭京察，而掌院徐桐必列余名。或云徐公有意傾陷，故京朝官多代余惋惜者。其實京官外官皆朝廷雨露之恩，余亦何敢稍為歧視。惟是京官已為熟手，外官諸多未諳，且近年著述粗有端緒，今一行作吏，此事遂廢，將來拾遺補墜又不知何時，此則余所耿耿不忘者耳。

五月二十六日，譚宗浚到鴻臚寺謝恩。

譚宗浚《於滇日記》：五月二十六日，詣鴻臚寺謝恩。

七月初二日，譚宗浚赴吏科領憑，晤李元度。

譚宗浚《於滇日記》：赴吏科領憑，晤李次青廉訪。

是年，譚宗浚借京城長椿寺屋三楹，用以藏書。

譚宗浚《後希古堂書目自序》：迨乙酉歲，掌尙書送余京察。遂奉督糧滇南之命。度道遠不能載書以行，而朋好中旅寓無有可藏書者。因假長椿寺屋三楹，庋書其間，並汰其重複及易購者售之，僅存八萬餘卷。

七月二十八日，譚宗浚將行李書籍發往通州。

　　譚宗浚《於滇日記》：先發行李書籍往通州。

八月初二日，譚宗浚起程，友人及門人送別，作《赴任滇南留別諸同人得詩六首》、《燕歌行》和《別故居》諸詩。

　　譚宗浚《於滇日記》：起程，陳天如、廖澤群、何雲裳、崔夔典、孔伯韶、崔次韶、區鵬霄、吳星樓、倫夢臣均送余至長椿寺，惘惘而別。戴少懷學使，適謝恩未及來送，四川江南諸門人亦多來送者。江南諸君送至蟠桃宮，又出城里許，始揖別。情意肫摯，尤可感也。是日晴涼，惟雨后土路尚有沮洳者。晚抵通州宿。

　　陳義傑點校《翁同龢日記》：光緒十一年乙酉（1885年）八月朔（9月9日）晴，西北風。丑正起，未及寅初登車，才三刻到國子監，恩中堂已到，在致齋所坐談，同人皆集，而盛祭酒未來，盛後殿承祭，不能不候之，寅正一刻多始來，即入行禮，卯初二刻畢，承祭者下堂凡五次。更衣馳入，卯正二矣，遇松壽泉，知今日上感冒，撤書房。至月華門遇孫、張兩公，至戈什愛班處坐候，聞傳醫生，未見方，旋聞叫引見，遂出，時辰正一刻。三起。徑歸小憩，午設奠，先五兄忌日也，八年倏忽，百事放紛，吾生何為也？寫數行予鹿侄。始聞學政姓名。入署。出城，送譚叔譽，而彼來辭相左，未得一見，可恨。謁晤醇邸，談一時始歸。己酉同年黎春蘭。廣西候補道。

　　　　按：該日日記後附有《赴任滇南留別諸同人得詩六首》、《燕歌行》和《別故居》。

八月初三日，譚宗浚午後開船，晚泊馬頭。作《出都口述》。

　　譚宗浚《於滇日記》：晴涼，午後開船，晚泊馬頭，近二鼓矣。

　　　　按：該日日記後附有《出都口述》。

八月初四日，譚宗浚過香河，抵蔡村下數里泊。作《季弟來書知伯兄以四月四日病死今已三閱月矣人事牽迫無暇追挽舟次潞河乃和淚哭述四章以誌哀感悲慟痛切情見乎詞》。

　　譚宗浚《於滇日記》：晴涼，晨過香河，午後順風，薄暮雷雨大作，抵蔡村下數里，遂泊。

　　　　按：該日日記後附有《季弟來書知伯兄以四月四日病死今已三閱月矣人事牽迫無暇追挽舟次潞河乃和淚哭述四章以誌哀感悲慟痛切情見乎詞》。

八月初五日，譚宗浚抵天津。

　　譚宗浚《於滇日記》：晴暖，午抵天津。

八月初六日，譚宗浚與張紹華觀察同年行館暢談。中午拜謁李鴻章，隨後
會見吳大澄、季邦楨、胡燏棻等官員。晚回寓所，與張紹華觀察、戴鸞翔
前輩敘談。

　　譚宗浚《於滇日記》：晴暖，晨起過張筱傳觀察同年（紹華）行館暢談，
時觀察方奉檄守侯高麗大院君於天津試院。大院君年近五十，貌清癯，能畫
蘭竹。時廷議將遣之歸國，故觀察在此與之周旋也。

　　午謁合肥師相，隨晤吳清卿星使（大澂）、季土周都轉（邦楨）、萬蓮初
（培因）、周玉珊（馥）、胡芸楣（燏棻）三觀察、章琴生編修同年（洪鈞）、
王蘊山觀察同年（嘉善）、於晦若比部（式枚）。

　　晚返寓，張觀察偕戴蓮溪前輩（鸞翔）過談。

八月初七日，譚宗浚應諸官員招飲，晚赴李鴻章宴。

　　譚宗浚《於滇日記》：晴暖。季都轉及張、戴、周、萬諸觀察皆招飲，晚
飲合肥師相節署。

八月初八日，譚宗浚赴胡觀察、吳星使宴。

　　譚宗浚《於滇日記》：胡觀察、吳星使招飲。

八月初九日，譚宗浚與廖廷相相逢，同寓旅店。

　　譚宗浚《於滇日記》：晴暖，廖澤群編修適由京來，遂同寓旅店。

八月初十日，譚宗浚於旅店候船。

　　譚宗浚《於滇日記》：仍在旅店候船。

八月十一日，譚宗浚坐順和輪船啟行，出海口，夜遇大風。

　　譚宗浚《於滇日記》：巳刻，坐順和輪船。未刻，啟行，出海口。時水涸，
甚為回折。晚四更後，暴風陡發，如鉦鼓聲。

八月十二日，譚宗浚過煙台。

　　譚宗浚《於滇日記》：晨起，風狂益甚。船簸撼竟日。晚始風息，過煙台。

八月十三日，譚宗浚過黑水洋。

　　譚宗浚《於滇日記》：晚過黑水洋，澄鏡不波，灑然可喜。

八月十四日，譚宗浚過長江口，晚宿上海。作《驛柳》、《留別廖澤群偏修》、《悼鵲》諸詩。

　　譚宗浚《於滇日記》：巳刻，過長江口，驟雨如注。晚抵滬寓客店，已曛矣。

　　　　按：該日日記後附有《驛柳》、《留別廖澤群偏修》、《悼鵲》。

八月十五日至二十四日，譚宗浚均在旅店候船。其中，二十二日，赴邵友廉、蘇元瑞兩觀察宴。

　　譚宗浚《於滇日記》：俱在客店候船，內弟許風生茂才（衍模）於二十日先返蕪湖。廿二日，邵筱村（友廉）、蘇伯賡（元瑞）兩觀察招飲。

八月二十五日，譚宗浚派人送眷屬坐船返粵，自己坐元和輪船往鎮江。

　　譚宗浚《於滇日記》：晴暖，遣伯彤中表偕眷屬坐北京輪船回粵，而余坐元和輪船往鎮江，均於是晚開行。

八月二十六日，譚宗浚過江陰，晚遇大雨。

　　譚宗浚《於滇日記》：陰寒，午過江陰，晚後驟雨大作，船為水中浮木所結，擾攘竟夕。

八月二十七日，譚宗浚泊船鎮江，擬至揚州拜訪馮譽驥，以大風遂止。

　　譚宗浚《於滇日記》：晨起，泊鎮江。雨甚，行李盡濕。余擬訪馮展雲師於揚州，因別雇一小紅船，而風大不能行，仍在鎮江小河泊。三更後，北風如虎，顛簸異常，念眷屬今日方過福州洋，猝遇此颶風，必遭驚怖，為之輾轉不寐。籲余以薄祐被構讒人，遠宦邊陲，妻孥闊別。每見船中長年三老輩，猶得籌燈促膝與孩童稚子戲謔為歡，勝余輩多矣。

八月二十八日，譚宗浚午後渡江，晚宿瓜洲口。作《鎮江守風》、《舟中詠八賢詩》、《夢亡兄》諸詩

　　譚宗浚《於滇日記》：仍在鎮江守風。午後稍晴，遂渡江，泊瓜洲口宿。
　　　　按：該日日記後附有《鎮江守風》、《舟中詠八賢詩》、《夢亡兄》。

八月二十九日，譚宗浚抵揚州，拜謁馮譽驥，並作《聞粵東水災感賦》。

　　譚宗浚《於滇日記》：晴暖，巳刻，抵揚州。午謁展雲師於行館，談京華事甚悉。

　　　　按：該日日記後附有《聞粵東水災感賦》。

九月初一日，譚宗浚赴馮譽驥宴，午後返船啟行，晚宿三岔河口關卡下，作《過揚州謁馮展雲中丞師即承招飲賦呈一首》。

　　譚宗浚《於滇日記》：巳刻，展雲師招飲，談燕甚歡。午後返船，即啟行。晚泊三岔河口關卡下宿。

　　　　按：該日日記後附有《過揚州謁馮展雲中丞師即承招飲賦呈一首》。

九月初二日，譚宗浚過瓜洲口，抵鎮江，夜宿鼓上江孚輪船。

　　譚宗浚《於滇日記》：晴暖，晨過瓜洲口。飯畢，渡江。碕岸回接，晴瀾不波，文鱗仰窺，喧鳥群戲。王司州云：「雲日開朗，山川蕩滌。」此景庶幾彷彿矣。午抵鎮江，候船，酷暖殊甚。是夜四鼓上江孚輪船宿。

九月初三日，譚宗浚至金陵，會見張源溙、金士翹兩大令。夜過蕪湖。作《過金陵》。

　　譚宗浚《於滇日記》：晴暖，巳刻，啟行。未刻，抵金陵。晤張汝南（源溙）、金曙潭（士翹）兩大令。夜過蕪湖。附《過金陵》。

　　　　按：該日日記後附有《過金陵》。

九月初四日，譚宗浚午抵安慶，夜過九江。

　　譚宗浚《於滇日記》：晴熱，午抵安慶。晚過小孤山，聳秀可愛。夜過九江。

九月初五日，譚宗浚到漢口鎮，宿於益記棧。

　　譚宗浚《於滇日記》：晴暖，申刻到漢口鎮，在益記棧宿。

九月初六日，辰刻，唐泉伯觀察（廉）、李仲平司馬（毓森）招譚宗浚飲電報局。是晚益記棧主人莊亦琴招譚宗浚飲酒。

　　譚宗浚《於滇日記》：辰刻，唐泉伯觀察（廉）、李仲平司馬（毓森）招飲電報局。是晚益記棧主人莊君亦琴招飲，余仲嫂之弟也。是夜北風如吼。

九月初七日，風大，譚宗浚仍寓客棧。

　　譚宗浚《於滇日記》：晨起，風甚。擬渡江不果，仍寓客棧。

九月初八、九日，譚宗浚仍寓客棧。

　　譚宗浚《於滇日記》：均寓客店。

九月初十日，譚宗浚渡江拜見周恒祺師，並晤莊則敬。

　　譚宗浚《於滇日記》：晴暖，渡江謁周福陔漕帥師，並晤莊麗乾大令（則敬）。

九月十一日，譚宗浚拜謁裕壽山制府。

　　譚宗浚《於滇日記》：晴暖，謁裕壽山制府，並晤蒯蔗農方伯年丈（德標）、黃子壽前輩（彭年）、高勉之學使（釗中）、李香園太守（有棻）。余俱未得晤。

九月十二日，譚宗浚會見承墨莊、朱蓉生以及瞿廷韶、陳富文。

　　譚宗浚《於滇日記》：各當道均回拜，並晤承墨莊、朱蓉生兩星使，瞿虞甫觀察（廷韶）。同鄉瓊山陳蘭渠大令（富文）來謁。

九月十三日，譚宗浚見李增榮、司徒袞均，晚飲黃彭年前輩署。

　　譚宗浚《於滇日記》：同鄉信宜李虞仙（增榮）、開平司徒翼庭（袞）均來謁。午後大雨，晚飲黃子壽前輩署。

九月十四日，譚宗浚應邀赴周福陔、高釗中、蒯德標宴。

　　譚宗浚《於滇日記》：周漕帥、高學使、蒯方伯均招飲。

九月十五日，譚宗浚應同鄉公請，午後往漢口。

　　譚宗浚《於滇日記》：同鄉公請，主人莊麗乾（則敬）、冼幼樵（廷瑜）、楊習之（學源）、陳蘭渠（富文）、李虞仙（增榮）、司徒翼庭（袞）也。午後移船往漢口。

九月十六日，譚宗浚見雲南委員惠山。

　　譚宗浚《於滇日記》：表兄沈伯彤、內弟許風生均到漢。雲南委員惠問泉（山）來謁。

九月十七日，譚宗浚寄家書，晚後，同人來送。

　　譚宗浚《於滇日記》：寫家書，寄回廣東。晚後，莊君偕同人來送。

九月十八日，譚宗浚抵江漢關。

　　譚宗浚《於滇日記》：開船而南風甚大，不數里抵江漢關下泊。

九月十九日，譚宗浚抵金口。作《望晴川閣》、《南樓》諸詩。

　　譚宗浚《於滇日記》：晴暖，曉過鸚鵡洲、晴川閣等處，午經沌口，晚抵金口，宿離漢陽六十里。

　　　按：該日日記後附有《望晴川閣》、《南樓》。

九月二十日，譚宗浚抵鄧家口。作《泊鄧家口》。

　　譚宗浚《於滇日記》：晴暖，行七十餘里，抵鄧家口泊。

九月二十一日，譚宗浚抵碼頭。

　　譚宗浚《於滇日記》：晴暖，午過簰洲，晚抵碼頭泊。夜有雨，淅瀝竟夕。

九月二十二日，譚宗浚抵嘉魚縣

　　譚宗浚《於滇日記》：晴暖，舟行甚緩，晚泊嘉魚縣。

九月二十三日，譚宗浚抵綠溪口。

　　譚宗浚《於滇日記》：晴暖，晚泊綠溪口。

九月二十四日，譚宗浚抵新堤。作《讀王右軍傳》。

　　譚宗浚《於滇日記》：晴暖，晚泊新堤，有雨。

　　　按：該日日記後附有《讀王右軍傳》。

九月二十五日，譚宗浚抵岳州。作《登岳州城樓》。

　　譚宗浚《於滇日記》：晨起，有微雨，北風大作，揚帆行一百餘里，抵岳州泊。

　　　按：該日日記後附有《登岳州城樓》。

九月二十六日，譚宗浚抵君山

　　譚宗浚《於滇日記》：晴暖，行七里，阻風，遂泊君山下。

九月二十七日，譚宗浚至團山外一沙灘宿。是夜，颶風大作，與同行諸君清談達旦。因頌東坡詩而流涕。

　　譚宗浚《於滇日記》：晴暖，行廿五里許，至團山外一沙灘宿。晚二更前，颶風大作，黑雲如盤。遙聞波濤洶湧，翻簸之聲，令人震駴，我舟為風所撼，擱淺在沙灘下，幸得無恙。至五更，刁調猶未息也。是夜與同行諸君，燃燭清談達旦。每誦東坡詩，我生類如此，無適不艱難，為之流涕，意造物以余性乖戾，宦海風波或未深悉，故以此尼其行耶？

九月二十八日，譚宗浚仍泊沙灘上。

　　譚宗浚《於滇日記》：辰刻後，風始息。以修船，仍泊沙灘上。

九月二十九日，譚宗浚仍泊沙灘側。作《過洞庭遭颶風效玉川子體》

　　譚宗浚《於滇日記》：阻風不能行，仍泊沙灘側。廚人以斷炊告，借舟子米食之。

　　　按：該日日記後附有《過洞庭遭颶風效玉川子體》。

九月三十日，譚宗浚曉起放船，晚泊湖心。

　　譚宗浚《於滇日記》：曉起，放船，午後微有風。晚泊湖心，四面水雲無際。惟聞浪聲閣轕如鉦鼓而已。

十月初一日，譚宗浚抵孝感廟泊。

　　譚宗浚《於滇日記》：晴暖，曉起開船，午後抵孝感廟。適阻風遂泊。

十月初二日，譚宗浚仍在孝感廟泊。

　　譚宗浚《於滇日記》：晴暖，仍阻風孝感廟。

十月初三日，譚宗浚辰刻啟行，午後順風出湖口，晚抵南嘴下數里泊。

　　譚宗浚《於滇日記》：晴暖，辰刻啓行，午後順風出湖口，晚抵南嘴下數里泊。是晚驟寒，北風狂吼，聞船桅終夜豬獵有聲。

十月初四日，譚宗浚至劉清塘遂泊。

　　譚宗浚《於滇日記》：陰寒，行三數里至劉清塘，阻風，遂泊。晚有寒雨，遙見水面皆作煙氣，如吹釜然。

十月初五日，譚宗浚抵大樹灣宿。

　　譚宗浚《於滇日記》：丑刻，聞篷背雨雹淅瀝聲。晨起，大雪無際，水氣所結，疑爲輕綃，林斷窅然，若戞寒玉，信奇觀也。午後啓行，沿途竹樹青蔥，微有佳致。晚抵大樹灣宿。是日，行三十里。

十月初六日，譚宗浚從龍陽縣出發，晚抵牛皮灘泊。

　　譚宗浚《於滇日記》：晴寒，晨，龍陽縣。晚抵牛皮灘泊。

十月初七日，譚宗浚抵常德府城外泊。作《泊常德府》。

　　譚宗浚《於滇日記》：晴寒，沿途水色，純作皺紋，青磨愈妍，綠淨難唾，遙見石塔。再轉，則常德府城也。晚抵城外泊。

　　　　按：該日日記後附有《泊常德府》。

十月初八日，譚宗浚前往鎮江。

　　譚宗浚《於滇日記》：晴暖，雇船二隻，大者價五拾千，小者二十九千，前往鎮江。

十月初九日，譚宗浚謁楊岳斌宮保於舟中，並見武陵令李友蘭同年。晚飯後，至縣署茶話。

　　譚宗浚《於滇日記》：晴暖，是日移船，並謁楊厚庵宮保（岳斌）於舟中，

武陵令李友蘭同年（宗蓮）來見。晚飯後，登岸至縣署茶話。城中市易繁盛，較勝岳州也。

十月初十日，譚宗浚晚泊河佛山。

　　譚宗浚《於滇日記》：陰寒，有微雨。辰刻放船，沿路長堤曲岸，多作環玦形，泓淨如塵，似鋪素練，綿暖不絕，若曳青羅蓬窗，縱觀，饒有佳興。晚泊河佛山。

十月十一日，譚宗浚過桃源縣，晚抵張家灣宿。作《寄季弟》。

　　譚宗浚《於滇日記》：微陰，午過桃源縣，有小市，買鱮魚，食之甚美。未刻，經岩淨崖，岩壑漸奇，林篁益秀。沿途諸峰，如笋如屏，如針如釜者，錯立環峙，綠葉蕭疏，於水次丹林，艷赫巒巔，信奇景也。晚抵張家灣宿。晚有微雨。

　　　　按：該日日記後附有《寄季弟》。

十月十二日，譚宗浚過孟慈灘、蝦蟆灘、來子灘等處。作《季弟書來知伯兄以四月四日病死今已三閱月矣人事牽迫無暇追挽舟次潞河乃和淚哭泣四章以誌哀感悲慟痛切情見乎詞》、《雁》諸詩。

　　譚宗浚《於滇日記》：晴暖，卯刻起行。午過孟慈灘、蝦蟆灘、來子灘等處。是日，峰漸奇，山漸峭，文石斐亹，青林聯綿，頗與粵東曲江、始興諸山相類。晚泊漁網溪，有巨石二，橫矗水中，既類張帆，亦疑拂扇，真奇觀也。惜無善畫能繪之者。

　　　　按：該日日記後附有《季弟書來知伯兄以四月四日病死今已三閱月
　　矣人事牽迫無暇追挽舟次潞河乃和淚哭泣四章以誌哀感悲慟痛切情見
　　乎詞》、《雁》。

十月十三日，譚宗浚泊白沙溪。

　　譚宗浚《於滇日記》：晴暖，午微有順風，過海螺岩，聳然一卷，近插霄漢，若教呼吸，則帝座可通矣。是日，凡經望山灘、子高灘、甕子洞灘、詩遊灘、鷺尾灘。而甕子洞灘，石色尤斑斕可玩。晚泊白沙溪。

十月十四日，譚宗浚泊馬步溪。

　　譚宗浚《於滇日記》：晴暖，巳刻過清浪灘。榜鼓初發，舟疑蹈空，前峰陡迎，後石斜攪，瞬息十里，風霆浩然，挾奔星以前驅，凌飛浪以無際。固已險逾巫峽，危甚呂梁矣。晚泊馬步溪。晚有涼雨。

十月十五日，譚宗浚泊楊家塘

　　譚宗浚《於滇日記》：晴寒，是日過結灘、褚灘、馬跟灘、滾龍灘、回則灘，凡五十里，水皆作黝綠色，石悍而怒，又與前所經不同矣。晚泊楊家塘，有雨。

十月十六日，譚宗浚辰州，晤李子丹編修、王可莊殿撰。作《辰州》。

　　譚宗浚《於滇日記》：陰寒，是日過橫石灘、九溪灘、連州灘、高立洞、白衣灘。而橫石、連州兩灘。尤為奇險也。沿路丹黃雜樹，偶有可觀。晚泊辰州，晤李子丹編修、王可莊殿撰。

　　　　按：該日日記後附有《辰州》。

十月十七日，譚宗浚經土地灘、沙金灘、三洲灘、五里灘，過瀘溪縣。晚宿油房灣。

　　譚宗浚《於滇日記》：陰寒，經土地灘、沙金灘、三洲灘、五里灘，過瀘溪縣。縣城僻陋，與山村等耳。是日，岸既平迤，水亦漫流，蓋漸近辰州府城，故境多夷曠，亦形家之論也。晚泊油房灣宿。

十月十八日，譚宗浚經白沙灘、馬嘴崖、登瀛灘等處，遂泊。

　　譚宗浚《於滇日記》：陰寒，晨經白沙灘、馬嘴崖。崖峭削萬仞，中有方洞，人跡所不到。遙見中有竹幾、木櫃。傳雲仙人所遺。理或然也。再行經登瀛灘、毛家灘、邱羲強家灘，又過浦市，小泊。塵肆頗殷賑，設通判駐馬。未刻，驟雨，再行經馬子灘、魚灘，遂泊。

十月十九日，譚宗浚過辰溪縣，經寧水崖、三高灘、袁家崖等處，晚抵水江口。

　　譚宗浚《於滇日記》：晴暖，丑刻開船，晚過辰溪縣，尚曛黑，未辦城堞也。旋經寧水崖、三高灘、袁家崖、白石崖、虎耳灘、定月岩等處。白石崖，石均作縞素也，嶙峋見巉嶸，望之如晶。晚抵水江口宿。江旁有小河，云可通溆浦縣。

十月二十日，譚宗浚經楊橋灘、茶灣灘、小虎灘諸灘，晚抵涼水井。

　　譚宗浚《於滇日記》：晴暖，經楊橋灘、茶灣灘、小虎灘、辰州灘、鷺鷥灘、朱崖灘、銅鼓灘、獅子崖灘。鷺鷥灘為尤險云。晚泊涼水井。

十月二十一日，譚宗浚經廟灣、銅灣、石榴灘諸處。晚抵木東河。

　　譚宗浚《於滇日記》：晨起，寒甚。遙望白雲亙山，懸若橫帶。午後驟暖，豈杜公所謂元冥祝融氣或交者耶？是日，經廟灣、銅灣、石榴灘、臥龍灘、新路河、小奇灘、大奇灘、青銅港、上河灘、大王塘諸處。晚泊木東河宿。

十月二十二日，譚宗浚過黃絲滾灘、艾靈灘、風篷灘等處，晚抵沙灣宿。

譚宗浚《於滇日記》：晴暖，晨起，過黃絲滾灘，灘駛而長，石橫似綦，波激如箭。篙師歌云：「百馬清浪未是灘，黃絲滾灘是灘王。」可想其湍悍矣。又經艾靈灘、三角灘、六高灘，到安江稍泊，市集頗盛，有巡檢駐馬。復行經風篷灘、寧波灘、明橋灘、牛皮渡。晚抵沙灣宿。旁有石塔，然已就圮矣。

十月二十三日，譚宗浚經太平溪灘、升子崖、范氏崖等處。抵紅江泊。

譚宗浚《於滇日記》：晨起，有雨，然天氣殊暖。經太平溪灘，灘水亦湍駛。又經大、小服司灘、升子崖、范氏崖。未刻抵紅江泊。市廛櫛比，不減辰州也。是日，止行三十里。

十月二十四日，譚宗浚經大灣、連州、大鷺鷥、分水諸灘，晚泊黔陽縣。作《黔陽舟次》和《何事》。

譚宗浚《於滇日記》：蔭翳，曉行經大灣、連州、大鷺鷥、狗拉崖灘、新店、白馬閣、分水諸灘。惟大鷺鷥及白馬閣尤惡。午後，舟人失纜，惶怖片刻方定，殊有垂堂之戒馬。自是後，水益驚湍，石逾悍布，與夔、巫諸峽相等矣。晚泊黔陽縣。

按：該日日記後附有《黔陽舟次》和《何事》。

十月二十五日，譚宗浚經白米灘、馬蟻塘、蘭溪等處，晚泊西漾。作《久客》。

譚宗浚《於滇日記》：晴暖，經白米灘、馬蟻塘、蘭溪、紅崖山、桐木洞、高立洞、長灘，而高立洞尤險。舟人云：幸天色晴朗，向來過去未有不驚怖者也。晚泊西漾。

按：該日日記後附有《久客》。

十月二十六日，譚宗浚經竹站、順風灘、油籬灘等處，晚泊水口塘。作《得家書知庚生秋闈獲雋喜賦長句奉簡並寄盧梓川甥乃潼》。

譚宗浚《於滇日記》：寅刻，驟雨如注，繼以震雷，亦異事也。辰刻開船。午後復晴暖，凡經竹站、順風灘、中方白崖塘、鴨子崖、楓木塘、栗木塘、雞公崖、油籬灘等處，山皆開豁，水亦漫流。沿路溪橋，略似元人小景。晚泊水口塘宿。是夜大雨。

按：該日日記後附有《得家書知庚生秋闈獲雋喜賦長句奉簡並寄盧梓川甥乃潼》。

十月二十七日，譚宗浚經石厭窯、魚梁灘等處，晚抵埋橋。

　　譚宗浚《於滇日記》：晨起，雨仍未止。放船經石灰窯、魚梁灘、豬肘灘、鵝娘灘，惟豬肘灘較湍急云。午抵馬公平驛，適大雨，小泊，未復開船。經道人灘、富田塘、巴州，晚抵埋橋宿。

十月二十八日，譚宗浚過楊起河、磨房灘、炮塘灣等處，遂泊。

　　譚宗浚《於滇日記》：陰，有雨。晨起，過楊起河、磨房灘、炮塘灣等處。遙見長橋互空，長如蟛蜞，俗呼為江西橋。再過則沅州矣。是日，僅行十里，遂泊。

十月二十九日，譚宗浚經北門灘、螺絲灘、馬王灘等處，晚在灘口宿。

　　譚宗浚《於滇日記》：陰寒，大雨。辰刻起行，經北門灘、螺絲灘、馬王灘、長灘、石灰灘、魚溪口、小貫洞灘，大貫洞灘，小惡灘。晚即在灘口宿。

十一月初一日，譚宗浚過大惡灘、柑子坳、黃石灘等處，晚抵小茲灘宿。

　　譚宗浚《於滇日記》：陰寒，無雨。晨過大惡灘，驚湍駭浪，已足怖人。午過柑子坳、烏龜灘、王八灘、打卦灘、白貓洞灘、老獺洞灘，灘均峻駛。旋到便水驛，市集稍盛，有司官署在焉。又過曬穀灘、黃花樓灘，灘尚平迤。最後為滿天星灘，黃石灘，灘噴起數尺，如雲際梯，中含長風，內蕩高壁，鼓棹前進。殆疑溟波飛揚簸搖，震駴顛眩，生平所未睹也。土人復築魚汕其上，累柴石為之，致使水益怒猛，行旅至此，多斷篙折纜之虞，此亦斯土者所宜嚴禁也。晚抵小茲灘宿，夜大雨不止。

十一月初二日，譚宗浚過大茲灘、白水灘、磨狗灘等處，抵龍溪口宿。

　　譚宗浚《於滇日記》：晴寒。晨起，過大茲灘，其險峻略與黃石灘等而稍殺之。隨經銅槽鐵研灘、白水灘、蝦子灘、磨沙坪、波州曹家溪、三名灘、磨狗灘。申刻抵晃州廳，廳無城郭，居人寥落百餘家，不及南中一市鎮也。旋再行數里，抵龍溪口宿。

十一月初三日，譚宗浚過新安塘、雞爪崖、九蓮塘等處，晚泊保洞。

　　譚宗浚《於滇日記》：晴暖，晨起，過新安塘、雞爪崖、九蓮塘、銅板灘、大姑塘，過去則為貴州境矣。又經寧遼衛、分州灘、鱸魚槽、觀音灘、馬蟻塘、磨州灘。晚泊保洞宿。保洞，一名餓鬼灘，泊處風濤震駴，終夕不寐。嗟呼！鳴鐘落葉，逐臣所以傷心。黑塞青楓，騷人於焉殞涕。僕也見讒彼婦，遠涉蠻荒，淒聞巫峽之猿，愁對長沙之鵬，得不衰同楚些，愴甚越吟也耶？

夜即夢與澤群編修談話、握手甚歡。

十一月初四日，譚宗浚抵玉屏縣，復行經北門灘、流鶯觜灘，晚抵河口泊。

　　譚宗浚《於滇日記》：晴暖，經青魚灘、三瀼灘、二瀼灘、狗仔灘，到玉
屏縣，小泊。復行經北門灘、流鶯觜灘，晚抵河口泊。薄暮，狂飆驟起，山
嶽震搖。少頃，猛雨如萬弩齊飛，繼以雷震。迨二更稍止。至四更，風雨又
作，視前洞庭時，尤爲駭人。斯固羈人逐客所爲危涕墜心者也。是夜，四鼓
始寐。

十一月初五日，譚宗浚經顯靈灘、越家塘灘、響水灘等處，晚泊清溪縣。

　　譚宗浚《於滇日記》：驟寒。晨起有雨，經顯靈灘、越家塘灘、響水灘、
神仙襠灘、白老虎灘、雷打崖、問道灘、橋口灘。晚泊清溪縣。聞戴少懷學
使將至。至晚有雨。

十一月初六日，譚宗浚過下橫樑、閻王灘、將軍崖等處，晚泊棉花溪。

　　譚宗浚《於滇日記》：陰晦。晨起，過下橫樑、閻王灘、將軍崖、上橫樑、
敲梆灘、蒲田灘、丸老灘等處。連日路中，居人多以碎石攔水，置車輪其旁，
激之轉旋，爲灌田春稻之用，與江右贛州一帶風景相同，然行旅則殊礙也。
晚泊棉花溪，狂風如虎，夜有微雨。

十一月初七日，譚宗浚經大、小金瓶灘、羅漢溪灘等處，晚泊萬家莊。作
《過峽》。

　　譚宗浚《於滇日記》：陰暖，經大、小金瓶灘、羅漢溪灘、楊柳溪灘、皮
馬塘、稿花灘、蕉溪、八流灘、二王灘、大王灘、龍抱灘、三名灘，惟大王
灘最險惡。舟子至此，亦有戒心焉。晚泊萬家莊宿。

　　　　按：該日日記後附有《過峽》。

十一月初八日，譚宗浚經曹水溪、老王洞、板灘等處，至鎮遠府。

　　譚宗浚《於滇日記》：晴暖。曉行經曹水溪、老王洞、板灘、月亮坪、打
崖隴，水均平逝。將至鎮遠府，有大橋橫互，與沅州相似，而灘勢湍急則過
之。舟子脫桅而過。再至一板橋，則登陸矣。城有二：一爲府城；一爲衛城，
市廛不甚旺。城外中元洞、青龍洞、來山寺，風景聳秀，頗可觀。鎮遠縣張
壽徵大令（本閩），遣人來候，並饋食物。晚有微雨。

十一月初九日，譚宗浚往拜劉湘焴太守、和耀曾軍門暨張大令。午後，太

守過談。

譚宗浚《於滇日記》：晴暖，往拜劉新琴太守（淮焆）、和融軒軍門（耀曾）暨張大令。午後，太守過談。

十一月初十日，應和耀曾招，譚宗浚飲於鎮署。

譚宗浚《於滇日記》：晴暖，和軍門招飲鎮署。劉太守亦以十一日招飲，未能赴也。

十一月十一日，譚宗浚未能赴劉淮焆太守宴。出城，經文德關、相見坡，午抵劉家莊，晚宿施秉縣。夜二鼓與縣令吳鏡澄敘談。

譚宗浚《於滇日記》：曉起，大霧彌漫，遙望對江諸山，秀澤單椒，皆冥茫莫辨。出城時，和軍門、劉太守均率屬來送，軍門復遣弁送至沿路各站，意可感也。登文德關，山勢之高，與風嶺雞頭關相類。再過為相見坡，縈紆有致，而山粗惡無可觀。午抵劉家莊。晚宿施秉縣，縣令吳幼臣（鏡澄）曾掌教蜀中少城書院，故舊識也。夜二鼓來談，並饋酒饌數事。是日起程稍遲，兼之石犖確難行，未至施秉十里，已上月矣。施秉為偏橋土司故地，明偏沅巡撫每歲分駐此城，外有小灘，水急而悍，過渡亦殊有戒心焉。

十一月十二日，譚宗浚出城，午抵蘭橋尖，晚住黃平州客店。

譚宗浚《於滇日記》：曉行，大霧尤甚。吳大令送至城外。午抵蘭橋尖。飯後，行數里至飛雲洞。洞門翠柏森□，聞泉聲鏘洋，已洗塵耳。再折至洞口，石皆垂注，勢如卷雲。俗云：「左青獅，右白象。」蓋皆取其象形也。洞亦有泉，惜天寒漸竭耳。洞後復有小洞。僧人云：「窈深莫測」，不申果否？詩碣甚多，皆惡筆無足觀。覽內有和相國（珅）詩碣，巋然獨存，此當與浙中飛來峰賈似道題名相仿矣。再過十里，為玉虹橋，林木蓊鬱，泉流其間，亦殊有致。晚住黃平州客店，湫陋殆如牛宮，又無椅桌可坐。晚後，陳鏡秋司馬（澐）來謁，以地隘辭之。司馬遣人饋菜，品則已晚餐後矣。

十一月十三日，譚宗浚晨起時，與陳澐司馬談。午在重安江，晚抵大風洞宿。

譚宗浚《於滇日記》：陰晦，午有微雨。晨起時，陳司馬來談，並送至城外。再出門，即緣峻岅，層坡疊嶂，皆粗惡無可觀者。午在重安江，飯畢即渡江，過一小鐵鎖橋。遙望江水綠如油潑。晚抵大風洞宿，客舍湫隘尤甚。是日，途中遇苗民甚多，其項皆係一銀圈。苗婦則以五色布為裙，長曳至地。

十一月十四日，譚宗浚晨遇李菊圃中丞於道上，午抵清平縣尖，晚抵陽老

驛。平越知州楊兆麟饋食物。

譚宗浚《於滇日記》：陰寒。晨起，遇李菊圃中丞前輩道上，匆匆略談數語而別。午抵清平縣尖，縣城僅數十家，貧瘠可想。飯畢，經雲溪洞，林木菶郁，山石亦殊秀峭。再隃嶺方野坦平，炊煙掩映，則陽老驛也。有驛丞駐此。平越知州楊君（兆麟）遣人來候，並饋食物。晚有驟雨。

十一月十五日，譚宗浚午抵馬場坪尖，晚宿酉陽塘。楊兆麟兩遣人送酒饌。

譚宗浚《於滇日記》：晨起，陰晦，微雨。道上殊泥濘難行。午在馬場坪尖。晚宿酉陽塘。揚州牧兩遣人送酒饌。余屬叨地主之惠，殊不安也。晚微雨。

十一月十六日，譚宗浚午在黃絲驛尖，晚宿貴定縣，寓破店中。

譚宗浚《於滇日記》：晨起啟行，大雨，陰寒殊甚。午在黃絲驛尖。飯畢，經珠淄灣、飛泉瀧瀧，奔送於篁梢、松鬣之間，殊足一砭俗耳。是日，路犖确而泥潦又多。晚宿貴定縣，縣有行臺，為一新任豪令所踞，余寓破店中，溲溺縱橫，如入鮑魚之肆。晚大雨。

十一月十七日，譚宗浚晨至牟珠洞，午在新安驛尖，晚宿龍里縣。作《牟珠洞》。

譚宗浚《於滇日記》：陰寒，雨雖不大而終朝淅瀝。晨起，行二十里至牟珠洞。洞在寺後，內一石作瓔珞下垂狀，屹然當中。僧人就以為佛像，供之其旁，石乳如綴佩，如累蔂，璀璨萬狀。聞洞中深數里，未審是否？寺左修竹檀欒鳴泉閣轄，旁近洞壑甚多。若稍加修治，當不減浙中飛來峰，吾粵觀音岩也。午在新安驛尖，晚宿龍里縣。是日路頗長，復多泥淖，再卸裝而天曛黑已，僕瘁馬瘏矣。

　　按：該日日記後附有《牟珠洞》。

十一月十八日，譚宗浚抵貴州省城。

譚宗浚《於滇日記》：陰暖，午抵谷腳尖。飯畢，行路殊泥淖，晚抵貴州省城，寓客店中。

十一月十九日，譚宗浚謁潘偉如中丞，並晤曾紀鳳方伯，李元度廉訪，黃元善、吳自發兩觀察，楊文瑩學使。未幾，員鳳林太守、林品南大令，均來謁。並會粵省同鄉諸多官員。晚上員太守、林大令均送酒饌

譚宗浚《於滇日記》：晴暖，謁潘偉如中丞，並晤曾摯鳴方伯（紀鳳），李次青廉訪（元度），黃讓卿（元善）、吳誠齋（自發）兩觀察，楊雪漁學使

（文瑩）。未幾，員梧岡太守（鳳林）、林舜琴大令（品南），均來謁。時同鄉寓此者，惟林因之觀察（福培）為素交，顏子布觀察（培黼）為夏廷師堂弟，以乞病假，未得晤也。其餘東省同鄉有刁省齋副將（士樞），吳月樓（佔先）、程益三（友勝）兩參戎，許瑞生（鈞鴻），何雲門（龍祥），陳枚臣（廷佐），江鼎臣（勳和）諸牧令；張卿珂通判（驤），張星池縣丞（煥奎）；西省同鄉李曉雯（錦華），徐遜齋（士謙），梁華堂（宗輝）官崎韓（三傑），張茹華（邦熙），陳芝生（葆恩），龍騰之（得雲）諸牧令；姚小泉通判（善澍）均來晤談。晚飯時，員太守、林大令均送酒饌，甚盛。晚有微雨。

十一月二十日，譚宗浚晨見譚瑤林、譚希杜兩大令。午刻，潘偉如中丞招飲。申刻，同鄉公請。另有譚瑤村大令、吳觀察送酒饌。

　　譚宗浚《於滇日記》：陰晦，晨起，湖南譚竹村（瑤林）、譚伯閹（希杜）兩大令均來見，竹村復送余酒饌，情致可感也。午刻，中丞招飲節署。申刻，同鄉公請，在兩廣會館，地頗宏壯，略有竹樹之勝。吳觀察送酒席。

十一月二十一日，譚宗浚抵清鎮縣，署令周慶芝出城相迎並饋酒饌。

　　譚宗浚《於滇日記》：辰刻起行，中丞親到館過談，並贈弁兵十人以資護送。刁副將、員太守、林大令復送至城外驛亭，同鄉亦有十餘人出城郊送者，惜匆匆未能細談，然鄉誼正不薄也。午在狗場驛尖，晚抵清鎮縣宿。是日路皆平坦，且站亦不長，到館猶落景半遙城也。清鎮縣市集頗盛，署令周君紫峰（慶芝）出城相迎，供饌頗豐腆，出京以來，此為最矣。又晤邑人張荔園太守（轓新），蜀中故交，近緣事鐫職，茶話久之。

十一月二十二日，譚宗浚抵安平縣宿。縣令何銓來迎，並贈酒饌。作《安平遇雪》。

　　譚宗浚《於滇日記》：晨起，驟寒，繁霜滿瓦，手指欲僵。午抵樓梯哨尖。飯後，晴暖，晚抵安平縣宿，縣令何選齋（銓）來迎，並贈酒饌。

　　　　按：該日日記後附有《安平遇雪》。

十一月二十三日，譚宗浚抵安順府城。普定縣令呂緝光來迎，並饋酒食。作《石版房》、《途中雜詠十首》。

　　譚宗浚《於滇日記》：晴寒，辰刻後狂風尤甚。午抵石版房尖，居人多疊石為牆，厚薄適均，質潔可愛。晚抵安順府城，城中頗殷賑。普定縣令呂杭之（緝光）來迎，並饋酒食。惟客店殊惡劣，穢濁不堪，竟不許余住行臺，

亦可異也。是夜，夢至都中與諸同好角酒論詩，醒而憶之，不勝玉堂天上之感。

　　　按：該日日記後附有《石版房》、《途中雜詠十首》。

十一月二十四日，譚宗浚至鎮守州，州牧郭廷瓛來迎。晚間，留郭牧共飯。

　　譚宗浚《於滇日記》：晴寒，大風。午抵腰鋪尖，晚至鎮守州宿。是日，路既坦平，兼之循山麓而行無躋陟之苦。山不甚高，然多在平地拔起，秀挺可觀。州牧郭瑟如（廷瓛）（四川隆昌人，余門人郭人彤之姪孫也）出城來迎，時郭牧未接篆，辦差者為曾君樹德，郭牧眷屬。亦寓行臺。晚間，余留郭牧共飯。薄暮有微雨。

十一月二十五日，譚宗浚宿安寧州坡貢，州牧何德馨遣人來候。作《黃角樹》、《道旁見野花璀璨可愛》諸詩。

　　譚宗浚《於滇日記》：陰雨，午抵黃角樹尖。飯後，行半里，見水簾二道澎湃異常，殊是一洗囂塵之耳。晚宿坡貢，地屬安寧州。離州城八十里，州牧何君（德馨）遣人來候。是日，山色頗佳，然路危狹難行，又兼以雨後，泥濘不免勞者之歌焉。

　　　按：該日日記後附有《黃角樹》、《道旁見野花璀璨可愛》。

十一月二十六日，譚宗浚抵郎岱廳宿，廳同知伊凌阿到公館來談。作《郎岱道中》。

　　譚宗浚《於滇日記》：大雨，午刻，丁老塘尖，晚抵郎岱廳宿。廳同知伊禮庭（凌阿）到公館來談。是日，路皆崎險。

　　　按：該日日記後附有《郎岱道中》。

十一月二十七日，譚宗浚夜宿毛狗塘客店。作《半坡塘》。

　　譚宗浚《於滇日記》：陰寒，無雨。晨起，即上大坡，坡頂有打鐵關，上有「巖疆鎖鑰」四字。復循坡逶迤而下，險仄殆不可銘狀。午抵半坡塘尖，飯後仍下坡。又數里，過一石橋，傾陷者屢矣。昔之武溪毒瘴，戍卒哀吟；隴水流離，征人嗚咽。僕今所遇，殆猶過之。觀一石，狀如華趺，上寫「蓮花巖」三字。將至驛前，路稍平坦。夜宿客店，地名毛狗塘，市集寥寥數處。是日，尖宿處均粗糲不能下嚥，惟煮麪食之。晚有雨。

　　　按：該日日記後附有《半坡塘》。

十一月二十八日，巳刻，譚宗浚至阿都田尖，安南縣令王懋祖遣人饋酒食。

晚宿花貢，王鳳鳴副將遣隊伍來接。

　　譚宗浚《於滇日記》：陰晦。午後，驟晴。巳刻，在阿都田尖。安南縣令王君勉齋（懋祖），遣人饋酒食。晚宿花貢，王副將（鳳鳴）駐軍於此，遣隊伍來接。是日，路雖敧仄，然視昨日殊勝，又沿山多雜樹，丹黃爛然，非從前童赫者可比矣。

十一月二十九日，譚宗浚午抵白沙地尖，普安縣楊藻大令遣人送酒饌。晚抵貫子窯宿。

　　譚宗浚《於滇日記》：清晨，大雨如注。起行時，雨稍止。沿路層峰疊嶺，屢轉不窮，泥滑途敧，輿夫屢踣。下山視所行處，幾在霄際矣。吾粵郭藕江太守《蜀道中》詩云：「青天已足底，再上當何之。一笑謂山靈，爾何戲我為。」歎其狀物之妙。午抵白沙地尖，普安縣楊玉雯大令（藻）遣人送酒饌。飯畢，路仍崎險，然視晨早較勝。晚抵貫子窯宿。居人牆壁頗峻整。惟街衢及房室均溲溺縱橫，如入穢人之國。晚所居店，尤垢濁不堪。雖焚迷迭之香，浥薔薇之露，而穢氣未嘗少減也。村中竟無白粲，仍煮麵食之，已數日矣。

十一月三十日，譚宗浚抵楊松宿。作《上寨驛》。

　　譚宗浚《於滇日記》：陰寒，晨起，路殊平坦。巳刻，抵上寨尖。飯後經天心坡，頗高峻難行。晚抵楊松宿。是日，沿路採煤者特多。

　　　　按：該日日記後附有《上寨驛》。

十二月初一日，譚宗浚午抵劉官屯尖，婉言辭謝普安廳署余雲煥惠雞鴨。晚至兩頭河宿。

　　譚宗浚《於滇日記》：晨行，大風殊甚。午抵劉官屯尖，署普安廳余君（雲煥）遣人惠雞鴨，婉詞謝之。晚驟晴，至兩頭河宿。是日，坡嶺雖不高，而沮洳磽確。輿夫蹇澀，如鮑家驄馬緩步難工。雖行四十五里，其艱滯，殆不啻七八十里，乃知俗云：「過郎岱後，三驛便平坦者」，謬也。連日村醪皆惡劣，無一滴可沾唇者。

十二月初二日，譚宗浚在亦資孔宿，平彝縣令劉樹勳遣鋪兵來迎。

　　譚宗浚《於滇日記》：晴暖，然大風殊甚。巳刻，抵海子鋪尖。晚在亦資孔宿，平彝縣令劉君紹田（樹勳）遣鋪兵來迓。是日，路皆平闊，稍異往觀。

十二月初三日，譚宗浚至滇南境界，劉樹勳縣令偕汛弁迎於關帝廟。晚抵

平彝縣公館。見抽釐局委員崇謙州同，晚後與劉樹勳同酌。作《初入滇界》、《抵平彝作》。

譚宗浚《於滇日記》：晴寒，巳刻，大霧殊甚。將至滇南境，有二峰如龍土入雲，雨龍主黔，旱龍主滇，斯蓋與零陵陰陽之石相類矣。未幾，至界牌，有額曰：「滇南勝境」。劉令偕汛弁迓於關帝廟，即小坐茶尖。復行，沿路見梅花甚多，繁簇如雪，益令人思庾嶺、羅浮也。晚抵平彝縣公館，即在縣署。抽釐局委員崇益堂州同（謙）來謁，晚後留劉令同酌。

　　按：該日日記後附有《初入滇界》、《抵平彝作》。

十二月初四日，譚宗浚抵白水驛宿，南寧令皮爾梅來迎。

譚宗浚《於滇日記》：晴寒，晨起，劉大令、崇州同均來送。巳刻，多羅鋪茶尖客店，庳陋殊甚。未刻，抵白水驛宿，日常未下春也。南寧令皮君治卿（爾梅）來迓，是路平適可喜。

十二月初五日，譚宗浚抵沾益州，州牧冉謙率隨員來迎。

譚宗浚《於滇日記》：晨起，陰晦。飯畢，始起行。午抵沾益州，州牧冉君吉皆（謙）率吏目、教官、把總來迎，公館即在州署。到時，日尚亭午也。午後，驟晴，然風狂吼不息。

十二月初六日，譚宗浚午抵三岔河。在小廟尖晤曲靖府施之博太守前輩。飯後抵馬龍州宿。知州高其嶧率隨員來見，並贈爨寶子碑。作《晤施濟航太守前輩》。

譚宗浚《於滇日記》：晨起，寒甚。午抵三岔河，在小廟尖晤曲靖府施濟航太守前輩（之博）。釐局委員光君進德太守知余有玉堂天上之感，互為慰籍，余亦不覺黯然也。飯後抵馬龍州宿，州城窮僻殊甚。知州高卓吾（其嶧）率教官、吏目來見，並贈爨寶子碑，高君為勉之同年堂弟，河南人。

　　按：該日日記後附有《晤施濟航太守前輩》。

十二月初七日，譚宗浚午至草鞋板橋尖，晚抵彝龍宿。知州阮泰以考試事不能來謁。

譚宗浚《於滇日記》：晨起，行五十餘里，至草鞋板橋尖。客店甚陋，長沙舞袖不能迴旋，無足怪也。飯後行三十里路，甚敧仄。晚抵彝龍宿。是日，站最長，晨晚地均屬尋甸州，知州阮君（泰）以考試事不能來謁，惟巡檢及外委來見於行轅。

十二月初八日，譚宗浚午在河口尖，晚抵楊林宿。嵩明州牧葉如桐暨委員

周廷瑞太守來謁。

　　譚宗浚《於滇日記》：晴寒，午在河口尖，晚抵楊林宿。是日，路益平豁，已近南中景象矣。嵩明州牧葉君（如桐）暨委員周太守（廷瑞）來謁。而糧道署書差尚未見來迓，公事廢馳如是，可歎也。

十二月初九日，巳刻，譚宗浚在長坡尖，沾益州牧陳燕來謁。午後，譚宗浚抵板橋，鳴泰大令前輩率僚屬來迎，並見於行館。

　　譚宗浚《於滇日記》：晴暖，巳刻，在長坡尖，沾益州牧陳仲平（燕）來謁。午後抵板橋，鳴升九大令前輩（泰）率僚屬來迎，並見於行館。

十二月初十日，譚宗浚抵任所，拜當道各位。

　　譚宗浚《於滇日記》：五鼓，起行，大風寒冽。九點鐘入城，湯幼庵（聘珍）、鍾厚堂（念祖）兩觀察迎於南門旅次，省中張中丞以下均遣人來迎，僚屬親迓者百餘人。抵城，寓榮華棧。是日，即拜當道各位。

十二月十七日，譚宗浚接篆視事。

　　中國第一歷史檔案館編《光緒朝朱批奏摺》第四輯《內政・職官》：雲南巡撫張凱嵩於光緒十一年十二月上的奏摺稱：謹將雲南省司道知府考語密繕清單恭呈御覽：糧儲道譚宗浚，年三十八歲，廣東進士，光緒十一年十二月十七日到任。該員甫經到任，例不加考。

是年，譚宗浚獲李鴻章覆信。

　　李鴻章《復新授雲南糧道譚》：前讀邸鈔，欣聞□簡，方遲箋賀，先荷書來。辰維叔裕世仁弟老夫子大人玉尺名高，繡衣秩峻。碧雞道里，是詞臣持節之鄉；金虎宮鄰，正督護飛芻之日，□念邊城之重，人看□禁之才，即盼鸞喬，莫名梟藻。鴻章謬當要鎮，忝附通家。六詔遙瞻，喜得南中之保障；雙旌戾止，猶堪北道之主人。良晤匪遙，尺書先覆。敬賀升祺，附完□版。不具。館世愚兄鴻章頓首。光緒十一年七月初六日。

是年，譚宗浚作《抵滇寄廣州兄弟書》。

楊銳中舉。

左宗棠卒。

光緒十二年　丙戌（1886）譚宗浚四十一歲

四月十五日，譚宗浚與纂修《雲南通志》的同仁集蓮華寺海心亭，作《海
心亭宴集記》。

譚宗浚《海心亭宴集記》：余以光緒十一年冬督儲滇南，逾年大吏檄總纂
重修通志局事。粵以夏四月望日，提調陳崑山太守同年燦，收掌王雲五大令
廷棟暨搢紳倪翰卿太守年丈，藩羅星垣太史同年瑞圖，李心齋司馬兆松，劉
湘蘭定芳、張品三鎰、王海珊繼珍、朱蔭堂樾四廣文，朱曉園庭珍、黃亦陶
華、孔璧亭昭谷三明經，張子蘊孝廉瓊、朱竹虛茂才芬觴余於蓮華寺海心亭，
皆預修志乘者也

十月初三日，譚宗浚與諸司道一起晉見巡撫，商榷公務。

岑毓英於光緒十二年十月十四日上的《撫臣因病出缺請旨簡放摺》稱：
奏爲撫臣因病出缺，請旨迅賜簡放，以重邊疆，恭摺馳陳，仰祈聖鑒事。竊
據署雲南布政使史念祖、兼署雲南按察使糧儲道譚宗浚、署鹽法道湯聘珍稟
稱：本年十月初三日，撫院衙參之期，司道晉見，商榷公務，言論如常。忽
於亥刻驟患風痰，當即會同趨視，命醫診治，漸覺輕減，而左手左足終覺運
動維艱，至初五日舌本更形蹇澀，神思昏迷，醫藥屢投，迄無效驗，竟至初
七日丑刻因病出缺。據該家丁稟，經司道督飭同城文武將身後事宜妥爲照料，
並將印信要件交由藩司史念祖暫存藩庫；稟請飭遵等情前來。

十一月，譚宗浚與諸司道一起晉見雲南巡撫，接受查訪災情公務。

岑毓英《查明滇省災區分別賑恤來春毋庸接濟摺》（十一月二十八日）：
據署布政使史念祖、糧儲道譚宗浚、署鹽法道湯聘珍會詳前來，臣仍當督同
司，道悉心查訪，屆時如有應行調劑之處，自應仰體聖慈，再行籌款辦理。

冬，譚宗浚兼權臬使篆，於歷年積案多所平復，然精力過耗、氣血日虛，
得胈腫證，於是引疾乞退。

唐文治《雲南糧儲道署按察使譚叔裕先生墓碑》：丙戌冬，兼權臬使篆。
於歷年積案多所平反，然精力過耗，氣血日虛，得胈腫證。於是引疾乞退，
而上遊方資倚畀，紳民攀轅固留，不獲。已復回本任，設古學以課士，開堰
塘以灌田，辦積穀以備荒，增置普濟堂以惠孤寡。百廢舉興，勤勞更甚，而
體不支矣。

丁寶楨卒。

光緒十三年 丁亥（1887）譚宗浚四十二歲

二月，就文闈鄉試簾官員數事，譚宗浚與諸官員晉見雲貴總督岑毓英，並作《希古堂集乙集序》。

　　岑毓英《酌定文闈鄉試簾官員數請旨立案摺》（光緒十三年二月初二日）：茲據署布政使史念祖、兼署按察使糧儲道譚宗浚，署鹽法道湯聘珍會詳稱：雲南承平辦理科場卷宗，前因兵燹毀失。迨軍務廳定，舉行同治庚午科鄉試，經前藩司宋延春等僅檢獲道光二十四年甲辰恩科題名錄一本，內載內外收掌試卷官各一員，受卷官七員，彌封官三員，謄錄官四員，對讀官三員。是科即仿照調派。又以停辦多年，事等創始，誠恐生疏，貽誤間復，酌添一二員。嗣後癸酉，乙亥各科，亦經照派，雖辦理遞有參差，究屬因時損益。至甲辰科所派員數，因何與定例未符，從前曾否奏准，卷牘既失，案無可稽，惟參酌今昔情形，礙難酌減，且尚有應行酌添之處。茲洋加覆議，擬請嗣後雲南文闈鄉試簾所內收掌試卷官、受卷官、彌封官、謄錄官、對讀官即照道光甲辰恩科員數調派。其外收掌試卷官事務較繁，並請定為兩員，俾敷辦理而資遵守，等情洋請具奏前來。

　　臣覆查無異，相應請旨敕部立案，纂人條例，俾得永遠遵行。除題名錄原奉送部查核外，所有查明酌定簾所各官員數緣由，謹恭摺具陳，伏乞皇太后，皇上聖鑒訓示。再，雲貴總督係臣本任，毋庸會街，合併陳明。謹奏。

　　譚宗浚《希古堂集乙集序》：光緒十三年二月，南海譚宗浚自識。

八月，譚宗浚得瘧疾，未幾漸愈，而元氣大虧，變為兩骽酸軟。

　　譚宗浚《旋粵日記序》：余在詞垣，素不欲外任，為東海徐尚書中傷忌嫉，強以京察一等保送。乙酉五月，遂拜督儲滇南之命。是年十二月，接篆視事，然眷眷戀闕之意，未嘗忘也。先是在京時，友人或云糧署風水不利者，余弗深信。及抵任，見公事不能大有作為，而鬱鬱獨居，遂嬰痼疾。上書移病者屢矣，而為紳民所留，上游亦弗允。迨丁亥八月，得瘧疾，未幾漸愈，而元氣大虧，變為兩骽酸軟。

是年，譚宗浚再權按察使，後飭回本任。

　　中國第一歷史檔案館編《光緒朝朱批奏摺》第五輯《內政職官》：光緒十三年十二月，雲南巡撫譚鈞培會同雲貴總督岑毓英附片具奏稱：再雲南按察使史念祖，現已升授貴州布政使，遺缺查有糧儲道譚宗浚堪以兼署。再新授

雲南布政使曾紀鳳，現已抵滇，應即飭赴新任，以重職守。其原署藩司之按察使史念祖，原署臬司之糧儲道譚宗浚，署糧儲道之準補迤西道陳席珍，均飭各回本任。

陳璞卒。

李元度卒。

光緒十四年 戊子（1888）譚宗浚四十三歲

正月，譚宗浚患腳氣病，行步蹣跚。決然作歸計。

　　譚宗浚《旋粵日記序》：至戊子正月，腳氣益甚，行步蹣跚，嘗銜參須兩人扶持，上游始有憐憫之意，滇省醫生又無能辨病源者。或益以糧署風水爲詞，余於是決然作歸計矣。

二月初五日，譚宗浚移疾。

　　譚宗浚《旋粵日記序》：以戊子二月初五日，移疾。

二月初八日，譚宗浚奉憲檄開缺回籍。

　　譚宗浚《旋粵日記序》：初八日，奉憲檄，准其開缺回籍，並委松晴濤觀察（林）來署糧篆。

　　中國第一歷史檔案館編《光緒朝朱批奏摺》第五輯《內政職官》：光緒十四年正月，雲南巡撫譚鈞培上奏摺稱：糧儲道譚宗浚因病稟請開缺回籍調理，除另折請旨簡放外，所遺糧儲道篆務，自應先行委員接署，以專責成。查有候補道松林，年富力強，辦事穩練，堪以委令署理，除分檄飭遵，外謹合詞，附片具陳。伏乞聖鑒，謹奏。朱批：吏部知道。

　　光緒十四年二月二十一日，雲貴總督岑毓英與雲南巡撫譚鈞培聯名上奏稱：

　　奏爲道員因病呈懇開缺請旨迅賜簡放以重職守恭摺，仰祈聖鑒事。竊據云南糧儲道譚宗浚稟稱：入滇以來，緣水土不相宜，屢攖疾病。去年閏四月間，得血虧怔忡之證，曾稟請開缺，未蒙批准。迨八月後，虐疾兼旬，元氣大虧，變而爲兩骸酸軟，直至今年二月初旬，尚未痊癒。近且精神短少，步履蹣跚。據醫者云，非息心調養一兩年不可。竊惟糧署事務殷繁，轉瞬又須辦科場檔。若使孱軀戀棧，必將隕越誤公，稟懇開缺回籍調理，並請先行委員接署等情前來。臣等查該道譚宗浚品端學粹，才富年強。自到任以來，修

理河渠，督勸開墾，勵精圖治，政有本原。兩權臬篆，尤能遇事認眞清釐，不譚艱辛。上年因病稟請開缺，臣等批飭安心調理。茲復以病難速痊，堅請開缺回籍調理，並請委員接署前來。臣等覆查該道所呈，情詞懇摯，並非捏飾，未便強留，不得不據情接署，外合無仰。懇天恩賞准開缺，俾得回籍調理。所遺雲南糧儲道員缺緊要，相應請旨迅賜簡放，以重職守。所有道員呈懇開缺緣由，謹合詞恭摺具奏，伏乞皇太后、皇上聖鑒訓示。謹奏！朱批：另有旨。

二月十九日，譚宗浚起程回粵。朱庭珍作《送觀察譚叔裕先生宗浚解組歸粵東》。

午後經黃土坡，晚抵七甸宿。

譚宗浚《旋粵日記序》：於十九日起程，是日辰刻，同鄉諸君在兩廣會館公餞，意可感也。巳刻出城，曾摯民方伯（紀鳳），鄧小赤廉訪（華熙），湯幼庵（聘珍）、松晴濤（林）、鄧樂君（在鏞）三觀察，桂香雨太守（霖），樂燮臣大令（理瑩）暨諸僚屬並各營員弁，送者近百人。督撫、學憲皆遣人來送。

余瀕行，貧不能辦裝。西林宮保、序初中丞由志書局拔千金，余始得任脂車之役。出門後，感上游之德，意爲之惘然。

又余在滇南，無善可稱，惟究心水利，倡修官渡河，又增普濟堂孤貧二百名，添建房屋七十所，及設古學以課士，辦積穀以備荒，是三年來所稍稱意者。是日，河工紳士率官渡河紳士、紳民焚香跪送者數百人，山長羅星垣庶常同年（瑞圖）、倪翰卿太守（藩）亦率諸生數十人來送。內石屏朱筱園（庭珍）、昆明李垕盦（坤）皆課中高足美才也。辦積穀委員吳彬卿大令（申祐）、紳士繆竹湖孝廉（嘉言）亦同到，可知滇民人情尚厚，而余政績不能上媲龔黃，滋疚恧耳。

午後經黃土坡，疊嶺綿亙，升降爲勞。晚抵七甸宿，地屬呈貢。李竹琴大令（明）遣人餽酒食在店樓上居，亦頗爽塏。曾蔚江刺史（樹榮），王雲甫大令（廷棟），吳琢輔（清彥）、姚敬儒、趙蘿孫（勵昌）三參軍，門人楊東屏明經（魯），均至七甸相送，晚後過談。是日，晴暖，傍晚有雷雨。

唐文治《雲南糧儲道署按察使譚叔裕先生墓碑》：二月，再請開缺，回籍調理，始獲請顧。貧甚，不能具資斧，大吏撥志書局費千金以贈，始得脂車以行。蓋先生固兼任志書局總纂，平日不受薪費者也。

朱庭珍《送觀察譚叔裕先生宗浚解組歸粵東》：

遠凌賈鄭宗程朱，文章余事兼歐蘇。華年簪筆遊蓬壺，奇才屢聞天子呼。
學視西蜀文衡吳，手支鐵網羅珊瑚。公門桃李栽千株，春風化雨群沾濡。
繡衣持節昆明湖，力興水利豐儲胥。民生休養滇流舒，扢揚風雅逢公餘。
披植杞梓開榛蕪，吹噓嵬嶷多回枯。平生忤俗嗟迂疏，蒙公交契忘羈孤。
東坡心折黃魯直，永叔雅愛梅聖俞。感公知己敦古誼，愧我才不前賢如
秋風忽起思蓴鱸，歸隱五羊勤著書。邇來法蘭復通市，交趾棄與維州殊。
東山未許便高臥，艱難時事須眞儒。望公出展濟時手，再爲文苑收吾徒。

二月二十日，譚宗浚早行七星坡，午抵湯池尖，晚宿宜良城外客店。

譚宗浚《旋粵日記》：曉晴，早行七星坡，坡勢陡折，峭險異常。甫下
坡，忽黑雲如罌，震雷狎至，急依大樹下避之，殊形震駭也。午復晴，抵湯
池尖。其地有溫泉，以腳痛不暇過訪。宜良王議臣大令（續盛）來迎於此。
午後經腦袋坡，山篸拔而路迤長，視前兩坡尤爲勞頓。自湯池至宜良，皆西
林宮保起家帶兵獲勝處也。至今父老猶能言其事。是日余轎墜地，受驚。古
人云：奔車之上，無伯夷。余省此言，輒破涕爲笑。晚宿宜良城外客店，足
疾殊甚。

二月二十一日，譚宗浚午抵新哨尖，州牧陳先溶具酒饌來迎。夜宿天生閣，
州牧杜鳳保遣人辦站。

譚宗浚《旋粵日記》：晴寒，甫出門數里，甚平迤。旋渡鐵池河，俗名小
渡口。過河，即上山，坡陡險峻，令人出門即有津梁、疲倦之歎。其地名青
山坡，俗呼爲靈官廟坡，蓋路南州境也。午抵新哨尖，州牧陳春泉（先溶）
具酒饌來迎。午後起行，石多奇峻，遙見峰篸秀可愛，如千鋩矗插，如萬笋
駢攢，上有佛殿，土人呼爲峨眉閣，殆斯境與蜀中大峨小峨相類也。晚行沙
礫中，滿地皆頑石，如亂羊，頗彷彿泛舟贛江、沅江諸灘光景。夜宿天生閣，
地屬陸涼州，州牧杜君（鳳保）遣人辦站。客店陋劣殊甚。

二月二十二日，譚宗浚午抵哨尖，晚宿馬街。釐金委員金元勳司馬來謁。

譚宗浚《旋粵日記》：晴暖，午抵哨尖，寓嚴氏宅，微有園亭花木之勝。
晚宿馬街，廛市頗盛。寓一古廟中，釐金委員金靜生司馬（元勳）來謁。是
日。路稍平迤，然無景可觀，尖宿皆陸，涼州所預備也。

二月二十三日，譚宗浚午抵陰涼箐，晚抵師宗縣，以考棚為行館。縣令同鄉李鴻楷率隨員來迎謁。

　　譚宗浚《旋粵日記》：晴寒，大風，曉行里許，即登大坡，盤折而上，至陰涼箐，其地本尖站，而地方官無設站者，然計只得一茅屋，亦萬不能供張也。余餒甚，食蒸餅數枚以充饑。再過層岡疊嶺，升降甚多，沿路杜鵑花爛然如錦。晚抵師宗縣，縣令同鄉李君法南（鴻楷），故舊識也，率教官、典史、武弁來迎謁，以考棚為行館。

二月二十四日，譚宗浚仍寓師宗行館，與李大令敘談都門舊事。

　　譚宗浚《旋粵日記》：仍寓師宗行館。午後，李大令過談，話都門舊事，殊款款也。晚大風。

二月二十五日，譚宗浚午抵大偏山，晚宿於此。

　　譚宗浚《旋粵日記》：曉行，李大令偕僚屬來送。午抵大偏山，本尖站也。而羅平杜牧遣人云「廢多羅店舍尤劣，請即在此作宿站」，亦姑聽之。所居為一破屋，然屋後有牡丹數株，土人不識，等於野花。「一種國香天不管，任教流落野人家。」誦涪翁詩，可三歎也。是日，初出門，路殊平迤，惟將至店時，稍有坡澗耳。

二月二十六日，譚宗浚過廢多羅縣，未刻抵羅平城。州牧杜志成、守備莫雄謀、吏目戴恩偕武弁來迎。

　　譚宗浚《旋粵日記》：晴暖，沿路犖确殊甚，輿夫顛踣者屢矣。過廢多羅縣，縣差備辦尖站不及。余以離羅平僅二十五里，遂催趲前行，未刻抵城。州牧杜君（志成）、守備莫君（雄謀）、吏目戴君（恩）偕武弁來迎。莫君，同鄉東莞人。戴君，蓮溪大前輩之孫，余舊派河工委員也。是日，供意頗豐。杜君、莫君復遣差兵送余出滇境，至黃草壩，余尤感之。

二月二十七日，譚宗浚經三道溝，抵板橋。候澍棠迎謁，並饋土儀。晚在店樓宿。

　　譚宗浚《旋粵日記》：晴暖，起程時，杜大令等均來送。沿路均平坦。至三道溝，峰巒微有可觀。午抵板橋，鼇金委員候君（澍棠）來迎謁，並饋土儀，是日，即在店樓宿。午後大風。

二月二十八日，譚宗浚午抵清水河尖，晚抵江底。羅平牧杜君遣人辦站

　　譚宗浚《旋粵日記》：曉行，有雨，候大令出郊相送。巳刻，驟晴。午抵

清水河尖，飯畢復行。忽震雷虩虩，急趨大樹下避之。是日沿路碎石極多，輿夫蹇劣如壽陵之步。由清水河至江底，本三十里，然自己至酉始達，亦云瘁矣。晚復有雨，羅平牧杜君遣人辦站，此尤可見情誼之厚。

二月二十九日，譚宗浚過八達河，午抵小狗場尖，晚寓黃草壩客棧。

譚宗浚《旋粵日記》：晨起，驟寒。雖重裘，猶覺其冷。甫出門過八達河，此為滇黔界分界處也。渡河後，即上高坡數十處，盤旋曲折，如狐天門。午抵小狗場尖，飯後多下坡而行。將至黃草壩前，釐金委員鄧馨山太守（庭桂）與義縣劉霞村大令（杭）及教官典史來迎於道左。余自寓客棧中。是日，呂功甫州牧（調陽）、況鼎山職員（御卿）邀余主其家，餘力辭乃已。黃草壩為國朝愛星阿吳三桂襲永明王入滇處，及吳世璠據滇叛，將軍穆占、趙良棟亦由次進兵，先後興亡，如出一轍。今則廛市繁盛，為兩粵入滇通衢，不復知有戰場廢壘矣。晚驟雨。

三月初一日，譚宗浚仍寓黃草壩客棧中。飯後，往各處答拜。

譚宗浚《旋粵日記》：陰晦，是日仍寓黃草壩客棧中。飯後，往各處答拜。鄧太守招飲，弗能赴也。劉令餽酒食，以途中不復騷擾卻之。

三月初二日，譚宗浚宿馬畢橋尖頂哨。

譚宗浚《旋粵日記》：晴暖，馬畢橋尖頂哨宿。是日路平站短，到站時僅午正耳。沿路水田頗修治，村落亦多植桑菓，可知黔民之勤，遠勝滇民之惰也，或滇中官吏督課未勤歟。

三月初三日，譚宗浚辰刻在正滕尖，晚抵馬鞭田宿。

譚宗浚《旋粵日記》：晴暖，辰刻在正滕尖。正滕村落破修潔，兼有弦誦之聲。聞亂前為一巨鎮，今十不逮一矣。晚抵馬鞭田宿，熱甚，夜不能寐。

三月初四日，譚宗浚住三道溝。

譚宗浚《旋粵日記》：晴熱，甫出門，即行坡嶺數十重，沿路皆荒田，無墾闢者，與前數日所見絕異。輿夫又不識路，屢屢迷途。家人從小水井辦尖站，而輿夫從山上過，遂至相左。余餒甚急，催趕至三道溝，始得脫粟飯之計。是日，路程應住小水井，而馱夫欲住三道溝，計行約九十里，已車殆馬煩矣。晚酷熱。

三月初五日，譚宗浚宿山腳客店。

譚宗浚《旋粵日記》：晨起，狂風如吼，急披數裘，然抵山則風不甚大。

又下坡盤旋，路益低，天氣益熱，行三十里至坡腳，遂止不行。尖宿皆在此客店，與傭保雜坐，又近豕圈，穢雜殊甚。惟旁有小門，俯瞰小溪，樹色波聲，風泉滿聽，憑几靜對，意愜久之。薄暮大雷雨。

三月初六日，譚宗浚循包茅河而行，經白沙壩，午抵板□，在此住宿。

　　譚宗浚《旋粵日記》：循□水而行，俗名包茅河。路皆仄險，殊形勞倦，經白沙壩，小憩。午抵板□，尖宿皆在此。

三月初七日，譚宗浚午抵板篷，並住宿。

　　譚宗浚《旋粵日記》：仍循□水而行，俗又呼爲靜水河。路昨日相彷彿，午抵板篷，尖宿皆在此。二更，震雷大作，繼以雨風霹靂之聲達旦。

三月初八日，譚宗浚抵八渡尖，晚宿西隆舊州土。

　　譚宗浚《旋粵日記》：曉起，大雨如注，然余決意起行。及出門數里，雨亦旋上。仍沿水循坡麓而行，凡卅里，遂渡□水，抵八渡尖。尖後多循淺溝深澗而行，沮洳可厭。晚宿西隆舊州土，州判謝君（棣芳），電白人也來謁。以客店破陋不得見。此處廛市頗盛，粵人爲多，有粵東會館。

三月初九日，譚宗浚巳刻至秧芽尖。午後至板桃宿。

　　譚宗浚《旋粵日記》：晴暖，巳刻，秧芽尖。午後，板桃宿。客舍之劣，殆非人境，眞糞土牆也。聞初尙繁盛，遭火後遂殘廢云。

三月初十日，譚宗浚至潞城。

　　譚宗浚《旋粵日記》：晴熱，行坡麓中，意甚平適，黃土坡小憩。午至潞城，尖宿皆在此，熱不可忍。

三月十一日，譚宗浚至羅里。

　　譚宗浚《旋粵日記》：晴熱，在風洞尖借書塾爲之。晚宿羅里。酷熱非人堪，客店無牆，以葦泊爲之。鄰人童號婦聒皆可聽，囂雜殊甚。

三月十二日，譚宗浚至竹篷。

　　譚宗浚《旋粵日記》：晴熱，至竹篷，尖宿皆在此。是日購得鱖魚食之而美，然頗覺熱氣攻人，非屏驅所能支矣。

三月十三日，譚宗浚至新店宿，左足跛。

　　譚宗浚《旋粵日記》：毒熱非人境，至新店宿。時值風流街事之期，兼有梨園六博，主人僅讓半屋，而其姻婭來趁高會者數十人，熱至不可刻忍。余

左臂感暑無力，然尚無大礙。迨三鼓後，左腿筋絡猛跳異常，急服補藥鎮之，然不可止。侵晨起來，則左足跛矣。

嗟呼！東海尚書忌才陷善，一至於此。設余非外任，又何至奉父母之軀而行此播州非人居之地耶，為之泣下。

三月十四日，譚宗浚在皈樂宿公館。

譚宗浚《旋粵日記》：炎熱，在皈樂宿公館，頗高澈。同鄉周星伯太守（德溥）為余辦站於此，可感也。然余病跛，惟水窗高臥而已。

三月十五日，譚宗浚抵百色廳，晤周德溥太守、黃鴻材州同、夏敬頤刺史等。

譚宗浚《旋粵日記》：曉行卅里，抵百色廳。是地廛市駢集，皆粵人。各當道知余病跛，皆差人來迎，余亦甚樂也。抵船，晤周星伯太守（德溥）、黃北葵州同（鴻材）。周君供億豐腴，余深愧之。黃州同偕順德譚韻南來視，為余開飲子。午後，夏養良刺史（敬頤）過談。

三月十六日，譚宗浚入城辭謝當道各位並同鄉會館首事，後至南寧。

譚宗浚《旋粵日記》：曉起，入城拜當道各位並同鄉會館首事，邀請會館移住，不能從也。夏直牧餽酒食，並派炮船護送至南寧。

三月二十八日，譚宗浚卒於廣西隆安，後葬於廣州城東河水鄉之原。

唐文治《雲南糧儲道署按察使譚叔裕先生墓碑》：（公）以光緒戊子年三月二十八日卒，春秋四十有三，葬於廣州城東河水鄉之原。生子四：祖緗，國學生，安徽亳州知州；祖楷，邑附生，出嗣胞叔幼和君後；祖任，邑廩生，光緒庚子科優貢，郵傳部參議廳員外郎；祖澍，邑附生，早卒。孫：長序、長庚、長耀、長護。

朱彭壽《清代人物大事紀年》：譚宗浚，原任雲南糧儲道。以病回籍。三月二十八日卒於廣西隆安旅次年四十三。

八月五日，獲悉譚宗浚病卒消息後，李鴻章、馮煦均作文悼之。除撰寫祭文外，史念祖還作詩挽之。

李鴻章《復唁前雲南糧道譚少爺》：世兄禮次：前見粵報，驚聞尊甫大人隆山途次惡耗，痛悼良深。世兄方望歸舟，猝聞旅殯，見星期迫，溯江路遙，至性真純，摧剝彌念。爾時未審丹旐何日東旋，頃接赴書，益增振觸，山川逾邁，日月漸遇，尚希順變應時，節性以禮，勉抑哀思，慎持大事，是為企

屬。春間得滇帥書，即知尊公有引疾之請，默念強仕甫逾，物望正美，大府推重，輿誦翕然，高衢方騁，急棹遽還，既慕襟期，尤惜材器。曾無幾日，凶變流傳。尊公本鮮宦情，外轉尤非所樂，迴翔館閣，已近宮坊，平流進取，便致通顯，如此人才，置之臺省，豈惟令僕德言之重，亦是後進文學之歸。雅志忽違，一官萬里，牽引宿疾，遂夭天年，誰實為之，能無追恨。然而三年治行，上達九宸，兩世文章，遍傳五嶺，不朽之業，已足千秋，極貴長生，又何足羨。盈書床笈，流澤方長，是望諸世兄善承先志矣。鴻章閱世久忌，越疆未得，驚壯盛之凋落，痛善人之不長，不獨逝者之悲，兼有世道之感。道遠未由致奠，寄去賻儀百金，並附幛聯，借抒積悼。專泐，奉唁至孝，諸惟珍慎。不盡。李鴻章頓首。

　　馮煦《祭譚叔裕師文》：嗚呼哀哉！儀徵秉節，粵學元胎。東塾得之，亦奇亦佽。觿觿先德，絕業以恢。並象文明，猶枸於魁。我師竺生，父教師教。顓門既傳，亦劭庭誥。大放厥辭，惟妙惟徼。風濤驚淼，雲漢垂曜。丁年射策，聲彌周廬。帝用嘉之，上第是除。校經金匱，掞文石渠。俯視同列，蟬噪蠅咶。左岷右嶓，江漾所會。卿雲代興，藝林揚旆。師提其衡，拔尤掾最。前有南皮，莫能兩大。名滿宙合，忌亦隨之。一鶴孤騫，刺天群飛。將欲擠之，乃先推之。匪推匪擠，出之南陲。南陲三歲，百度咸理。如寐使覺，如僕使起。民心則夷，師心則恥。幡然棄歸，一官敝屣。冥冥桂管，背冬涉春。雄虺九首，蝮蛇蓁蓁。不朝不夕，潛來伺人。崑崙比景，敧我天民。嗚呼哀哉！玄黓之歲，師至江左。萬卷庚庚，多否少可。剖豪析芒，斷之以果。群蒙既祛，其鑒在我。我之不才，而師曰才。雕我窳朽，策我駑駘。疇昔侍坐，高談殷雷。鏗鏗百氏，若莊若諧。一障南征，遽隕國寶。民亡羽儀，士失坊表。嶼首沈碑，茂陵遺稿。臨風寫憂，緜焉如搗。嗚呼哀哉！

　　史念祖《祭原任雲南糧儲道譚叔裕文》：維年月日，江都史念祖謹以清酌庶羞祭於亡友譚叔裕觀察之靈曰：嗚呼！自古才太奇者不永，行甚高者難全。大抵常人以無厭為禍本，而賢者以不耐為逆天。公未壯及第，人猶以為晚。繡衣虎符，公獨以為辱。是以聲華之震世，而又重之以志趣之絕俗，縱勉與造化羈縻，順受塵網之縛束疇，敢定嫉名之天，必許同塵之贖耶？乃公才蹈宦跡，若將次焉。已立循譽，若不與焉。無所迫而自艾，無負郭而詠歸田。既獨傾心於不佞，奚忍阿好而不言。用是隱規與顯諫，亦僅鬱鬱然。為強留半年，固知韜奇高引。在公以為無悶無悔，而我輩之屈伸有數，即此已默幹

眞宰操樅之權。嗚呼！公之初見我文也，口讀手錄，謝客三旬。謂且寄刊於粵，亟進婉諷。晉人不足效，則持節論文，毋乃曠職。及睹公移疾志決，而後欽感而又歎息。公明告我悔昔矜博，官非輕棄，歸事著作。願捐首途，蹊間插腳。願析歧途，循脈理絡。願授捷途，斬古祕鑰。公未返粵，我離雲南。別期愈迫，十日十談。感誠忘陋，欲吐先探文奚定法。公曰：「準繩法，由自立。」公曰：「未能世，安得若無若虛之。若此，而顧以玉引燕璞而弗出，以金叩瓦缶而不膺哉？夫文章者，閱歷天籟，讀書築基，天人之理既積，更以今證古，隨心而得之。凡矜攻字句，張惶流派，非面壁即數仞牆外之辭章，成以氣句，立以意，惟曲、惟蓄、惟深思而滿志，以拙得古，以折入邃，博引無傷，必達已之精意。藻詞雋語闌入是忌。」我出一言，公則挾冊以書，舉秦、漢、六朝、唐、宋之遞變，幾問難而無餘。顧我之妄若可駭，而公之精篤亦曠世所無。夫臨歧論文，是輕離別也。誠知無益之談，已兆永訣。將要言萬千，彼此痛說。然苟前知，欲說奚得，徒並失此十日雅歡。既無如命，何惟余嗚咽已。所最悔者，我誤公半年之留。或公再遲半年，以待疾瘳，萬不至險灘酷暑，無親無友，而殯於客舟。世且謂公奇才高行，自有千秋，而不思所以至此極者，未嘗非天惡倔強自昧。夫待時受命，而豈盡坐隱居好古之尤。嗚呼！公譽我逾分，不若我知公確。不近疏狂，亦不久於斫削。驟而接之，類玩世而脫略。徒以所賦奇，濟以高，故無心而俯視落落。不獨富與貴，謝為不暇謀，即凡事之僥倖，獲虛聲者輒鄙為不足。與角觀於論官，則引錢竹汀之言曰：「不必過四品。」論文則曰「宋後無專家，其傳者皆別有可傳。連頻以附託，惟其所賦如此，而獨忘天所以賦之之故。或不在此而在彼。」吁嗟！公乎此，所以鄭重而生，容易而死也。尚饗！

史念祖《挽譚叔裕觀察》：

去年送我別城東，六月相思書四通。才富春潮心止水，神寒霽月氣長虹。論交更在文章外，速朽都驚草木同。君本謫仙歸亦好，獨悲慧業半途空。

參考文獻

一、典籍著作類（按作者音序排列）

B

〔1〕白新良著：《中國古代書院發展史》，天津：天津大學出版社，1995 年版。

C

〔1〕（清）陳澧著，黃國聲主編：《陳澧集》，上海：上海古籍出版社，2008 年版。

〔2〕（清）陳澧、金錫齡編：《學海堂四集》，清咸豐九年刻本。趙所生、薛正興主編：《中國歷代書院志》影印本，南京：江蘇教育出版社，1995 年版。

〔3〕（清）陳澧、廖廷相編：《菊坡精舍集》，清光緒二十三年刻本。

〔4〕（清）陳其錕著：《陳禮部文集》，清同治十年刻本。

〔5〕（清）陳璞著：《尺岡草堂遺集》，清光緒十五年刻本。

〔6〕（清）陳祖任編：《桐城馬先生年譜》，《北京圖書館藏珍本年譜叢刊》第 184 冊，北京：北京圖書館出版社，1999 年版。

〔7〕（清）長善等纂：《駐粵八旗志》，光緒五年刻本。

〔8〕（清）岑毓英等纂修：《雲南通志》，光緒二十年刻本。

〔9〕（清）常明等纂修《四川通志》，成都：巴蜀書社，1984 年版。

〔10〕陳廷焯著，杜維沫校點：《白雨齋詞話》，北京：人民文學出版社，1959 年。

〔11〕陳永正主編：《全粵詩》，廣州：嶺南美術出版社，2008～2010 年版。

〔12〕陳永正主編：《嶺南文學史》，廣州：廣東高等教育出版社，1993 年版。

〔13〕陳永正著：《嶺南詩歌研究》，廣州：中山大學出版社，2008 年版。

〔14〕陳永正主編：《粤詩人匯傳》，廣州：嶺南美術出版社，2009 年版。

〔15〕陳澤泓編著：《廣東歷史名人傳略》，廣州：廣東人民出版社，1996 年版。

〔16〕陳玉堂編：《中國近現代人物名號大辭典（增訂全編本)》，杭州：浙江古籍出版社，2005 年版。

〔17〕陳惠琴、莎日娜、李小龍著：《中國散文通史・清代卷》，合肥：安徽教育出版社，2013 年版。

〔18〕程中山著：《清代廣東詩學研究》，廣州：廣東人民出版社，2012 年版。

D

〔1〕（清）鄧大林輯：《杏莊題詠》，清道光二十六年刻本。

〔2〕（清）戴肇辰、蘇佩訓修：《廣州府志》，清光緒五年刻本。

〔3〕戴逸、李文海主編：《清通鑒》，太原：山西人民出版社，1999 年版。

〔4〕丁福保輯：《歷代詩話續編》，北京：中華書局，1983 年版。

〔5〕丁紹儀編：《清詞綜補》，北京：中華書局，1986 年版。

E

〔1〕（清）額哲克修，單興詩纂：《韶州府志》，清同治十三年刊本。

〔2〕（清）鄂爾泰等監修，靖道謨等編纂：《雲南通志》，北京：商務印書館，1983 年版。

F

〔1〕（清）法式善等撰，張偉點校：《清秘述聞三種》，北京：中華書局，1952 年版。

〔2〕（清）馮煦著：《蒿庵類稿》，民國二年刻本。沈雲龍主編：《近代中國史料叢刊第三十三輯》，臺北：文海出版社，1966 年版

〔3〕費行簡著：《近代名人小傳》，臺北：文海出版社，1966 年版。

〔4〕馮友蘭著：《中國哲學史新編》，北京：人民出版社，1989 年版。

〔5〕費正清主編：《劍橋中國晚清史》，北京：中國社會科學出版社，2007 年版。

G

〔1〕顧廷龍主編：《清代硃卷集成》第 38 冊，臺北：成文出版社，1992 年版。

〔2〕國立故宮博物院編：《宮中檔光緒朝奏摺》，臺北：國立故宮博物院，1973 年版。

〔3〕國家圖書館分館編：《中華歷史人物別傳集》，北京：線裝書局，2003
年版。

〔4〕（清）郭汝城修，梁廷枬等纂：《順德縣志》，咸豐三年刻本。

〔5〕郭紹虞編選，富壽蓀校點：《清詩話續編》，上海：上海古籍出版社，
1983年版。

〔6〕郭延禮著：《中國近代文學發展史》，北京：高等教育出版社，2001年版。

〔7〕郭延禮著：《20世紀中國近代文學研究學術史》，南昌：江西高校出版
社，2004年版。

〔8〕郭明道著：《阮元評傳》，北京：社會科學文獻出版社，2005年版。

〔9〕管林主編：《廣東歷史人物辭典》，廣州：廣東高等教育出版社，2002
年版。

〔10〕管林等著：《嶺南晚清文學研究》，廣州：廣東人民出版社，2003年版。

〔11〕龔書鐸著：《中國近代文化概論》，北京：中華書局，2002年版。

〔12〕龔克昌著：《中國辭賦研究》，濟南：山東大學出版社，2003年版。

〔13〕廣州圖書館編：《廣東歷代著者要錄》，廣州：廣州出版社，2012年版。

H

〔1〕（清）何紹基著：《東洲草堂詩集》，清同治六年刻本。

〔2〕何文煥輯：《歷代詩話》，北京：中華書局，1981年版。

〔3〕何新文著：《中國賦論史稿》，北京：開明出版社，1983年版。

〔4〕黃佛頤著：《廣州城坊志》，廣州：暨南大學出版社，1994年版。

〔5〕霍松林主編：《辭賦大辭典》，南京：江蘇古籍出版社，1996年版。

〔6〕黃霖主編：《20世紀中國古代文學研究史》（七卷本），上海：東方出
版中心，2006年版。

〔7〕黃霖著：《中國文學批評通史·近代卷》，上海：上海古籍出版社，1996
年版。

J

〔1〕（清）金青茅著：《張南山先生年譜撮略》，清咸豐間刻本。

〔2〕季嘯風主編：《中國書院史》，杭州：浙江教育出版社，1996年版。

〔3〕蔣祖緣、方志欽主編：《簡明廣東史》，廣州：廣東人民出版社，1993
年版。

〔4〕姜書閣著：《駢文史論》，北京：人民文學出版社，1986年版。

〔5〕江慶柏編著：《清代人物生卒年表》，北京：人民文學出版社，2005年
版。

K

〔1〕況周頤著，王幼安校訂：《蕙風詞話・人間詞話》，北京：人民文學出版社，1960 年版。

L

〔1〕（清）李長榮、譚壽衡輯：《庚申修禊集・長壽寺秋禊詩》，咸豐十年刻本。

〔2〕（清）李長榮輯：《柳堂師友詩錄初編》，清同治二年刻本。

〔3〕（清）李福泰修，史澄等纂：《番禺縣志》，同治十年刻本。

〔4〕李澤厚著：《中國近代思想史論》，北京：人民出版社，1979 年版。

〔5〕李國鈞主編：《中國書院史》，長沙：湖南教育出版社，1994 年版。

〔6〕李錦全、吳熙釗、馮達文編著：《嶺南思想史》，廣州：廣東人民出版社，1993 年版。

〔7〕李權時主編：《嶺南文化》，廣州：廣東人民出版社，1993 年版。

〔8〕李緒柏著：《清代廣東樸學研究》，廣州：廣東省地圖出版社，2001 年版。

〔9〕李緒柏著：《清代嶺南大儒——陳澧》，廣州：廣東人民出版社，2009 年版。

〔10〕（清）林昌彝著，王鎮遠、林虞生校點：《林昌彝詩文集》，上海，上海古籍出版社，2012 年版。

〔11〕林葆恒編：《詞綜補遺》，上海：上海古籍出版社，2005 年版。

〔12〕林非主編：《中國散文大辭典》，鄭州：中州古籍出版社，1997 年版。

〔13〕（清）梁廷枏編：《粵秀書院志》，清道光二十七年刻本。趙所生、薛正興主編：《中國歷代書院志》影印本，南京：江蘇教育出版社，1995 年版。

〔14〕梁鼎芬等修，丁仁長等纂：《番禺縣志》，民國二十年刻本。

〔15〕梁啓超著：《清代學術概論》，上海：上海古籍出版社，1998 年版。

〔16〕梁啓超著，舒蕪校點：《飲冰室詩話》，北京：人民文學出版社，1959 年版。

〔17〕梁淑安主編：《中國文學家大辭典・近代卷》，北京：中華書局，1997 年版。

〔18〕（梁）劉勰著，范文瀾注：《文心雕龍注》，北京：人民文學出版社，1958 年版。

〔19〕（清）劉溎年修，鄧掄斌纂：《惠州府志》，光緒七年刻本。

〔20〕（清）劉禺生撰：《世載堂雜憶》，北京，中華書局，1960 年版。

〔21〕劉世南著：《清詩流派史》，北京：人民文學出版社，2004 年版。

〔22〕劉伯驥著：《廣東書院制度沿革》，北京：商務印書館，1930 年版。

〔23〕劉聖宜著：《嶺南歷史名人研究》，廣州：中山大學出版社，2002 年版。

〔24〕劉聖宜著：《嶺南近代文化論稿》，廣州：中山大學出版社，2007 年版。

〔25〕馬積高著：《賦史》，上海：上海古籍出版社，1998 年版。

〔26〕呂雙偉著：《清代駢文理論研究》，北京：人民出版社，2011 年版。

〔27〕龍啟瑞著，呂斌編著：《龍啟瑞詩文集校箋》，長沙：嶽麓書社，2008
年版。

M

〔1〕繆荃孫纂錄：《續碑傳集》，上海：上海古籍出版社，1987 年版。

〔2〕繆荃孫著，張廷銀、朱玉麒主編：《繆荃孫全集·日記》，南京：鳳凰
出版社，2014 年版。

〔3〕繆荃孫著，張廷銀、朱玉麒主編：：《繆荃孫全集·詩文》，南京：鳳
凰出版社，2014 年版。

〔4〕閔爾昌纂錄：《碑傳集補》，上海：上海古籍出版社，1987 年版。

〔5〕顧廷龍校閱：《藝風堂友朋書札》，上海：上海古籍出版社，1980 版。

N

〔1〕（清）倪鴻著：《退遂齋詩鈔》，清光緒七年刻本。

〔2〕南開大學古籍與文化研究所編：《清文海》，北京：國家圖書館出版社，
2010 年版。

P

〔1〕（清）潘仕成輯：《海山仙館叢書》，陳建華主編：《廣州大典》影印本，
廣州：廣州出版社，2008 年版。

〔2〕（清）潘尚楫修、鄧士憲等纂：《南海縣志》，清同治八年重刻本。

〔3〕（清）彭貽蓀修、彭步瀛纂：《化州志》，清光緒十六年刻本。

〔4〕裴效維主編：《近代文學研究》，北京：北京出版社，2001 年版。

Q

〔1〕（清）國史館編：《清國史》，北京：中華書局，1993 年版。

〔2〕錢基博著：《現代中國文學史》，長沙：嶽麓書社，1986 年版。

〔3〕錢穆著：《中國近三百年學術史》，北京：商務印書館，1997 年版。

〔4〕錢實甫編：《清代職官年表》，北京：中華書局，1980 年版。

〔5〕錢仲聯主編：《清詩紀事》，南京：江蘇古籍出版社，1987～1989 年版。

〔6〕錢仲聯編選：《近代詩鈔》，南京：江蘇古籍出版社，2001 年版。

〔7〕錢仲聯編：《陳衍詩論合集》，福州：福建人民出版社，1999 年版。

〔8〕錢仲聯著：《夢苕庵論集》，北京：中華書局，1993 年版。

〔9〕錢仲聯著：《夢苕庵清代文學論集》，濟南：齊魯書社，1983 年版。

〔10〕秦國經主編：《清代官員履歷檔案全編》，上海：華東師範大學出版社，1997 年版。

R

〔1〕（清）阮元著：《擘經室集》，北京：中華書局，1993 年版。

〔2〕（清）阮元編：《學海堂集》，清道光五年刻本。趙所生、薛正興主編：《中國歷代書院志》影印本，南京：江蘇教育出版社，1995 年版。

〔3〕（清）阮元修、陳昌齊纂：《廣東通志》，上海：上海古籍出版社，1990 年版。

〔4〕任訪秋主編：《中國近代文學史》，開封：河南大學出版社，1988 年版。

S

〔1〕（清）史念祖：《俞俞齋文稿初集》，光緒三十二年刻本。沈雲龍主編：《近代中國史料叢刊續編第二輯》，臺北：文海出版社影印本。

〔2〕（清）沈世良：《小祇陀庵詩鈔》，清咸豐二刻本。

〔3〕（清）沈世良、許玉彬等輯，謝永芳校點：《粵東詞鈔》，南京，鳳凰出版社，2012 年版。

〔4〕孫文光主編：《中國近代文學大辭典》，合肥：黃山書社，1995 年版。

〔5〕商衍鎏著：《清代科舉考試述錄及有關著作》，天津：百花文藝出版社，2003 年版。

T

〔1〕（清）譚瑩著：《樂志堂文集》，清咸豐九年吏隱園刻本。

〔2〕（清）譚瑩著：《樂志堂文續集》，清咸豐九年吏隱園刻本。

〔3〕（清）譚瑩著：《樂志堂詩集》，清咸豐十年吏隱園刻本。

〔4〕（清）譚瑩著：《樂志堂文略》，清光緒元年刻本。

〔5〕（清）譚瑩著：《樂志堂詩略》，清光緒元年刻本。

〔6〕（清）譚宗浚著：《希古堂文集》，清光緒十六年羊城刊本。

〔7〕（清）譚宗浚著：《荔村草堂詩鈔》，清光緒十八年羊城刊本。

〔8〕（清）譚宗浚著：《荔村草堂詩續鈔》，清宣統二年羊城刊本。

〔9〕（清）譚宗浚：《芸潔齋賦草試帖》，清光緒二十一年刻本，

〔10〕（清）譚宗浚著：《遼史紀事本末諸論》，民國二十年刻本。

〔11〕（清）譚宗浚著：《止菴筆語》，民國十一年刻本。

〔12〕（清）譚宗浚著：《荔村隨筆》，《叢書集成續編》影印本，上海：上海書店，1994 年版。

〔13〕（清）譚宗浚著：《於滇日記》，清稿本。

〔14〕（清）譚宗浚著：《旋粵日記》，清稿本。

〔15〕（清）譚宗浚著：《皇朝藝文志》，清抄本。李萬健主編：《歷代史志書目叢刊》影印本，北京：北京圖書館出版社，2009 年版。

〔16〕（清）譚宗浚編：《蜀秀集》，清光緒五年刻本。

〔17〕（清）譚祖綸著：《清瘴生漫錄》，清宣統二年刻本。

〔18〕譚耀華主編：《譚氏志》，香港：香港新華印刷出版公司，1957 年版。

〔19〕（清）唐文治：《茹經堂文集》，《民國叢書》第五編，上海：上海書店，1996 年影印本。

〔20〕（清）屠英等修：《肇慶府志》，清光緒二年刻本。

〔21〕湯志鈞著：《近代經學與政治》，北京：中華書局，2000 年版。

W

〔1〕（清）吳蘭修編：《學海堂二集》，清道光十八年刻本。趙所生、薛正興主編：《中國歷代書院志》影印本，南京：江蘇教育出版社，1995 年版。

〔2〕（清）吳宗焯修，溫仲和等纂：《嘉應府志》，光緒二十四年刻本。

〔3〕（清）伍崇曜、譚瑩輯校：《楚庭耆舊遺詩前後集》，清道光二十三年刻本。

〔4〕（清）伍崇曜、譚瑩輯校：《楚庭耆舊遺詩續集》，清道光三十年刻本。

〔5〕（清）伍崇曜、譚瑩輯校：《粵雅堂叢書》，陳建華主編：《廣州大典》影印本，廣州：廣州出版社，2008 年版。

〔6〕（清）伍崇曜、譚瑩輯校：《粵十三家集》，清道光二十年刻本。

〔7〕（清）伍崇曜、譚瑩輯校：《嶺南遺書》，陳建華主編：《廣州大典》影印本，廣州：廣州出版社，2008 年版。

〔8〕（清）翁心存著，張劍輯校：《翁心存詩文集》，南京：鳳凰出版社，2013 年版。

〔9〕（清）翁心存著，張劍整理，《翁心存日記》，北京：中華書局，2011 年版。

〔10〕（清）翁同龢著，陳義傑點校：《翁同龢日記》，北京：中華書局，1998 年版。

〔11〕（清）吳道鎔原稿，張學華增補，李棪改編：《廣東文徵》，香港：香港中文大學出版社，1978 年版。

〔12〕吳承學著:《中國古代文體形態研究（增訂本）》,廣州:中山大學出版社,2002 年版。

〔13〕汪辟疆著,程千帆編:《汪辟疆文集》,上海:上海古籍出版社,1988 年版。

〔14〕汪兆庸編纂,汪宗衍增補,周錫馥點校:《嶺南畫徵略》,廣州:廣東人民出版社,2011 年版。

〔15〕王國維著,徐調孚、周振甫注:《人間詞話》,北京:人民文學出版社,1960 年版。

〔16〕王鍾翰點校:《清史列傳》,北京:中華書局,1987 年版。

〔17〕王文韶等纂修:《續雲南通志稿》,光緒二十七年刻本。

〔18〕王水照主編:《歷代文話》,上海:復旦大學出版社,2007 年版。

〔19〕王德昭著:《清代科舉制度研究》,北京:中華書局,1984 年版。

〔20〕王章濤著:《阮元年譜》,合肥:黃山書社,2003 年版。

〔21〕王小舒著:《中國詩歌通史·清代卷》,北京:人民文學出版社,2012 年版。

〔22〕王曉雯:《清代譚瑩〈論詞絕句〉研究》,新北:花木蘭文化出版社,2011 年版。

X

〔1〕（清）徐榮著:《懷古田舍詩節鈔》,清同治三年刻本。

〔2〕（清）徐灝著:《靈洲山人詩錄》,清同治三年刻本。

〔3〕徐世昌等編:《清儒學案》,北京:中華書局,2008 年版。

〔4〕徐世昌著,傅卜棠編校:《晚晴簃詩話》,上海:華東師範大學出版社,2009 年版。

〔5〕（清）熊景星著:《吉羊溪館詩鈔》,清同治五年刻本。

〔6〕許衍董總編:《廣東文徵續編》,廣州:廣東文徵編印委員會刊行,1986 年版。

〔7〕謝永芳著:《廣東近世詞壇研究》,上海:上海古籍出版社,2008 年版。

Y

〔1〕（清）儀克中著:《劍光樓詞》,清咸豐十年刻本。

〔2〕嚴明著:《清代廣東詩歌研究》,臺北:文津出版社,1991 年版。

〔3〕嚴迪昌編著:《近現代詞紀事匯評》,合肥:黃山書社,1995 年版。

〔4〕嚴迪昌著:《清詩史》,杭州:浙江古籍出版社,2002 年版。

〔5〕嚴迪昌著:《清詞史》,南京:江蘇古籍出版社,1999 年版。

〔6〕嚴迪昌編選:《近代詞鈔》,南京:江蘇古籍出版社,1996 年版。

〔7〕袁進著:《中國文學的近代變革》,桂林:廣西師範大學出版社,2006 年版。

〔8〕于景祥著:《中國駢文通史》,長春:吉林人民出版社,2002 年版。

〔9〕顏建華著:《清代乾嘉駢文研究》,北京:光明日報出版社,2011 年版。

〔10〕(清)楊永衍輯:《粵東詞鈔二編》,清光緒十八年刻本。

〔11〕楊旭輝著:《清代駢文史》,北京:人民出版社,2013 年版。

〔12〕尹繼佐、周山主編:《中國學術思潮史》,上海:上海社會科學院出版社,2006 年版。

Z

〔1〕(清)張維屏編:《學海堂三集》,清咸豐九年刻本。趙所生、薛正興主編:《中國歷代書院志》影印本,南京:江蘇教育出版社,1995 年版。

〔2〕(清)張維屏著:《藝談錄》,清咸豐間刻本。

〔3〕(清)張維屏著:《聽松廬詩話》,清咸豐二年刻本。

〔4〕(清)張維屏著:《松心詩錄》,清咸豐四年刻本。

〔5〕(清)張維屏編:《新春宴遊長和詩集》,道光二十六年刻本。

〔6〕(清)張維屏著:《張南山全集》(1〜3 冊),廣州:廣東高等教育出版社,1994 年版。

〔7〕(清)張之洞著,苑書義、孫華峰、李秉新主編:《張之洞全集》,石家莊:河北人民出版社,1998 年版。

〔8〕張小迂輯錄,《廣東貢士錄》,清稿本。

〔9〕(清)張鑒等撰,黃愛平點校:《阮元年譜》,北京:中華書局,1995 年版。

〔10〕(清)張希京修,歐越華等纂:《曲江縣志》,光緒元年刊本。

〔11〕張舜徽著:《清人文集別錄》,北京:中華書局,1963 年版。

〔12〕張立文主編:《中國學術通史·清代卷》,北京:人民出版社,2004 年版。

〔13〕張寅彭主編:《民國詩話叢編》,上海:上海書店出版社,2002 年版。

〔14〕張仁青著:《中國駢文發展史》,杭州:浙江大學出版社,2009 年版。

〔15〕(清)鄭夢玉等修,梁紹獻等纂:《南海縣志》卷十八,清同治十一刻本。

〔16〕(清)鄭蓁等、桂坫等纂:《南海縣志》,清宣統二年刊本。

〔17〕(清)鄭獻甫:《鄭小谷先生全集》,清同治光緒間刻本。

〔18〕(清)曾釗著:《面城樓集鈔》,清光緒十二年刻本。

〔19〕周之貞修,何藻翔等纂:《順德縣續志》,民國十八年刻本。

〔20〕趙爾巽等撰：《清史稿》，北京：中華書局，1977 年版。

〔21〕趙春晨著：《嶺南近代史事與文化》，北京：中國社會科學出版社，2003 年版。

〔22〕朱慶瀾等監修，梁鼎芬等纂修：《續廣東通志未成稿》，民國五年稿本。

〔23〕《廣東歷代方志集成》影印本，廣州：嶺南美術出版社，2007 年版。

〔24〕朱則傑著：《清詩史》，南京：江蘇古籍出版社，2000 年版。

〔25〕鄒魯修，溫廷敬等纂：《廣東通志未成稿》，民國二十四年稿本。

〔26〕中國第一歷史檔案館編：《光緒朝硃批奏摺》：北京：中華書局，1995 年版。

〔27〕中國第一歷史檔案館編：《光緒宣統兩朝上諭檔》，桂林：廣西師範大學出版社，1996 年版。

〔28〕褚斌傑著：《中國古代文體概論》增訂本，北京：北京大學出版社，1990 年版。

〔29〕鍾賢培、汪松濤主編：《廣東近代文學史》，廣州：廣東人民出版社，1996 年版。

〔30〕詹杭倫著：《清代律賦新論》，北京，北京燕山出版社，2008 版。

〔31〕左鵬軍著：《黃遵憲與嶺南近代文學叢論》，廣州：中山大學出版社，2007 年版。

〔32〕仲光軍、尚玉恒、冀南生等編：《歷代金殿殿試鼎甲朱卷》，石家莊：花山文藝出版社，1995 年版。

二、報刊論文與學位論文

〔1〕容肇祖著：《學海堂考》，《嶺南學報》，第 3 卷第 4 期，1934 年。

〔2〕汪宗衍著：《陳東塾先生年譜》，《嶺南學報》，第 04 卷第 1 期，1935。

〔2〕陳華新：《廣東的書院》，《大公報》，1985 年 7 月 18 日。

〔3〕陳東輝：《阮元與學海堂》，《文史》，第 41 輯，1996 年 4 月版。

〔4〕范松義：《清代嶺南越臺詞社考論》，《暨南學報》（社會科學版），2008 年第 3 期。

〔5〕何國華：《清代嶺南的最高學府——廣東學海堂》，《廣東史志》，1994 年第 2 期。

〔6〕胡建次：《清代論詞絕句的運用類型》，《廣西社會科學》，2009 年第 2 期。

〔7〕李緒柏：《明清廣東的詩社》，《廣東社會科學》，2000 年第 3 期。

〔8〕李春光：《〈粵雅堂叢書〉述略》，《廣東社會科學》，1988 年第 1 期。

〔9〕羅志歡：《〈粵雅堂叢書〉校勘及其跋語考略》，《文獻》，1997 年第 1 期。

〔10〕譚赤子：《伍崇曜的經濟與文化活動述略》，《華南師範大學學報》（社會科學版），2002 年第 3 期。

〔11〕謝永芳：《譚瑩的〈論詞絕句〉及其學術價值》，《圖書館論壇》2009 年第 2 期。

〔12〕鍾賢培：《詠物論史 嶺南風情——譚瑩其人及其詩文略論》，《嶺南文史》，1996 年第 1 期。

〔13〕蔣寅：《清代文學研究的回顧與展望》，《江海學刊》，2004 年第 3 期。

〔14〕徐雁平：《清代文學世家聯姻與地域文化傳統的形成》，華南師範大學學報（社會科學版），2011 年第 3 期。

〔15〕周明初：《晚清文學，抑或是近代文學？——從晚清七十年間文學的命名說起》，《復旦學報》（社會科學版），2011 年第 3 期。

〔16〕左鵬軍：《建構「嶺南學」之必要與可能》，華南師範大學學報（社會科學版），2008 年第 4 期。

〔17〕左鵬軍：《論詩絕句的集成與絕唱——陳融《讀嶺南人詩絕句》的批評史和文體史意義》，《中山大學學報》（社會科學版），2011 年第 4 期。

〔18〕左鵬軍：《近代文學的自覺和奠基——阿英先生的近代文學研究及其學術史意義》，《中國文學研究》，2012 年第 3 期。

〔19〕左鵬軍：《近代文學研究中的新文學立場及其影響之省思》，《文學遺產》，2013 年第 4 期。

〔20〕左鵬軍：《甲午戰爭與近代詩風之創變》，《文學遺產》，2014 年第 4 期。

〔21〕關愛和、袁凱聲：《論中國文學的近代轉型》，《文藝研究》，2013 年第 11 期。

〔22〕郝慶軍：《「近代文學」研究的觀念革新與多維視野》，《天津社會科學》，2014 年第 2 期。

〔23〕翁筱曼：《學海堂與嶺南文化》（中山大學 2009 年中國古代文學專業博士學位論文，導師：吳承學教授）。

〔24〕顧瑞雪：《科舉廢止前後的晚清社會與文學》（武漢大學 2013 年中國古代文學專業博士學位論文，導師：陳文新教授）。

〔25〕周芳：《道咸宋詩派研究》（山東大學 2012 年中國古代文學專業博士學位論文，導師：孫之梅教授）。

〔26〕衛新：《清代吳門學派和吳中詩派研究》（蘇州大學 2013 年中國古代文學專業博士學位論文，導師：馬亞中教授）。

〔27〕王風麗：《馮煦年譜長編》（華東師範大學 2014 年中國古代文學專業博士學位論文，導師：鄭明教授）。

附錄：譚瑩、譚宗浚傳記資料

一、譚瑩傳記資料

清國史・譚瑩傳

譚瑩，字玉生，廣東南海人。道光二十四年舉人，官化州訓導，升瓊州教授，加內閣中書銜。幼穎悟，長於辭賦。弱冠應童試時，儀徵阮元督兩粵，以生日避客往山寺，見瑩題壁文詩，奇之，告縣令曰：「縣有才人，宜得之！」令問姓名，不答。已而得所爲賦以告元，元曰：「是矣。」逾年，元開學海堂於粵秀山，課士以經史詩賦。見瑩所作《蒲澗修禊序》及《嶺南荔支詞》百首，尤爲擊賞。瑩少與侯康交莫逆，以文學相鏃礪。又嘗偕同邑熊景星、徐良琛、漢軍徐榮、順德梁梅、鄧泰、番禺鄭葆結西園吟社。後與康、景星、儀克中、黃子高同爲學海堂學長。自此文譽日噪，凡海內名流遊粵者，無不慕交者。化州樸魯無文，瑩居任最久，諄諄引導士風以變。

性強記過人，於先哲嘉言懿行及地方事沿革變更，雖隔數十年，述其顛末，絲毫不爽。博考粵中文獻，凡粵人著述蒐羅而盡讀之。其罕見者，告其友伍崇曜匯刻之，曰《嶺南遺書》五十九種，曰《粵十三家集》一百八十二卷，曰《楚南耆舊遺詩》七十四卷。復博採書籍罕見者匯刻之，曰《粵雅堂叢書》一百八十種，凡爲跋尾二百餘篇，其考據淹博如此。又嘗得影寫宋王象之《輿地紀勝》校刻之。尤工駢體文，沉博絕麗，奄有眾長。粵東二百年來，論駢體必推瑩，無異詞者。時初以華贍勝，晚年爲激壯凄切之音。著有《樂志堂詩集》十二卷，《續集.》一卷，《文集》十八卷，《續集》二卷。卒年七十二。子宗浚。

清史稿‧譚瑩傳

　　譚瑩，字玉生，南海人。弱冠應縣試，總督阮元遊山寺，見瑩題壁詩，驚賞，告縣令曰：「邑有才人，勿失之！」令問姓名，不答。已而得所爲賦以告元，元曰：「是矣。」逾年，元開學海堂課士，以瑩及侯康、儀克中、熊景星、黃子高爲學長。瑩性強記，述往事，雖久遠，時日不失。博考粵中文獻，友人伍崇曜富於貲，爲匯刻之，曰《嶺南遺書》五十九種，曰《粵十三家集》，曰《楚南耆舊遺詩》，益擴之爲《粵雅堂叢書》。瑩爲學長三十年，英彥多出其門。道光二十四年，舉於鄉，官化州訓導。久之，遷瓊州教授，加中書銜。少與侯康等交莫逆，晚歲陳澧與之齊名。著《樂志堂集》。

清史列傳‧譚瑩傳

　　譚瑩，字玉生，廣東南海人，道光二十四年舉人。官化州訓導，升瓊州府教授，加內閣中書銜。幼穎悟，長於辭賦。弱冠應童試時，儀徵阮元督兩粵，以生日避客，往山寺見瑩題壁詩文，奇之，告縣令曰：「縣有才人，宜得之。」令問姓名，不答。已而得所爲賦，以告元。元曰：「是矣。」逾年，元開學海堂於粵秀山，課士以經史詩賦，見瑩所作《蒲澗修禊序》及《嶺南荔支詞》百首，尤爲激賞。

　　瑩少與侯康交莫逆，以文學相鏃礪。又嘗偕同邑熊景星、徐良深、漢軍徐榮，順德梁梅、鄧泰，番禺鄭菜結「西園吟社」。後與康、景星、儀克中、黃子高同爲學海堂學長，自此文譽日噪。凡海內名流遊粵者，無不慕交者。化州樸魯不文，瑩居任最久，諄諄引導士風以變性。

　　強記過人，於先哲嘉言懿行，及地方事沿革變更，雖隔數十年，述其顛末，絲毫不爽。博考粵中文獻，凡粵人著述，蒐羅而盡讀之，其罕見者，告其友伍崇曜匯刻之，曰《嶺南遺書》五十九種；曰《粵十三家集》一百八十二卷，選刻近人詩曰《楚庭耆舊遺詩》七十四卷。復博採海內書籍罕見者匯刻之，曰《粵雅堂叢書》一百八十種。凡爲跋尾二百餘篇，其考據淹博如此。又嘗得影寫宋王象之《輿地紀勝》校刻之。尤工駢體文，沉博絕麗，奄有眾長。粵東二百年來，論駢體，必推瑩，無異辭者。詩初以華贍勝，晚年爲激壯凄切之音。著《樂志堂詩集》十二卷、《續集》一卷、《文集》十八卷、《續集》二卷。卒，年七十二。子宗浚。

南海縣志・譚瑩傳

譚瑩，字兆仁，號玉生，捕屬人。甲辰科舉人。官化州學訓導，升瓊州府學教授。幼穎悟，於書無不窺，而尤長於詞賦。年十二，戲作《雞冠花賦》、《看桃花詩》，郡內老宿鍾啓韶、劉廣禮見而驚曰：「此子，後來之秀也。」年弱冠，出應童試時，儀徵相國阮元節制兩粵，以生辰日避客，屏騶從，來往山寺，見瑩題壁詩文，大奇之。詢寺僧，始知南海文童，現赴縣考者也。翌日，南海令謁見，制府問曰：「汝治下有譚姓文童，詩文甚佳，能高列否？」令愕然，以爲制府欲薦士也，即請文童名字。制府曰：「我以名告汝，是奪令長權，爲人關說也。汝自行捫索可耳。」令乃盡取譚姓試卷，遍閱之，拔其詩文並工者，遂以縣考第一人入泮。而督學長洲顧元熙亦謂其律賦胎息六朝，非時手所及。

道光初，阮制府開學海堂於粵秀山，以經史課士，兼及詩賦，見瑩所作《蒲澗修禊序》及《嶺南荔枝詞》百首，尤爲激賞。自此文譽日噪，凡海內名流遊粵者，無不慕交矣！道光六年，常熟相國翁心存以庶子督學粵東，歲考以《棕心扇賦》試諸生，瑩居首列。時值西陲用兵，復試日題爲《擬平定回疆收復四城生擒首逆賀表》，瑩於風簷中振筆直書，駢四驪六，得一千五百餘言。學使批其卷，有「粵東固多雋才，此手合推第一」等語。繼翁任者爲平湖徐侍郎士芬，閱其歷年試卷，有「騷心選手，獨出冠時」之譽，遂以優行生入貢。然瑩聲望日高，院考屢列前茅，鄉場頻遭眊瞭。故前後來粵典試者，如壬辰科程侍郎恩澤、癸卯科翁中丞同書，榜後太息諮嗟，以一網不盡群珊爲憾。直至甲辰科，昆明何制府桂清、臨桂龍殿撰啓瑞典試場中，得一卷擊節讚賞，擬元數日矣。因三場策問，敷陳剴切，微觸時諱，特抑置榜末，危得而幾失，其蹭蹬如此。然瑩淡於名利，於進取不甚在意。初膺鄉薦，循例計偕。嗣後，不復北上，惟安居教職。借官閒無事，以爲旁搜博羅之資。居化州最久。化州人樸魯不文，居此官者，多厭賤意。瑩仍諄諄引導，欲迪以詩書。教職實俸無多，不得不計較修脯之厚薄，瑩隨諸生自送。去官後，所積空券溢篋盈箱，語子弟悉焚之。委管學海堂學長，粵華、端溪書院監院數十年，後進詩文可造者，譽之不去口。

加以強記過人，於先哲嘉言懿行，及地方事沿革變更，雖隔數十年，述其顛末初終，絲毫不爽。故道光中，邑人吳中丞榮光倡修邑志，咸豐末梁侍御紹獻修續邑志，廣州守丹徒戴肇辰修廣府志，咸聘爲纂修官，正謂其不愧

鄉幫文獻故也。而有功藝林，尤在刊刻秘笈巨編，洎粵中先正遺書一事。初，粵省雖號富饒，而藏書家絕少，坊間所售，止學館所誦習，洎科場應用之書，此外，無從購買。自阮元以樸學課士，經史子集，漸見流通，而本省板刻無多，其他處販運來者，價值倍昂，寒士艱於儲蓄。瑩於方伯伍崇曜世交，知其家富於資，而性耽風雅，每得秘本巨帙，勸之較勘開雕。其關於本省文獻者有《嶺南遺書》六十二種，《粵十三家集》各種，《楚庭耆舊遺詩》七十二卷。此外《粵雅堂叢書》一百八十種，王象之《輿地紀勝》二百卷，瑩皆為編訂而助成之。俾遺寶碎金，不至淹沒，而後起有好學深思之士，亦得窺見先進典型，其宏益非淺鮮也。

　瑩以文行矜式鄉閭，而性坦率，與人交，不作尋常應酬語。若與論學術是非、人品心術邪正、詩文得失，咸推勘入微，凡所譏訶，悉中癥結。不受壓於虛名，故同人皆許其直。素善飲啖，疾病不去杯杓。又篤信星命之說，謂人世修短吉凶，造物安排已定，故開口即笑，不為大耋之嗟。或箴以酗湎過甚，非攝生所宜者。瑩笑曰：「酒者，天下之美祿也。古聖人所以享食高年，此豈殺人物？況壽算限於天，吾雖日飲，無何犬馬，齒當在古稀左右耳。」或曰：「子何以知之？」瑩曰：「壬辰科，歙縣程侍郎來典試，程固穿穴經史，以博淹稱，而兼遊藝多能者也。榜後，粵中名士餞於白雲山雲泉仙館。酒酣，程慨然曰：『粵東今日，可云盛極矣！然盛極而衰，天之道也。此後廿餘年，亂從粵東起，再過十餘年，亂將遍天下，真不堪設想矣！』時曾拔貢釗，亦溺於漢人洪範五行之學者，與程問難，往復不覺鬱悒唏噓，程笑曰：『子無為杞人憂，吾與子不及見矣。』隨諦視座中人曰：『都不及見矣！及見者，譚公玉生耳。』後五年，程侍郎卒。甲寅，紅巾起，曾拔貢卒。逮丁巳以後四五年間，內外交訌，幾如陽九百六之期，而當日同席諸公，雖善養生者，早已物故，惟我巋然獨存，然年過耳順久矣，酒亦何損於人哉？」其順時安命，皆此類也。瑩服官至教授，以襄辦省垣勸捐、防堵各公務，著有勞績，奉旨給予內閣中書銜。卒年七十二，子五人，宗浚，辛酉舉人。

化州志・譚瑩傳

　譚瑩，號玉生。南海縣人。道光甲辰舉人，咸豐元年任化州學訓導。博極羣書，尤長於詞賦。其最有功藝林者，莫如校刻秘笈巨編，洎粵中先正遺書一事。髫而好學，澹於榮利。藉閒官為旁搜博覽之資，居圖書充棟，鄴侯三萬軸不足多也。後進詩文有可造就，譽之不去口。其尤所欣賞者，雖屬在

學生徒，必令自行束脩以上，始得與於及門之數，其門無猥雜如此。嘗語人曰：「余門下無多土，惟番禺高學瀛、化州彭步瀛耳。」

性坦率，與人晉接，間殊落落，而師生之誼甚摯。久任化州訓導，修脯隨諸生自送，絕不計較厚薄。去官後，所積空券，語子弟悉焚之。省垣義助軍需，請獎增廣學額。化州獨得分發，增永遠學額四名，瑩與有力焉。每怪州士晉見詢近況答以讀書，輒掩口笑。彼固謂讀書乃少年事耳，豈知書一生讀不盡耶。其隨時訓迪多類此。歷管學海堂學長，粵秀、越華、端溪書院監院數十年。故雖官化州，而在官日少，惜未廣獲裁成焉。後升授瓊州府教授。著有《樂志堂集》行世，生平著作等身，備詳於《南海志・列傳》云。

清儒學案・譚瑩

譚瑩字玉生，南海人。道光甲辰舉人，官化州訓導，遷瓊州府教授。弱冠應縣詩時，阮文達督粵，遊山寺見其題壁詩，奇之，告縣令曰：「縣有才人，宜得之」。問姓名，不答。已而得所為賦，以告文達，曰：「得之矣。」肄業學海堂，為學長。鄉舉後，就學官，不復赴禮部試。博考粵中文獻，凡粵人著述，搜羅殆盡，屬其友伍崇曜匯刻。其罕見者曰《嶺南遺書》五十九種，曰《粵十三家集》一百八十二卷，選刻近人詩曰《楚庭耆舊遺詩》七十四卷。復博採海內書籍罕見者匯刻，曰《粵雅堂叢書》一百八十種。又刻宋王象之《輿地紀勝》二百卷。皆先生所校定。為學海堂學長三十餘年，英俊之士，多出其門。著有《樂志堂詩集》十二卷，《續集》一卷，《文集》十八卷，《續集》二卷。又有《豫庵箚記》一卷，未刻。兩修《南海縣志》。又修《廣州府志》，未竟。

近代名人小傳・譚瑩

清代駢文，冠宋以後，然若袁枚王、曇之屬，句累八九字，強嵌成語，固是宋人流派。郭頻伽則篇幅狷狹，貌雖似古，神則離焉。劉芙初諸人，雖整麗矣而卒不能忘情。後世諧敕之體，求能昌博道麗，若初唐四傑者，乾嘉以後，斷推玉笙矣。玉笙，瑩字，即以名其集者也。南海人，以拔貢舉於鄉，少肄樂海學堂。年方十八，阮元時督兩廣，試《荔支》、《佛手》兩賦，曰：「工細妥帖，而能不圍近體。」從此向學，何有齊梁。自是課試輒冠其曹，有聲於時，為齋長凡二十餘年，選教職不就。同初卒於家。年八十有九，有詩文集、廣語郛，為文長篇巨製，意義不窮，而語皆錘鍊，唯小品不多作。若吳

偉業，有嫌其虛字太少者。瑩和謹謙厚，雖文辭妍麗，而操履篤實，飲於妓筵，面輒發頳，晚歲喪偶，一室獨處，沉淫典籍。有勸其學佛養心者，曰：「吾心不放，何待養哉？」又曰：「佛法未入中國，人其以何者娛老？」故終不窺梵夾。八十後，偶論時事，輒能預道成敗，尤善相人。有京師優初至粵，富商潘某挾赴宴，指告座客曰：「此將軍公子也。」優固善酬酢，進止合度，人皆弗疑，獨瑩微笑。客散，有叩其故者，曰：「是有賤骨，後當為人孌童。」潘聞之，乃大笑道：「其實眾服其神，窮所師承，曰：『是可有祕術，閱人既矮，心不為蔽，則吾日猶鑒矣。』

皇清敕授儒林郎內閣中書銜瓊州府學教授加一級譚君墓誌銘

國子監學錄職銜前任河源縣訓導番禺陳澧撰

日講起居注官翰林院侍讀學士南書房行走江西提督學政順德李文田書

日講起居注官翰林院編修前右春坊右中允番禺史澄篆蓋

嶺南自古多詩人，而少文人。阮文達公開學海堂，雅材好博之士蔚然並起，而南海譚君瑩最善駢體文，才名大震。君之字曰兆仁，別字玉生。少時，宴集粵秀山寺，為文懸壁上。阮公見而奇之。時方考縣試，公告縣令曰：「縣有才人，宜得之。」令問姓名，公不答。已而得君所為賦，以告公。公曰：「得之矣！」取第一人入縣學。翁文端公督學政時，回部叛亂，公以克復回城賀表命題，君文千餘言，援筆立就，公評其卷曰：「粵東雋才第一」。後督學徐公士芬以君優行貢入國子監，未赴，捐納為教官，學海堂推為學長。

道光二十四年，中舉人。咸豐九年，上官委勸捐出力，奏加內閣中書銜。前後署肇慶府學教授，曲江、博羅縣學教諭，嘉應州學訓導，選授化州學訓導，升授瓊州府學教授，以老病不赴。

生平博考粵中文獻，凡粵人著述，蒐羅而盡讀之，其罕見者，告其友伍君崇曜匯刻之，曰《嶺南遺書》五十九種，三百四十三卷；曰《粵十三家集》一百八十二卷，選刻近人詩曰《楚庭耆舊遺詩》七十四卷。又博採海內書籍罕見者匯刻之，曰《粵雅堂叢書》一百八十種，共千餘卷。凡君為伍氏校刻書二千四百餘卷，為跋尾二百餘篇。君之淹博，略見於此。

所為詩文有《樂志堂集》三十三卷，初以華贍勝，晚年感慨時事，為激壯淒切之音。性真率不羈，飲噉兼人，杯酒間談笑無所避。晚年目疾，頹然靜坐，默誦生平所讀古詩文，日恒數十百篇，其強記如此。

同治十年九月卒，年七十二。有子五人：鴻安、崇安、宗浚、宗翰、宗熙；孫三人：祖貽、祖綸、祖沅。明年十二月，奉君柩葬於廣州城東荔支岡之原。

君與瑩同舉優貢，同爲學海堂學長，交好數十年。君之子請爲銘，銘曰：

> 文人之福，惟君獨全。生於巨族，慧於童年。才名震暴，文酒流連。
> 聚書校刊，其卷盈千。自爲詩文，其集必傳。壽逾七十，其子又賢。
> 飽食坐化，泊如登仙。我不諛墓，此皆實言。酹君斗酒，質君九泉。

（錄自譚瑩《樂志堂文略》附錄，清光緒元年刻本。）

二、譚宗浚傳記資料

清國史・譚宗浚傳

宗浚，字叔裕。少承家學，聰敏強記，下筆千言，尤工詩及駢體文。同治十三年，一甲二名進士，授翰林院編修。光緒二年，督學四川。八年，充江南鄉試副考官。十年，京察。屆期，掌院學士列宗浚一等。宗浚不樂外任，再三辭，不允。旋記名以道府用。逾年，出爲雲南糧儲道。在滇兩年，再權按察使。整頓水利，平反冤獄，恤孤教士，卓著賢聲。引疾歸，行至廣西隆安，卒。

宗浚在史館時，以儒林、文苑前傳所錄多大江南北、兩浙、山左諸人，因採山、陝、河南、四川、兩廣、滇黔等省文學出眾者，補入傳中，以著熙朝文治之盛，時稱其允。

督學時，選屬中諸生詩文爲《蜀秀集》，海內風行。其論駢體文，謂宜獨開町畦，勿趨時賢所尚，而以應俗、贋古二者爲最弊。所作事覈言辨，根柢盤深，由絢爛漸趨平淡，時醇而後肆，不名一體。性好遊，所至必探其名勝。嘗與東莞陳銘珪遊羅浮，鑿險緝幽，互相酬唱。銘珪以桂花酒餉之，宗浚爲賦長歌，時以爲追蹤李白。著有《遼史紀事本末》十六卷，《希古堂文甲集》二卷，《乙集》六卷，《希古堂詩總集》、《外集》。

清史稿・譚宗浚傳

瑩子宗浚，字叔裕。工駢文。同治十三年一甲二名進士，授編修。初舉於鄉，齒尚少。瑩課令讀書十年，乃許出仕。授以馬氏通考，略能記誦。既，入翰林，督學四川，又充江南副考官。以忼直爲掌院所惡，出爲雲南糧儲道。宗浚不樂外任，辭，不允。再權按察使，引疾歸，鬱鬱道卒。

清史列傳‧譚宗浚傳

宗浚，字叔裕，少承家學，聰敏強記。下筆千言，由絢爛漸趨平淡。詩醇而肆，不名一體。性好遊，所至必探其名勝。嘗與東莞陳銘珪遊羅浮，鑿險縋幽，互相酬唱。銘珪以桂花酒餉之，宗浚為賦長歌，時以為追蹤太白。著有《遼史紀事本末》十六卷、《希古堂文甲集》二卷、《乙集》六卷，《希古堂詩總集》、《外集》。

清儒學案‧譚宗浚

譚宗浚，字叔裕，同治甲戌一甲二名進士。授編修，督四川學政，典試江南，多得士。在館職，殫心著述，不樂外任。因續纂國史儒林傳，忤總裁意，遇京察，辭薦不允，出為雲南督糧道，鬱鬱而卒，年未五十。所欲著書，未竟其志。其已成者，《遼史紀事本末》十六卷，《希古堂文甲乙集》共八卷，《荔村草堂詩鈔》十卷，《續鈔》一卷。尚有《兩漢引經考》、《晉書注》、《金史紀事本末》、《珥筆紀聞》、《國朝語林》，皆未成。參繆荃孫《文學傳稿》、廖廷相撰《希古堂文集序》。

近代名人小傳‧譚宗浚

譚宗浚，瑩子，字叔裕。同治戊辰一甲進士，授編修。督學四川學士，遷司業洗馬，授雲南督糧道，卒於官。宗浚承家學，讀書學海堂，治經善考據名物。文工儷體，宏博在吳錫麒上。詩尤警拔，寄託高遠。嘗選《蜀秀集》，皆督學試士作也。所自作為《觀海堂集》。官滇，風骨甚著。岑毓英欲假鎮雄寇叛，興大獄，陷異己者。宗浚堅持之，謂：「苟必若此，吾當先具揭，達吏科。」毓英懼，乃止。唐炯歎曰：「少年文士而能不畏彊禦，若斯人者，吾見誠罕矣。」

雲南糧儲道署按察使譚叔裕先生墓碑　　唐文治

世運之盛衰升降，於文化驗之。文化之消息盈虛，於一人之身驗之。一人未竟其志，文化因之而衰，世運即因之而剝，此天地之幾齘於無可如何者。嗚呼！若吾師譚先生是矣。

先生諱宗浚，字叔裕，廣東南海人。曾祖諱學賢，國學生，妣陳氏。祖諱見龍，國學生，候選布政使司理問，妣劉氏，繼妣冼氏。考諱瑩，邑廩生，道光辛卯科優貢，甲辰恩科舉人。內閣中書銜，瓊州府學教授，妣黃氏，繼妣梁氏。先生，梁太夫人所出也，生四歲，而梁太夫人卒。稍長，教授公授

之讀，一目十行，日盡數卷。為文操筆立就，洋洋千言。年十六，以國學生中式。咸豐辛酉科本省鄉試舉人。辛未，教授公卒，哀毀盡禮。甲戌應禮部試，舉進士，以第二人及第，授職編修。

先是壬戌歲，先生計偕公車，時中英和約初定，先生俯仰時事，憑眺山川，作《覽海賦》以寄慨，凡數萬言，都人士交口稱頌。迨通籍後，聲譽益大著，碩德名臣，爭以文字相結納。朝廷有大典禮著作之任，必推先生。毅廟聞先生才名，特旨召對，尤稱異數焉。丙子散館，旋奉命督學四，川前任學使南皮張文襄公之洞創建尊經書院方成立，聞先生繼其任，則大喜曰：「譚君來，蜀士有福矣！」先生益嚴別弊竇，獎借英才，選刊《蜀秀集》，士林翕然仰為儒宗。壬午，與仁和許恭慎公庚身同奉命典試江南，甄拔知名士。歷充國史館協修、纂修、總纂，功臣館纂修，本衙門撰文，起居注協修，文淵閣校理。庚辰、癸未兩科會試磨勘官，教習庶吉士。乙酉京察一等，記名道府用。初，尚書吳縣潘文勤公祖蔭總裁國史館，屬先生纂修儒林、文苑兩傳。先生博稽掌故，闡揚幽隱，方脫稿而簡放雲南糧儲道之命下。天語溫綸，慰勉周至。先生感激，單騎入滇。之任後，詳詢地方利弊。治水道，親詣覆勘，次第修濬白龍潭等十餘河，溉田六千餘畝，發工費時，躬至諸村傳諭鄉民，給領不假書吏，一切火耗等弊胥革除，民大悅。丙戌冬，兼權按察使，於歷年積案多所平反。然精力過耗，氣血日虛，得胺腫證，於是引疾乞退，而上遊方資倚畀，紳民攀轅固留，不獲。已復回本任，設古學以課士，開堰塘以灌田，辦積穀以備荒，增置普濟堂以惠孤寡。百廢舉興，勤勞更甚，而體不支矣。戊子二月，再請開缺回籍調理，始獲請顧。貧甚，不能具資斧，大吏撥志書局費千金以贈，始得脂車以行。蓋先生固兼任志書局總纂，平日不受薪費者也。嗚呼！其廉潔如此，足以風世矣。是年二月十九日，取道百色回籍，沿途濕熱鬱蒸，足疾增劇。迨行抵隆安縣，遽死於旅次。

嗚呼！先生居恒精研學術，砥礪廉隅，屹然不為風氣所轉移。有識之士，方冀其入臺閣備侍從，雍容揄揚，潤色鴻業，即先生亦退然自願為儒林文苑中人，徒以上感九重之知遇，下念百姓之困窮，捐麋頂踵，無所顧藉，迺至鞠躬盡瘁，不獲大用以終。悲夫！悲夫！

遺著有《希古堂文甲集》二卷，《文乙集》六卷，《外集》四卷，《詩總集》十卷，《續集》一卷，《遼史紀事本末》十六卷，為先生致力最勤之書。尚有《兩漢引經考》、《晉書注》、《金史紀事本末》、《珥筆紀聞》、《國朝語林》各

種屬稿未成，藏於家。生平好蓄書籍，而韓杜歐蘇等集，點勘至四五過，其勤學出於天性，有非常人所能及者。粵省為通商巨埠，民物殷繁，而講學之家寥寥可數。自嘉道以來知名者，首推番禺陳蘭甫先生。顧陳先生精考據、達義理，其於事功未知若何，而先生則經濟、文學一以貫之，較諸蘭甫先生，殆有過之，無不及矣。《周易・夬卦象辭》曰：「夬揚於王庭。」許叔重先生釋之曰：「言文者，宣教明化於王者朝廷，君子所以施祿及下，居德則忌也。」而宣聖作《易傳》曰：「夬，決也，剛決柔也。」君子道長，小人道消也。比年學說紛歧，而粵省之棼亂乃愈甚，老成凋謝，道德淪胥，蕩然莫知，所紀極藉令先生而在，出其所學，以振鄉國，何至於此？然則世運、文化進退消長，關係於一人之身，豈非然哉？而其遇剝而窮也，又豈不重可悲哉？

先生以道光丙午年閏五月十三日生，以光緒戊子三月二十八日卒，春秋四十有三，葬於廣州城東河水鄉之原。生子四：祖緝，國學生，安徽亳州知州；祖楷，邑附生，出嗣胞叔幼和君後；祖任，邑廩生，光緒庚子科優貢，郵傳部參議廳員外郎；祖澍，邑附生，早卒。孫：長序、長庚、長耀、長護。

祖任與文治素稔，一日偕兩昆以書來徵文，文治為光緒壬午科江南鄉試先生所取士。知己之感，每飯不能忘，其奚敢以譾陋辭，爰撮先生生平行誼，碣之於墓，俾後之論世者知所取則焉。

（閔爾昌編《碑傳集補・卷十九》，《清碑傳合集》，上海書店 1988 年 4 月影印本）

雲南糧儲道譚君墓表　　馬其昶

光緒初，予年二十餘，遊京師，論交當世，得可以為師友者三人焉，曰：孫君佩南、鄭君東父、柯君鳳生，最後又得譚君叔裕，此四人者，趣向不必同，然皆博涉載籍，篤行愃愃，君子人也。

譚君寓廬相邇，恒朝夕見。當是時，天下無事，史臣方纂輯儒林、文苑傳，以賡續阮文達公之所為。君在翰林，淹雅有盛名，為總裁吳縣潘公所器賞，俾總厥成，甫脫稿而簡放雲南糧儲道。自以吏事非所習，意殊怏怏。既至雲南，再權按察使，修濬河渠，溉田六千餘畝，平反冤獄，恤孤教士，政聲大起。以水土瘴癘，居三年，告疾歸，貧不能辦裝。光緒十四年三月己卯，行抵廣西隆安邑，遽死，年四十有三。

君諱宗浚，廣州南海人也。父諱瑩，舉人，官瓊州教授，性強記，尤熟粵中文獻。文達督粵，開學海堂課士，聘為學長三十年。不忍言去，門下傳業甚眾。子五人。君尤敏慧，年十六，鄉舉入都，值英吉利款成，登眺山川，

為《覽海賦》以寄慨，人競傳寫。而教授君以君齒幼也，戒讀書十年，毋遽求仕，授以《文獻通考》諸書，略能成誦。至同治十三年，始以一甲二名進士及第，授編修。出督四川學政，典試江南，所得多知名士。

君嘗慨粵俗矜科第，不樂遠遊仕宦，與中朝聲氣不相聞。當乾隆文化極盛時，通經學古之儒，後先蔚起，而粵士曾無幾人。雖恬淡知止，然或亦不免孤陋之譏。既入翰林，遂欲從容究研文史，以自成其學，竟不克，久居以去，則才高而忌之者眾，宜君之憤懣而自傷也。

今君死三十五年矣；孫君為令安徽，有循聲；鄭君通春秋三傳，亦相繼物故。國體既更，乃議修清史，予與柯君從事其間，然亦衰且老矣。平生故人，多在於祿。以所得於今，推以校於古，其盛衰隆替之跡，與時推移，有不知其所終極者，烏乎！其可慨也。

夫君所著《希古堂文集》十二卷，《荔村草堂詩鈔》十一卷，皆巳刻。其藏於家者，《遼史紀事本末》十六卷，又《兩漢引經考》、《晉書注》、《金史紀事本末》均屬稿未就。

夫人許氏生子四人：祖緄、祖楷、祖任、祖澍。

君卒之三年，葬廣州城東河水鄉之原。

（閔爾昌編《碑傳集補・卷十九》，《清碑傳合集》，上海書店 1988 年 4 月影印本。）

祭原任雲南糧儲道譚叔裕文　史念祖

維年月日，江都史念祖謹以清酌庶羞祭於亡友譚叔裕觀察之靈曰：

嗚呼！自古才太奇者不永，行甚高者難全。大抵常人以無厭為禍本，而賢者以不耐為逆天。公未壯及第，人猶以為晚。繡衣虎符，公獨以為辱。是以聲華之震世，而又重之以志趣之絕俗，縱勉與造化羈縻，順受塵網之縛束疇，敢定嫉名之天，必許同塵之贖耶？乃公才蹈宦跡，若將次焉。已立循譽，若不與焉。無所迫而自艾，無負郭而詠歸田。既獨傾心於不佞，奚忍阿好而不言。用是隱規與顯諫，亦僅鬱鬱然。為強留半年，固知韜奇高引。在公以為無悶無悔，而我輩之屈伸有數，即此已默干真宰操樅之權。

嗚呼！公之初見我文也，口讀手錄，謝客三旬。謂且寄刊於粵，亟進婉諷。晉人不足效，則持節論文，毋乃曠職。及睹公移疾志決，而後欽感而又歎息。公明告我悔昔矜博，官非輕棄，歸事著作。願捐首途，蹊間插腳。願析歧途，循脈理絡。願授捷途，斬古秘鑰。公未返粵，我離雲南。別期愈迫，十日十談。感誠忘陋，欲吐先探文奚定法。公曰：「準繩法，由自立。」公曰：

「未能世，安得若無若虛之。若此，而顧以玉引燕璞而弗出，以金叩瓦缶而不膺哉？夫文章者，閱歷天籟，讀書築基，天人之理既積，更以今證古，隨心而得之。凡矜攻字句，張惶流派，非面壁即數仞牆外之辭章，成以氣句，立以意，惟曲、惟蓄、惟深思而滿志，以拙得古，以折入邃，博引無傷，必達己之精意。藻詞雋語，闌入是忌。」我出一言，公則挾冊以書，舉秦、漢、六朝、唐、宋之遞變，幾問難而無餘。顧我之妄若可駁，而公之精篤亦曠世所無。夫臨歧論文，是輕離別也。誠知無益之談，已兆永訣。將要言萬千，彼此痛說。然苟前知，欲說奚得，徒並失此十日雅歡。既無如命，何惟餘嗚咽已。所最悔者，我誤公半年之留。或公再遲半年，以待疾瘳，萬不至險灘酷暑，無親無友，而殞於客舟。世且謂公奇才高行，自有千秋，而不思所以至此極者，未嘗非天惡倔強自昧。夫待時受命，而豈盡坐隱居，好古之尤。

　　嗚呼！公譽我逾分，不若我知公確。不近疏狂，亦不入於斫削。驟而接之，類玩世而脫略。徒以所賦奇濟以高，故無心而俯視落落。不獨富與貴，謝為不暇謀，即凡事之僥倖，獲虛聲者輒鄙為不足。與角觀於論官，則引錢竹汀之言曰：「不必過四品。」論文則曰「宋後無專家，其傳者皆別有可傳。連類以附託，惟其所賦如此，而獨忘天所以賦之之故，或不在此而在彼。」吁嗟！公乎此，所以鄭重而生，容易而死也。尚饗！

祭譚叔裕師文　馮煦

　　嗚呼哀哉！儀徵秉節，粵學元胎。東塾得之，亦奇亦佹。馣馣先德，絕業以恢。並象文明，猶杓於魁。我師竺生，父教師教。顥門既傳，亦劭庭誥。大放厥辭，惟妙惟徹。風濤驚潝，雲漢垂曜。丁年射策，聲彌周廬。帝用嘉之，上第是除。校經金匱，掞文石渠。俯視同列，蟬噪蠅呿。左岷右嶓，江漾所會。卿雲代興，藝林揚旆。師提其衡，拔尤撗最。前有南皮，莫能兩大。名滿宙合，忌亦隨之。一鶴孤騫，刺天群飛。將欲擠之，乃先推之。匪推匪擠，出之南陲。南陲三歲，百度咸理。如寐使覺，如僕使起。民心則夷，師心則恥。幡然棄歸，一官敝屣。冥冥桂管，背多涉春。雄虺九首，蝮蛇蓁蓁。不朝不夕，潛來伺人。崑崙比景，畝我天民。嗚呼哀哉！玄黓之歲，師至江左。萬卷庚庚，多否少可。剖豪析芒，斷之以果。群蒙既祛，其鑒在我。我之不才，而師曰才。雕我窳杇，策我駑駘。疇昔侍坐，高談殷雷。鏗鏗百氏，若莊若諧。一障南征，遽隕國寶。民亡羽儀，士失坊表。峴首沈碑，茂陵遺稿。臨風寫憂，絫焉如擣。嗚呼哀哉！

後　記

　　光陰荏苒、時光飛逝，轉瞬間我博士畢業已有四年了。本書是在我的博士論文的基礎上完成的。望著眼前這部書稿，我不禁思緒萬千，感慨良多。拙著之所以能夠順利完成，實在有太多人需要感激。

　　首先要感謝恩師左鵬軍先生。在當時報考先生博士研究生的學生中，我是年齡最大的，最後蒙先生不棄，我才得以系列門牆，系統研讀中國近代文學。左先生學識淵博，常教育我們說：「真正的學術研究應該是努力超越自我、貢獻新見的過程，是個人研究匯入學術對話、貢獻學術進步的過程；而不應該是避難圖易、重重複復、沾沾自喜的過程，不應該是投機取巧、猶猶豫豫、唯名唯利的過程。沒有廣闊的視野、深邃的思想、紮實的根底、執著的追求，斷然做不成學問，也做不好學問。所以格局不可太小，起點不可太低，做法不可太俗，目標不可太近。」在拙著撰寫過程中，先生對本書的選題、框架結構、行文等諸多方面均提出許多建設性的指導意見，傾注了不少心血和汗水。拿到先生批改的書稿後，我心中有種說不出的感激和慚愧。跟隨先生讀博六年，恩師的嚴謹認真的治學態度、寬廣豁達的胸懷、平易近人的處事風格，足使我銘記終生。

　　在拙著的撰寫過程中，我很榮幸得到中山大學文學院彭玉平教授、暨南大學文學院程國賦教授，以及華南師範大學文學院王國健教授、戴偉華教授、陳建森教授、馬茂軍教授、閔定慶教授的指導。從研究內容到研究方法上，諸位先生均給了我許多熱情的鼓勵和開拓性的建議，在此深表謝意。

　　最後要感謝我的家人。這幾年來，為了實現自己的求學夢想，我回老家陪伴父母的時間非常少，心中常生愧疚，自責不已。沒有他們的寬容、鼓勵

和支持，我很難堅持到今天。同時也感謝我的妻子鄒紅麗，在我讀博與工作期間，她在承擔繁重教學任務的同時，還一直毫無怨言地默默操持家務，並擔負著教育孩子的重任。正因有她的鼎力相助，我才能靜下心來進行寫作。

　　未來的學術之路儘管艱辛而漫長，我願繼續「上下而求索」！

徐世中

己亥仲夏記於羊城雅苑